Martina Borger

Wir holen alles nach

ROMAN

Diogenes

Diogenes Verlag AG Zürich
www.diogenes.ch
120/20/44/1
ISBN 978 3 257 07130 6

I

Als Ellen das letzte Haus verlässt, kann sie am Ende der Straße das erste Sonnenlicht erkennen, nur ein zarter Schimmer, einen Hauch heller als der noch dunkle Himmel. Erst in einer guten halben Stunde werden die Straßenlaternen ausgeschaltet.

Viertel nach fünf, sie ist zwanzig Minuten schneller als sonst. Fast ein Drittel ihrer Kunden ist in den Ferien, die Baumanns noch zwei Wochen, Koczynskis, Steinfelds, Grupps und Frau von Stetten eine. Sie lässt auf ihrer Tour momentan ganze Häuser aus, was den Hund irritiert. Hartnäckig bleibt er vor jedem Halt, den er längst kennt, stehen und sieht sie auffordernd an, als wolle er sagen, *hier musst du doch rein!* Erst wenn Ellen mehrmals »Avanti!« sagt, setzt er sich in Bewegung und folgt ihr. Es sieht aus, als schüttle er dabei tadelnd den Kopf.

Eigentlich könnte sie in der Ferienzeit eine halbe Stunde länger schlafen, aber ihre innere Uhr ist inzwischen fest auf drei programmiert, sie stellt ihren Wecker eigentlich nur noch pro forma. Niemand glaubt es ihr, aber das frühe Aufstehen macht ihr nichts aus. Sie war nie eine Langschläferin, nicht mal als Jugendliche, selbst nach einer bis zum Morgengrauen durchfeierten Nacht war sie spätestens um acht wach. Es hat sie, im Gegensatz zu Jock, auch nie gestört, mit den Jungs, die beide morgens viel Zeit brauchten und locker eine halbe Stunde vertrödelten, aufzustehen. Natürlich kostet es im tiefen Winter ein bisschen Überwindung, oder bei strömendem Regen, aber jetzt im Sommer, so einem heißen noch dazu, hat sie kein Problem. Im Gegenteil, der frühe Morgen ist ihre Lieblingszeit, die Dunkelheit, die Stille, die noch kühle Luft, die leeren Straßen, die Ahnung des kommenden Tages, das allererste Licht. Und natürlich der Gesang der Vögel, den sie den ganzen Winter über schon sehnlich erwartet und der sie etwa ab Mitte März auf ihren Touren begleitet, erst nur am Ende, wenn sie schon auf dem Heimweg ist, im Juni und Juli dann auf ihrem ganzen Weg. Die ersten sind die Amseln, die etwa eine Stunde vor Sonnenaufgang beginnen. Ihr Gezwitscher und Tirilieren steigert sich innerhalb von wenigen Minuten zu variationsreichen Gesängen, deren Melodien sie oft noch durch den Tag begleiten; wenig später setzen die Meisen ein, die letzten sind die Stare.

In den Jahren, in denen sie die Zeitungen austrägt, hat sie eine Morgenroutine entwickelt. Während in der Küche der Kaffee durchläuft, geht sie unter die Dusche und zieht sich an. Der Hund wartet schon vor der Wohnungstür, wenn sie alles einsteckt, den großen Schlüsselbund, ihren eigenen Schlüssel, Handy, den Alubecher, in den sie den Kaffee gefüllt hat. Sie holen zusammen aus dem Hinterhof das Fahrrad mit dem Anhänger, sie lädt die Zeitungen drauf, die seit Mitternacht vor der Tür liegen, vier Packen normalerweise, momentan nur drei. Dann gehen sie los, sie schiebt das Rad, er trabt neben ihr her, ohne Leine, die braucht er um diese Zeit nicht. Wenn sie das Rad vor den Häusern an die Wand lehnt, setzt er sich daneben. Er beobachtet, wie sie die Zeitungen aus dem Anhänger nimmt, die Haustüren aufschließt und in den Eingängen verschwindet. Wenn sie wieder zurückkommt, scheint er sich nicht von der Stelle gerührt zu haben, aufmerksam sieht er ihr entgegen. Und erst wenn Ellen das Rad nimmt und weitergeht, erhebt er sich und folgt ihr.

Wenn sie um spätestens halb vier ihre Tour beginnt, sind sie ganz allein unterwegs. Sie mag dieses Gefühl, sich zielstrebig zu bewegen, während um sie herum die Stadt noch schläft. Spätestens gegen fünf ist es mit der Stille vorbei. In einigen Fenstern gehen die Lichter an, der erste Bus fährt vorüber, danach kommen bald die orangelackierten Lastwagen der Müllabfuhr. Und wenn sie gegen sechs von ihrer Tour zurückkommt, hat schon Betriebsamkeit eingesetzt. Die ersten Autos verlassen ihre Parkplätze, der Bäcker an der Ecke öffnet, die Männer der Straßenreinigung sind unterwegs in ihren kleinen Wagen, in denen die Kehrbesen mit den Borsten nach oben stehen und deren Fahrer sich um Punkt sieben eine Frühstückspause an einem der Tische auf der Straße gönnen.

Heute ist sie schon um halb sechs wieder zu Hause. Sie schließt die Wohnungstür auf, der Hund drängt sich zwischen ihren Beinen durch und läuft in die Küche, in Vorfreude auf sein Frühstück. Zum Trockenfutter bekommt er einen Klacks Hüttenkäse, dazu manchmal ein bisschen Banane oder eine Portion in Milch eingeweichte Haferflocken. Er macht sich gierig darüber her, während Ellen Tee kocht und die Zeitung liest. Hunger hat sie um diese Zeit noch nicht, erst gegen neun wird sie sich ein Müsli machen.

Der Tag liegt frisch und verheißungsvoll vor ihr, es sind noch Schulferien, sie hat keinerlei Verpflichtungen mehr, eine ganz ungewohnte Freiheit. Sie wird, das hat sie auf ihrer Tour beschlossen, nachher ins Schwimmbad gehen, am Morgen kurz nach der Öffnung ist es noch angenehm leer, und sie kann ungestört ihre dreißig Bahnen ziehen. Am Nachmittag wird sie einen längeren Spaziergang mit dem Hund machen, am besten im Nordteil des Englischen Gartens, wo genug Schatten ist und er sich in den Bächen abkühlen kann, gestern hatte es noch gegen Abend 30 Grad, für heute sind ähnliche Temperaturen vorausgesagt. Gegen Mittag wird sie sich mit einem Buch aufs Sofa legen und nach ein paar Seiten einschlafen, ein, zwei Stunden, danach ist sie wieder ausgeruht. Sie gönnt sich diese Siesta so oft wie möglich, so braucht sie nachts nicht mehr als vier Stunden Schlaf und muss nicht mit den Hühnern ins Bett.

Sie trägt jetzt seit knapp drei Jahren Zeitungen aus. Als sie damals ihre Altersrente beantragt hatte und wusste, wie viel sie ungefähr zu erwarten hatte, hat sie ihren inneren Widerstand überwunden und einen Monat lang akribisch Buch geführt über sämtliche Ausgaben. Bestimmt, so ihr naiver Gedanke damals, würde sie schon zurechtkommen, wenn sie sich ein bisschen disziplinierte in finanzieller Hinsicht. Das Ergebnis ihre Aufstellung: Auch bei sparsamster Haushaltsführung würden ihr in Zukunft über 500 Euro fehlen.

Das war natürlich zu erwarten gewesen, sie hatte einfach zu wenig in die Rentenkasse eingezahlt. In den Jahren, in denen die Jungs noch klein waren, hatte sie gar nichts verdient; erst 1985, als auch Vitus in den Kindergarten kam, hatte sie nach einem Job Ausschau gehalten, dann aber für Jock Büroorganisation und Buchhaltung gemacht, womit er heillos überfordert war. Erst mit der Stelle in der Buchhandlung hatte sie begonnen, regelmäßig Beiträge abzuführen. Miri hatte sie mehrfach darauf angesprochen, »du musst dringend was für deine Altersvorsorge tun«, aber sie hatte alle Warnungen ignoriert und ihr ohnehin nicht gerade üppiges Gehalt bis auf den letzten Pfennig – oder später Cent – ausgegeben. Irgendwas würde sich schon finden, hatte sie gedacht. Und sparen konnte sie später immer noch.

Als der endgültige Rentenbescheid kam, zwei Monate vor ihrem 65. Geburtstag, hatte sie den Stier bei den Hörnern gepackt und war systematisch die Liste mit ihren Ausgaben durchgegangen, Punkt für Punkt. Um sich dann von allem zu befreien, was nicht unbedingt notwendig war. Sie kündigte fast alle Versicherungen, Hausrat, Reisegepäck, Rechtsschutz, das Abo von der Zeitung ebenso wie das vom Theater und stellte auch die monatlichen Beiträge an Greenpeace und Amnesty ein, fast drei Jahrzehnte Spenden mussten reichen. Der Abschied von ihrem alten klapprigen Fiat fiel ihr schon schwerer, sie vermisste das Gefühl, sich jederzeit einfach ins Auto setzen und losfahren zu können, wohin auch immer. Und sie kündigte schweren Herzens Maria, ihrer portugiesischen Putzfrau, ein Luxus, den sie sich zu ihrem sechzigsten Geburtstag selbst geschenkt hatte, alle zwei Wochen drei Stunden, zweimal im Jahr ein paar extra für die Fenster und die Schränke. Jetzt macht sie selber sauber, wenn auch nicht gerade akribisch. Maria hatte sie damals eine neue Stelle verschafft, bei dem Musikerpaar im ersten Stock, das gerade Zwillinge bekommen hatte.

Natürlich reichten all diese Einsparungen nicht aus, um die Lücke auch nur annähernd zu schließen. Und so begann sie, in der Zeitung und im Internet nach Nebenjobs zu suchen.

Miri, die damals noch nicht in Jena wohnte, entdeckte bei einem Spontanbesuch die rotumrandeten Annoncen in der Zeitung. Telefonakquise hatte Ellen ausgeschlossen, ebenso Versicherungsvertretung, im Rennen bei den momentanen Angeboten waren noch Aushilfe in einer Bäckerei und Zeitungszustellung.

»Dass du Brot und Semmeln verkaufst, kann ich mir ja vorstellen«, hatte Miri gesagt. »Aber Zeitungen austragen? Ist dir klar, wann du da aufstehen musst?« Sie kramte im Küchenschrank nach der

Packung Lady Grey, den sie am liebsten trank. Auch auf den teuren Tee würde Ellen verzichten müssen in Zukunft.

»Macht mir nichts«, hatte Ellen gesagt. »Ich brauch einen Job. Eher zwei. Oder ich muss mir eine wesentlich günstigere Wohnung suchen.« Sie füllte den Wasserkocher und schaltete ihn ein.

Miri lachte höhnisch auf, während sie die Schachtel aus der Tiefe des Schrankes angelte. »Viel Erfolg! Du zahlst dreizehn Euro pro Quadratmeter, stimmt's? Das ist mittlerweile ein Dumpingpreis in dieser Gegend. Wenn du wirklich billig wohnen willst, musst du an den Arsch der Welt ziehen. In den Osten. Oder in die Oberpfalz oder solche Ecken.«

Sie hatte natürlich recht. Selbst für ein Einzimmer-Wohnklo in einer miesen Gegend mit schlechtem Anschluss an den öffentlichen Nahverkehr zahlte man mittlerweile locker sechshundert Euro, mehr als zwei Drittel ihrer Miete.

»Ich will hier ja auch auf keinen Fall raus. Auch wenn fünfundsechzig Quadratmeter natürlich ein Luxus sind für mich allein.«

»Hast du denn gar nichts zurückgelegt? Du wolltest doch mal regelmäßig …«

»Wollte ich, ja. Hab ich aber nicht. Ergo muss ich was dazuverdienen. Ich hab gelesen, Taxifahrer werden immer gesucht.«

»Dafür brauchst du einen Personenbeförderungsschein«, in solchen Sachen kannte Miri als Steuerberaterin sich aus. »Und dann eine Ortskundeprüfung, die soll ziemlich schwierig sein. Da müsstest du wahrscheinlich monatelang lernen, bevor du dein erstes Geld verdienst.«

»Dann eben doch Zeitungaustragen.« Ellen nahm Miri die Teepackung aus der Hand, fischte drei Beutel heraus und hängte sie in die Kanne.

»In aller Herrgottsfrühe durch die Dunkelheit, ganz allein? Bei Wind und Wetter?«

»Machen doch viele Leute, auch in meinem Alter.«

»Und sind garantiert ständig krank, vor allem im Winter.«

»Ich bin fit, weißt du doch. Gute Gene.« Die hat sie tatsächlich, ihre Eltern sind beide fast neunzig geworden. »Wollen wir nachher ins Kino? Ich hab drei Filme auf meiner Liste.« Ellen goss das kochende Wasser auf. Hoffentlich ließ Miri das Thema jetzt ruhen.

Tat sie natürlich nicht. Immerhin wartete sie ein paar Stunden, bis sie nach dem Film im »Riva« noch einen Wein tranken.

»Und Benedikt und Vitus?«

»Was soll mit denen sein?«

»Könnten die dich nicht ein bisschen unterstützen, finanziell? Jetzt schau mich nicht so entsetzt an, Elli. Ist doch total normal, wenn Kinder ihre Eltern …«

»Das kommt überhaupt nicht in Frage.«

»Und wenn du Henry mal ansprichst? Der sucht doch immer Leute für seine Buchhaltung.«

»Bitte lass es, ja?«

»Okay.« Miri hatte dem Kellner ein Zeichen gegeben, sie wollte noch einen Wein. »Verlorene Liebesmüh, ich kenn ja deinen Stolz. Aber du sagst Bescheid, wenn's wirklich ganz eng wird, ja? Ich hab mehr als genug. Und wofür sind Freunde sonst da?«

Damit war das Thema vorerst abgehakt. Vier Tage später lernte Miri im Zug nach Frankfurt, wo sie ihre steinalte und demente Mutter im Pflegeheim besuchen wollte, Hanno kennen, ein halbes Jahr später zog sie zu ihm nach Jena. Einmal fragte sie noch nach, mitten in den Umzugsvorbereitungen, was aus dem Plan mit dem Zeitungaustragen geworden sei. Ellen, gerade seit zwei Wochen in Rente, erzählte kurz, dass sie vor zwei Tagen damit begonnen hatte, dass es eine leichte Arbeit sei, dass es ihr Spaß mache und sie finanziell zurechtkomme. Was stimmte, auch wenn sie natürlich trotzdem sparen musste, wo es nur ging. »Und ich bin auch nicht allein, der Hund kommt ja mit.«

Miri hatte gelacht. »Dann bist du ja bestens beschützt. Aber im Ernst, Elli, Respekt vor deiner Energie. Diese Charity-Sache machst du ja auch noch.«

Diese Charity-Sache war ein Deutschkurs für Migrantinnen, vor allem aus Ghana, aber auch aus Kamerun, Senegal und Nigeria, ein Vormittag pro Woche während der Schulzeit. Ellen hatte sich immer vorgenommen, ein Ehrenamt zu übernehmen, wenn sie nicht mehr arbeitete, ohne die Vollzeitstelle waren ihre Tage lang, trotz der Zeitungen, und sie wollte sich nützlich machen. Die vereinbarten zweieinhalb Stunden überzog sie meistens, weil sie sich nach dem Üben und Lernen mit den zumeist jungen Frauen gerne unterhielt, sie ein bisschen ausfragte über ihr Leben, ihre Herkunft. Im Frühjahr hatte sie die ganze Gruppe an einem Samstag zu sich nach Hause eingeladen, die Frauen hatten Gerichte aus ihrer Heimat gekocht, sie hatten zusammen gegessen, Musik gehört und viel gelacht, es war ein wirklich schöner Abend gewesen. Die Arbeit machte so viel Spaß, das Ellen schon überlegt hatte, ein zweites Ehrenamt zu suchen, immerhin hatte sie die Nachmittage ja frei.

Das änderte sich in der Vorweihnachtszeit. Beim monatlichen Stammtisch der Buchhandlung, zu dem sie immer noch eingeladen wurde, klagte Kirsten, Ellens Nachfolgerin, über die miserablen

Deutsch- und Englischnoten ihrer Tochter, und wie schwer, ja fast unmöglich es sei, einen geeigneten und bezahlbaren Nachhilfelehrer zu finden. Anne aus dem Sachbuch, vorlaut wie immer, hatte, nur halb im Spaß, Ellen vorgeschlagen, die ja jetzt massenhaft Zeit habe, als Rentnerin. Ehe Ellen es sich versah, war Kirsten auf die Idee angesprungen. Sie hatte auf die völlig überrumpelte Ellen eingeredet, und Anne hatte sekundiert, *niemand in Deutsch so gut wie du, das Studium doch fast abgeschlossen, Englisch auch fast perfekt, Lammesgeduld, Erfahrung mit Kindern* und was noch alles. Und als Ellen im Bus nach Hause saß, hatte sie, wenn auch vorerst zur Probe, die zwölfjährige Amelie als Schülerin, zweimal die Woche je zwei Stunden à fünfzehn Euro, »das ist eher günstig«, hatte Anne gemeint.

Amelie schrieb in der nächsten Englischarbeit eine Drei minus statt einer Fünf, und am nächsten Tag hatte Ellen drei atemlose gestresste Mütter am Telefon, deren Töchter ganz dringend Nachhilfe brauchten und die von Kirsten gehört hatten, dass Ellen Wunder vollbringe.

Zwei von den Kandidatinnen hatte Ellen übernommen, für gemeinsamen Unterricht ebenfalls zweimal wöchentlich, pro Kind verlangte sie, obwohl sie es eigentlich ein bisschen unverschämt fand, zehn Euro, was ohne Wimpernzucken akzeptiert wurde. Insgesamt kam sie damit im Monat auf knapp sechshundert Euro, abzüglich der Steuern und der Wochen, in denen sie wegen der Ferien nicht unterrichtete, immer noch eine schöne Summe, die nicht nur dafür sorgte, dass sie nicht mehr jeden Cent umdrehen musste, sondern von der sie auch monatlich ein bisschen zurücklegen konnte.

Und seit diesem März hat sie noch einen vierten Schüler. Eines Morgens wurde sie auf der Straße, als sie mit dem Hund vom Bäcker kam, von einer jungen Frau angesprochen, lange blonde Haare, offenes sympathisches Gesicht, knallroter Lippenstift, ein bisschen mollig. Sie entschuldigte sich, dass sie Ellen einfach so überfiel, und stellte sich als Sina Poschmann vor, sie wohnte gleich um die Ecke; Ellen erinnerte sich, sie schon ein paarmal im Vorübergehen gesehen zu haben. Frau Poschmann hatte gestern bei einer Einladung Kirsten kennengelernt, und die hatte ihr von Ellens Künsten als Nachhilfelehrerin erzählt. Ihr eigener Sohn, acht Jahre alt, dritte Klasse Grundschule, kam in Deutsch und Mathe nicht so gut klar. Und kommenden Januar würden doch schon die Schulempfehlungen gegeben, die für die Zukunft der Kinder so wichtig seien. Natürlich wünsche sie sich, dass der Junge aufs Gymnasium könne, sie glaube auch, er habe eigentlich das Zeug dazu, er brauche ihrer Meinung nach nur ein bisschen Förderung. Und sie habe Ellen im Laufe des Tages schon anrufen wollen, aber es sei doch netter, die Sache persönlich zu besprechen, oder?

Ellen reagierte freundlich, aber zurückhaltend, drei Schülerinnen waren ihr genug, in jeder Hinsicht. Als aber Frau Poschmann sie eindringlich bat, ja fast anflehte, ihren Sohn wenigstens einmal kennenzulernen, vielleicht erkenne eine erfahrene Nachhilfelehrerin wie sie ja gleich, wo seine schulischen Probleme lägen, erklärte Ellen sich, wenn auch innerlich seufzend, zu einem Treffen am Wochenende bereit. Und so kam Elvis zu ihr.

2

»Verdammte Scheiße! Und wieder auf den letzten Drücker!« Sina schleudert das Handy von der Küchentür aus auf den Tisch, es schlittert gefährlich auf die Kante zu. Torsten fängt es im letzten Moment auf und schiebt es aus der Gefahrenzone.

»Was genau hat er gesagt?« Er schaut nicht von dem Poststapel auf, den er sortiert, Werbung, Werbung, Rechnung.

»Dass er momentan auf gar keinen Fall aus der Firma wegkann! Weil er ja so wichtig-wichtig ist! Dieses Arschloch! Ich könnte ihn echt … Ach, was reg ich mich auf. Ich hätte es wissen müssen.«

Sina lässt sich auf den Stuhl Torsten gegenüber fallen, am liebsten würde sie mit einer einzigen Bewegung alles vom Tisch fegen, was da liegt und steht, das Handy, die zwei Gläser Wasser, den Teller mit Butterbrezen, die sie vorhin noch beim Bäcker geholt hat, statt Abendessen, mittags haben sie am Flughafen auf Lanzarote noch Paella gegessen. Zwei

Wochen Ferien, und kaum sind sie eine Stunde zu Hause, ist ihre ganze Erholung beim Teufel.

»Hättest du wahrscheinlich. Ist ja nicht das erste Mal.« Torsten kennt Sinas Ex David zwar noch nicht persönlich, hat aber in den elf Monaten, in denen sie zusammen sind, diese Situation bereits dreimal miterlebt, Weihnachten, Ostern und jetzt. David vereinbart mit Sina die Ferienaufteilung für Elvis und sagt in letzter Minute ab. An blöde Zufälle kann sie inzwischen nicht mehr glauben. So bitter es ist, David hat kein großes Interesse an seinem Sohn.

Sina steht auf und geht zur Waschmaschine, vor der die gesamte Urlaubswäsche auf einem Haufen liegt. Sie kniet sich hin und sortiert alles auseinander, Weiß, Bunt, Schwarz.

»Und was mach ich jetzt? Ich kann mir nicht einfach so noch zwei Wochen Urlaub nehmen. Wenn ich am Montag nicht in der Agentur antanze, rastet H. C. aus.«

»Ich könnte ihn übernehmen. Müsste ich die Reise absagen, hol ich dann halt irgendwann nach.« Torsten hat geplant, am Sonntag nach Dresden zu fahren, er will dort seine Eltern besuchen, außerdem hat er zwei Vorstellungstermine vereinbart.

»Kommt gar nicht in Frage.« Er soll diese Reise unbedingt machen, auch wenn sie insgeheim hofft, dass aus einem Job dort nichts wird. Eine Fernbeziehung ist das Letzte, was sie sich wünscht.

Torsten steht auf und wirft die Werbung in den Korb mit Papiermüll. »Kann er nicht noch mal in dieses Camp, wo er Ostern schon war? Mit seinem Freund Lukas?«

»Da hab ich im Mai schon mal vorsichtshalber angefragt, da waren die schon längst voll.«

»Und irgendeine andere Ferienbetreuung? Da muss es doch was geben.«

»Von jetzt auf hier, für zwei Wochen?«

Torsten geht zur Tür. »Ich geh mal meine Mails checken. Wir überlegen nachher noch mal zusammen, okay? In Ruhe.«

Sina stopft die erste Ladung Buntes in die Maschine, die Wäsche riecht nach Schweiß und Sand und Sonnenöl. Wenn sie die Augen schließt, sieht sie den Strand vor sich und hört das Rauschen des Meeres, die Rufe des Eisverkäufers, Elvis' Lachen, wenn eine große Welle auf ihn zurollt.

»Weißt du, was mich am meisten nervt? Dass ich Elvis wieder die Hiobsbotschaft überbringen darf! Er wird total enttäuscht sein.«

»Mach's morgen«, sagt Torsten im Hinausgehen. »Verdirb ihm nicht den Abend.«

»*Ich* verderb ihm gar nichts!« Aber Torsten ist schon im Flur verschwunden. Bevor die Tür zufällt, hört sie noch martialische Musik und gebrüllte Dialoge aus dem Wohnzimmer, Elvis darf noch eine Stunde fernsehen, ehe er ins Bett muss.

Wie soll sie ihrem Sohn am besten beibringen, dass sich die Urlaubspläne schon wieder zerschlagen haben? Elvis hängt an seinem Vater, so unzuverlässig der auch ist. Erst neulich hat sie ein Gespräch zwischen ihm und seinem besten Freund belauscht, Elvis hat Lukas vorgeschwärmt, wie toll sein Vater ist, wie erfolgreich, wie reich, was für ein teures Auto er fährt. Man hätte glauben können, er rede von einem Rockstar und nicht von einem kleinen Rechtsanwalt, der in der Düsseldorfer Kanzlei überhaupt nur arbeitet, weil er der Sohn vom Chef ist. Woanders wäre der doch längst hochkant rausgeflogen, so viel Mist, wie er schon gebaut hat, dieser Versager, dieser aufgeblasene Wichtigtuer, dieser Blender.

Sina schließt die Tür der Maschine und schaltet sie ein. Sie fühlt sich plötzlich todmüde, dabei ist es noch nicht mal neun, und sie hat auf Lanzarote viel und gut geschlafen. Wann hört dieser Stress jemals auf, diese verzweifelte Suche nach Unterbringungsmöglichkeiten für ihr Kind? Wenn sie allein an die Au-pairs denkt. Diese Brasilianerin, die Elvis ganze Nachmittage vor dem Fernseher geparkt hat, um ihre Verehrer in der Küche zu bewirten, Sina hat sie eines Nachmittags dabei ertappt. Sie durfte ja noch froh sein, dass sie die beiden nicht beim Vögeln erwischt hat, vielleicht auch noch in ihrem eigenen Bett. Oder die heimwehgeplagte Ungarin, die gefühlte zehnmal am Tag Rotz und Wasser heulte und so streng nach Schweiß roch, immerhin aber mit Elvis liebevoll umging, bis sie es nach drei Monaten nicht mehr aushielt und von ihren Eltern abgeholt wurde. Danach die Tagesmutter, eine übergewichtige Berlinerin, die über Elvis sagte, er heule zu viel, er sei doch ein Junge. Er weinte tatsächlich jedes Mal herzzerreißend, wenn Sina ihn morgens hinbrachte, sie konnte es keine zwei Monate ertragen. Danach nahm sie sich sechs Wochen Urlaub, um für Elvis da zu sein, der selig war, der dicken Berlinerin entkommen zu sein. Sie haben damals ganze Tage vertrödelt, in Parks, auf Spielplätzen, bei Spaziergängen durchs Viertel. Damals wurde das neue Quartier am Olympiapark errichtet, für Elvis war es das Schönste, am Rand der Baustelle zu stehen und den Arbeiten zuzusehen, den Baggern, den Kränen, den Mischmaschinen. Am Anfang war sie ungeduldig, sie fand es langweilig, aber Elvis hing so fasziniert am Zaun, dass sie ihm zuliebe ausharrte. Neulich hat sie ihn gefragt, ob er sich an die Baustelle erinnert, seine Augen leuchteten sofort auf. Am meisten hatten sich ihm die riesigen

Stahlträger eingeprägt, die, vom Kran hochgehoben, minutenlang gefährlich schwankend über der Baugrube pendelten, ehe sie langsam und vorsichtig zu Boden gelassen wurden.

Sie hatte damals überlegt, eine längere Auszeit zu nehmen, notfalls den Job sogar zu kündigen, aber David hatte sich gerade mit der eigenen Kanzlei selbständig gemacht, die Klienten ließen auf sich warten, sie brauchten ihr Gehalt. Sie brachte Elvis dann in einer privaten Krabbelgruppe unter, die bis siebzehn Uhr geöffnet hatte. Ein Jahr später kam er in den Kindergarten, auch wieder ein privater wegen der langen Öffnungszeiten, sie kam selten vor vier aus dem Büro. Und dass David Elvis abholte, war ja unter seiner Würde. Was er so natürlich nicht sagte, er verwies immer auf die Arbeit, »selbständig zu arbeiten heißt, selbst und ständig, Existenzgründung ist nun mal kein Nine-to-five-Job, Sina«, blabla. Immerhin hatte er genug Freizeit, Nicole zu vögeln. Ein Jahr später lebten sie schon in Scheidung. Am Anfang zahlte David keinen Unterhalt, weil er Insolvenz angemeldet hatte, also kam eine erneute Auszeit nicht mehr in Frage.

»Sina!«

Sie schreckt hoch, verliert um ein Haar die Balance und kann sich gerade noch an der Waschmaschine festhalten. Sie muss minutenlang in die

Trommel gestarrt haben, in der sich Badehosen, T-Shirts und Strandtücher träge drehen.

»Stell dir vor, was passiert ist!«

Sie rappelt sich mühsam hoch, sie kommt sich vor wie eine alte Frau. »Was?«

»Der Typ von Reiling hat mich noch mal eingeladen.«

»Der, bei dem du am Tag vor unserem Abflug warst?«

»Genau. Ich soll morgen noch mal vorbeikommen, um drei.«

»Was kann der wollen?«

»Ein schlechtes Zeichen ist es jedenfalls nicht, wenn er mich noch mal sehen will. Vielleicht nehmen sie mich in die engere Wahl für den Job.«

»Hört sich vielversprechend an.« Sie will ihm auf keinen Fall die Hoffnung nehmen. Wann ist es zum letzten Mal passiert, dass er ernsthaft für eine Stelle in Betracht gezogen wurde? Seit sie ihn kennt, jedenfalls nicht.

Sie bringt Elvis ins Bett, der kaum noch die Augen offen halten kann, sie schenkt ihm ausnahmsweise das Zähneputzen.

»Es war ein schöner Urlaub, oder?«, fragt sie, als sie ihn zudeckt.

»Hm.« Er schiebt die Decke, die sie über seine

Schultern gezogen hat, wieder weg, es ist immer noch fast so heiß wie auf Lanzarote.

»Was hat dir am besten gefallen?«

»Der Strand«, sagt er und schließt schon die Augen. »Wie wir die Burg gebaut haben, Torsten und ich.«

»Ja, die war toll«, sagt sie. »Ich ärger mich, dass ich sie nicht fotografiert habe.«

»Aber das Allerbeste«, jetzt schlägt er die Augen wieder auf, »war Pedro.«

Pedro war ein räudiger Strandhund, offenbar herrenlos. Jeden Tag lief er am Wasser entlang, auf der Suche nach Leckerbissen, die ihm die Touristen zuwarfen. Elvis war verrückt nach ihm, von seinem Taschengeld hatte er im Supermarkt extra Wiener für ihn gekauft, aber Pedro hatte zwar gierig die Wurst aus Elvis' Hand geschnappt, sich aber dann sofort wieder getrollt, nicht mal streicheln ließ er sich.

»Hunde sind so toll«, sagt Elvis. Den Blick, mit dem er sie jetzt ansieht, kennt sie schon lange. Jedes Mal tut es ihr weh, dass sie ihn enttäuschen muss.

»Ja, das sind sie. Aber du weißt, wir können keinen haben. Meine blöde Allergie.«

»Ich weiß. Sonst musst du immer husten und kannst nicht gut atmen.«

»Genau. Gute Nacht, mein Schatz.« Sie beugt sich über ihn und küsst ihn, seine Wange ist ein bisschen klebrig und riecht nach Staub und dem Zitroneneis, das sie ihm vorhin beim Bäcker gekauft hat.

Im Wohnzimmer sitzt Torsten mit dem Laptop auf den Knien und studiert noch einmal die Website von Reiling, er bereitet sich auf jeden Vorstellungstermin akribisch vor. Sina setzt sich neben ihn und öffnet im Handy ihre Kontakte. Sie *muss* für die letzten beiden Ferienwochen eine Betreuung finden! Wie hieß noch mal diese Agentur, bei der sie eine Nanny für vier Tage der Osterferien engagiert hatte? Als David einen *super wichtigen* Prozess vorbereiten musste? Sie hatte ihm die Rechnung kommentarlos geschickt, und da sie nichts mehr von der Agentur gehört hat, hat er wohl auch gezahlt.

Torsten hebt den Blick vom Bildschirm. »Was ist mit seinen Freunden? Ist von denen keiner im Lande? Vielleicht könnte er ja dahin, wenigstens ein paar Tage.«

»Lukas und seine Familie sind grade erst letzte Woche weg.« Andere Freunde von Elvis fallen ihr spontan nicht ein, im Hort gibt es offenbar einen Florian, den er nett findet, von dem redet er manchmal, aber er war noch nie zum Spielen eingeladen oder zum Geburtstag. Ist es normal, dass ein Achtjähriger kaum Freunde hat?

»Dann verschieb ich Dresden eben doch. Meine

Eltern werden es schon verstehen. Und dass die zwei Vorstellungstermine was bringen, glaub ich sowieso nicht.«

»Probieren solltest du es trotzdem. Ich finde schon eine Lösung. Aber danke.«

Sie legt kurz ihre Hand auf seine, ehe sie weiter durch ihre Kontakte scrollt. Allein ihr Problem mit ihm teilen zu können hilft ihr schon ein bisschen, David hat ihr in solchen Situationen nicht mal richtig zugehört.

»Ich weiß gar nicht, wie andere Leute das machen«, sagt er, »wer kann sich denn sieben Wochen lang Urlaub nehmen? Ohne Feriencamps oder die Hilfe von Freunden oder Großeltern funktioniert das doch überhaupt nicht.«

Sie hebt den Blick vom Handy, sieht Torsten an. Ellen. Klar. Wieso hat sie an die noch nicht gedacht? Die ist ganz sicher da, sie fährt höchstens im Herbst mal ein paar Tage weg, hat sie gesagt, als Sina sie das letzte Mal getroffen hat. Und dass sie gerade während der Sommerferien die Stadt am liebsten mag, weil es dann so schön ruhig ist.

»Du bist genial.«

»Bin ich? Wieso das jetzt?«

Aber Sina hat schon den Kontakt aufgerufen und tippt auf die Nummer. »Drück mir die Daumen. Ich brauch jetzt dringend ein Erfolgserlebnis.«

3

Ellen hat sich eine kurze Bedenkzeit erbeten, wenigstens eine Nacht müsse sie darüber schlafen. Obwohl sie vom ersten Moment an gewusst hat, dass sie zusagen wird. Es ist einfach zu viel Geld, dass die Poschmann ihr bietet.

Sie wird zwölfhundert Euro bekommen für die beiden Wochen, in denen sie Elvis von Montag bis Freitag betreut, von halb neun bis halb sechs. Das ergibt, sie hat es sofort im Kopf ausgerechnet, einen Stundenlohn von etwa dreizehn Euro. Für eine Arbeit, die eigentlich keine ist. Einen Achtjährigen zu beschäftigen wird ihr nicht schwerfallen. Und Elvis ist kein schwieriges Kind, so viel kann sie nach einem knappen halben Jahr Bekanntschaft sagen.

Natürlich kennt sie ihn noch nicht besonders gut. Bisher kommt er zweimal wöchentlich zur Nachhilfe, montags und donnerstags, von vier Uhr nachmittags bis halb sechs. Er ist immer pünktlich und grüßt höflich, wenn auch mit schüchtern gesenktem Blick, bevor er Ellen ins Wohnzimmer folgt und seine Schulsachen auf den Tisch packt. Während des Unterrichts antwortet er auf ihre Fragen oft zögernd und unsicher, er scheint nicht viel Vertrauen in seine Fähigkeiten zu haben. Dabei ist er intelligent, er versteht Zusammenhänge schnell, aber seine Konzentration hält nicht lange an. Wenn sie nebeneinandersitzen, über das Mathebuch oder ein Übungsblatt zur Rechtschreibung gebeugt, schweifen seine Augen ab, das hat sie schon des Öfteren bemerkt. Er guckt dann zum Fenster oder zum Bücherregal, ist in Gedanken ganz woanders, sie kennt das von Benedikt früher, der sich auch regelmäßig wegträumte aus einer quälend langweiligen Realität, Vitus war da ganz anders, schon von klein auf lebte er immer ganz im Hier und Jetzt. Und ebenso wie Benedikt ist auch Elvis, das hat sie schon bemerkt, ein sensibles, mitfühlendes und freundliches Kind, ungewöhnlich ruhig und nachdenklich für sein Alter. Dass sie ihn von ihren Schülern am liebsten mag, hat ihr die Entscheidung erleichtert, zwei ganze Wochen mit ihm zu verbringen.

Auch an seinen Namen hat sie sich inzwischen gewöhnt. Als seine Mutter ihn zum ersten Mal nannte, dachte Ellen, es sei ein Spitzname oder ein Scherz. Der zierliche Junge mit den schmalen Gliedern, dem weichen, noch kindlichen Gesicht und den vielen hellen Haaren hatte so gar keine Ähnlichkeit mit dem wilden Rock 'n' Roller mit der dunklen Haartolle und dem sexy Hüftschwung, es war fast zum Lachen. Als Teenager war sie ein großer Fan von Elvis Presley gewesen, die allererste Single, die sie sich von ihrem lange gesparten Taschengeld gekauft hatte, war *Devil in Disguise*, sie musste damals vierzehn oder fünfzehn gewesen sein, es war ihr gleich beim ersten Gespräch mit der Poschmann wieder eingefallen, der Song war ihr dann tagelang nicht mehr aus dem Kopf gegangen, sie hatte sich mehrmals dabei ertappt, wie sie ihn vor sich hin summte oder trällerte, sie konnte den Text noch auswendig, nach über fünfzig Jahren.

Jetzt sitzt sie mit der Poschmann in ihrer Küche und bespricht die Modalitäten. Ellen hat sie heute Morgen angerufen und zu sich eingeladen oder vielmehr gebeten, wäre fünf Uhr in Ordnung? Sie werde pünktlich sein, hatte die Poschmann versprochen, und das war sie auch.

Einmal war sie schon in Ellens Wohnung gewesen, als sie Elvis zur ersten Nachhilfestunde brachte. Ellen hat bei all ihren Schülern zur Bedingung gemacht, dass sie sie zu Hause unterrichtet. Weder möchte sie durch die halbe Stadt fahren noch das Privatleben fremder Familien kennenlernen, deren Kaffee trinken und auf deren Klos gehen. Und schon gar nicht möchte sie herumschleichende Mütter um sich herum, die sich ungebeten einmischen.

»Am besten geben Sie mir Ihre Rechnung, ich leite sie dann gleich an meinen ehemaligen Mann weiter«, sagt die Poschmann gerade. »Ich könnte Ihnen auch schon am Montag einen ersten Teil in bar geben, wenn Sie möchten.«

»Das ist nicht so eilig«, sagt Ellen, »aber danke.«

Sie hat das Geld längst schon verplant. Wenn sie im Herbst für eine Woche nach Skagen zu Benedikt und Freja und Valerie fährt, wird sie noch einen Tag und eine Nacht in Kopenhagen dranhängen und sich die Stadt ansehen, in der sie noch nie war. Und ein Bahnticket zu Vitus nach Köln müsste auch noch drin sein, vielleicht zu seinem Geburtstag Ende November, ein Samstag diesmal. Und beim nächsten Essen mit Henry wird endlich mal sie die Rechnung übernehmen. Obwohl er es vermutlich nicht zulassen wird. Seine Weigerung, sie wenigstens ihren Anteil bezahlen zu lassen, hat, das weiß sie, nichts mit ihrer persönlichen finanziell angespannten Situation zu tun, es ist keine Herablassung, er tut das bei jeder Frau, da ist er ganz *old school*. Vielleicht ist es besser, wenn sie zu Hause für ihn kocht. Die gefüllten Ravioli, die er letztes Jahr bei ihr gegessen und sehr gelobt hat? Und ein richtig guter Rotwein dazu?

Trotz dieser Phantasien und der Vorfreude darauf trauert sie doch auch noch ein bisschen den letzten beiden freien Wochen hinterher, auf die sie sich monatelang gefreut hat. Sie hatte Pläne, Miri wollte für eine Woche kommen. Sie hatten sich am Telefon schon ausgemalt, wie sie morgens im Bademantel mit ihrem Kaffee auf dem Sofa lottern, später spazieren und in den Biergarten gehen würden und nachts auf dem Balkon reden bis in die Puppen. Tage mit Miri sind ein andauernder Gedankenaustausch, mit niemandem sonst kann Ellen so mühelos und ungebremst über buchstäblich alles sprechen, Miri ist der ihr vertrauteste Mensch. Immer schon gewesen, auch zu Zeiten von Jock. Und umgekehrt.

Seit Miri in Jena lebt, telefonieren sie regelmäßig, manchmal stundenlang, aber es ist natürlich nicht dasselbe. Die zusammen verbrachte Zeit ist kostbar geworden. Sie wird Miri fragen, ob sie nicht an einem Wochenende kommen kann, zwei Tage sind besser als nichts.

Sie denkt an die Stapel von ungelesenen Büchern, die noch auf sie warten, Kirsten hat ihr erst letzte Woche ein großes Paket mit Leseexemplaren von Neuerscheinungen zum Stammtisch mitgebracht. Zum Lesen wird sie mit Elvis vermutlich nicht viel kommen. Und sie hat auch noch eine lange Liste mit

Filmen und Serien, die sie längst sehen wollte. Seit Henry ihr zu Weihnachten ein Streaming-Abo für ein Jahr geschenkt hat, sieht sie weniger alte Filme als neue Serien, Samstagnacht manchmal bis zum Morgengrauen, sie kann ja am Sonntag ausschlafen.

Aber all das kann sie nachholen, die Wochenenden bleiben ihr ja noch. Und abends, wenn Elvis nach Hause gegangen ist, hat sie auch noch ein paar Stunden. Auf ihre Siesta mittags wird sie verzichten müssen, sie will den Jungen ja nicht vor dem Fernseher oder dem Computer parken.

Vor Lanzarote hat er zwei Wochen lang einen Segelkurs am Starnberger See gemacht, hat die Poschmann erzählt, sie hatte leider nicht so viel Urlaub. Und dass es jedes Jahr anstrengend sei, ein Programm für die langen Sommerferien zusammenzustellen. Ellen hat in ihrer Kindheit mit ihrer Schwester und zwei Kusinen fast die ganzen Ferien bei den Großeltern verbracht, sie erinnert sich an endlose heiße Tage, sie waren fast die ganze Zeit im Freien gewesen, hatten im Fluss gebadet, an dem man von einer Weide ins Wasser springen konnte, hatten Blaubeeren gesammelt, jeden Abend verglichen, wer mehr Mückenstiche hatte, und sich ab und zu fürchterlich gestritten. In einem Sommer hatte ihr Großvater ihnen in seiner Keller-Werkstatt Stelzen gebaut, am Anfang war es schwer gewesen, aber am Ende der Ferien konnten sie alle vier damit Treppen steigen, auch noch im Rhythmus von Kinderliedern.

»Wenn ich es schaffe, hole ich ihn abends bei Ihnen ab«, sagt Elvis' Mutter gerade. »Oder mein Partner. Falls nicht, schicken Sie ihn einfach um halb sechs nach Hause. Soll er seine Schulsachen mitbringen?«

Ellen stellt zwei Gläser und eine Karaffe mit Wasser auf den Küchentisch. Sie hat der Poschmann einen Tee angeboten, aber die hat abgelehnt, sie will dieses Gespräch offenbar zügig hinter sich bringen, eine gewisse Unruhe ist ihr deutlich anzumerken.

»Nein, er hat ja Ferien. Aber Schwimmsachen wären gut. Und feste Schuhe, falls er so was hat. Ich würde mit ihm gerne eine längere Wanderung machen, wenn er mag.«

Die Poschmann zückt ihr Handy und ruft die Notizfunktion auf. »Er hat Bergstiefel, die geb ich ihm mit.«

»Wunderbar.«

»Er hat sie erst einmal getragen. Er hat ehrlich gesagt nicht so viel Lust auf Wandern. Aber vielleicht schaffen Sie es ja?«

»Einen Versuch ist es wert.« Sie wird ihn auf keinen Fall zu etwas überreden oder gar zwingen. Bestimmt war er nicht gerade begeistert, zwei Wochen mit seiner alten Nachhilfelehrerin verbringen zu müssen anstatt mit seinem Vater, sie will versuchen, es für ihn so schön wie möglich zu machen. Natürlich fallen einige Unternehmungen von vornherein weg, Fußballspielen kann sie nicht mit ihm oder auf Bäume klettern.

»Er ist nicht so wahnsinnig sportlich«, sagt seine Mutter, als habe sie Ellens Gedanken gelesen. Sie hat die Notizen schnell in ihr Handy getippt und nimmt jetzt einen Schluck Wasser. »Ich hab ihn vor zwei Jahren in einem Fußballverein angemeldet, aber er war nur dreimal beim Training, er fand es schrecklich.«

Dann fällt vermutlich die Besichtigung des Stadions, die als Ausflugsziel auf Ellens Liste steht, weg. Auch gut, das Ganze würde für sie beide dreißig Euro kosten, ohne Verpflegung.

»Aber ins Kino geht er gerne?« Auch nicht gerade ein preiswertes Vergnügen, aber wenigstens hat auch sie daran Spaß.

»Das liebt er«, sagt die Poschmann. Und dann, als habe sie erneut Ellens Gedanken gelesen, »natürlich bezahlen wir den Eintritt zusätzlich, auch für Sie. Und eventuelle Fahrtkosten.«

»Das ist nicht nötig.« Ellen will nicht den Eindruck erwecken, dass sie die Notlage der Frau ausnutzt. Wenn sie sich am Montag oder Dienstag einen Film anschauen, ist es günstiger. »Wirklich keinen Tee?«

»Nein, vielen Dank.« Die Poschmann schaltet die Notizfunktion aus. »Wir wollen noch essen gehen nachher. Wir haben dann auch so weit alles besprochen?«

»Ich denke schon. Obwohl, apropos Essen … ich ernähre mich vegetarisch. Vielleicht bereiten Sie Elvis schon mal darauf vor, dass er bei mir weder Fleisch noch Wurst bekommt. Er kann sich aber natürlich gerne etwas mitbringen, wenn er möchte, ich bin da nicht dogmatisch.«

»Das ist kein Problem«, die Poschmann verstaut das Handy in ihrer Handtasche. »Wir versuchen auch, nicht so viel Fleisch zu essen. Also nicht öfter als zwei-, dreimal die Woche.«

Sie lächelt etwas gezwungen. Ellen versteht, wie unangenehm ihr dieses Gespräch sein muss, sie ist die Bittstellerin, die Unterlegene, trotz der großzügigen Bezahlung. Sie muss Ellen gegenüber dankbar sein, zuvorkommend, sie kann keine Forderungen stellen. Sicher hätte sie diese Unterhaltung lieber in ihren eigenen vier Wänden geführt, auf vertrautem Terrain. Aber das eine Mal, in dem Ellen in der Poschmann-Wohnung war, hat sie sich nicht sonderlich wohl gefühlt. Sie hatte Elvis nach Hause gebracht, nach einem Besuch im Kindertheater im

April, zu dem sie alle ihre Nachhilfeschüler eingeladen hatte. Die Poschmann hatte sie hereingebeten, fast schon genötigt, ihr ausgiebig gedankt und ihr ein Glas Wein aufgedrängt, in ihrer wirklich schönen großen Küche. Sie hatten eine halbe Stunde etwas gezwungen geplaudert, über das Theaterstück, über Elvis' Fortschritte in der Schule, sogar über das seit Tagen regnerische Wetter. Der Lebensgefährte hatte sich für eine Weile dazugesetzt, ein etwas unscheinbarer Mann Ende dreißig. Ellen war er nicht sonderlich sympathisch gewesen, er hatte etwas Angespanntes, Verbissenes an sich, und er musterte das Glas Wein in ihrer Hand mit scheelem Blick, so als gönne er es ihr nicht. Zu der Unterhaltung hatte er kaum etwas beigetragen.

Bevor die Poschmann vorhin gekommen ist, hat Ellen extra noch gründlich gelüftet, nichts schlimmer als Alte-Leute-Geruch, den die Verursacher meist nicht mal bemerken. Sie hat auch die Zimmer einer schnellen Inspektion unterzogen, sie mit den Augen einer Fremden gemustert. Und sich gleichzeitig über sich selbst geärgert, sie muss dieser Frau gar nichts beweisen. Aber so eitel ist sie doch, dass es ihr wichtig ist, welchen Eindruck ihre Wohnung erweckt.

Als Benedikt und Vitus praktisch zeitgleich aus dem Haus gingen und sie diese Wohnung mietete, hat sie sich räumlich um fast die Hälfte verkleinert. Sie musste etliche Möbel abstoßen, notgedrungen. Bene wollte nur das breite Metallbett, das Jock und sie während ihrer Hochzeitsreise in der Provence entdeckt hatten und für dessen Transport mehr als der Kaufpreis draufging, aber Vitus hat vieles gerne genommen, den Kirschholzschrank von Ellens Eltern zum Beispiel, das einzige schöne über den Krieg gerettete Stück. Früher hat sie darin die Bettwäsche aufbewahrt, heute genügt ihr dafür eine Schublade der Schlafzimmerkommode, so oft hat sie keinen Übernachtungsbesuch. Sie hat Vitus nach und nach auch Teppiche gegeben, einen Korbsessel, zwei Stühle, Geschirr und Besteck, sie hatte viel zu viel davon. Auch jetzt umgibt sie sich noch mit zu viel Unnötigem. In den Schränken im Keller lagern noch nie benutzte Raclette-Grills, Fondue-Sets und Joghurt-Maschinen, bergeweise alte Comics der Kinder, eine Kiste mit schönen Stoffen, denen sie, vor allem auf Urlaubsreisen, nicht widerstehen konnte und die als Vorhänge in Häusern und Wohnungen hingen. Sobald sie sie sieht, hat sie Bilder vor Augen, die im sommerlichen Luftzug wehenden Gardinen des Schlafzimmers im Chiemgau bei Jocks Eltern, eine Überdecke auf Vitus' Bett, als er ein Teenager war und ganze Nachmittage mit seinen Freunden auf dem Bett verbrachte, die Decke war danach eine verkrumpelte Wurst am Fußende. Sie hatte sich vorgenommen, aus all den Stoffen einen Quilt zu nähen, ganz traditionell mit der Hand, sie hat sogar eines trüben Winternachmittags die Kiste mit den Stoffen rauf in die Wohnung geschleppt, dann aber hat sie der Mut verlassen und auch die Lust, es gibt so vieles, was sie lieber tut.

Sie hat bergeweise Bücher aussortiert und nur die behalten, an denen ihr wirklich etwas liegt, die sie noch einmal lesen will. Sie ahnt allerdings, dass es dazu nicht kommen wird, es gibt zu viele Neuerscheinungen, mit denen ihre ehemaligen Kolleginnen sie zuverlässig beliefern.

Ob im Hause Poschmann viel gelesen wird? Damals, bei ihrem kurzen Blick in das Wohnzimmer, hat Ellen einen riesigen Flachbildfernseher gesehen, doppelt so groß wie ihr eigener, aber nur ein einziges Regal mit Büchern, hauptsächlich Taschenbuchausgaben, aber immerhin, sie sahen gelesen aus. Und jede Menge Zeitschriften natürlich, dicke Hochglanzmagazine von der Sorte, die Ellen ab und zu im Supermarkt durchblättert, das vordere Drittel besteht fast ausschließlich aus Anzeigen.

»Dann will ich Sie nicht weiter stören.« Die Poschmann wirft, vermeintlich unauffällig, einen Blick auf ihre Armbanduhr, zum vierten Mal während der halben Stunde, die sie in Ellens Küche sitzt.

»Wir können ja auch telefonieren, falls es Fragen oder Probleme gibt.« Sie steht schon auf, hängt sich die Tasche über die Schulter. »Ach ja, eins noch …«

»Ja?« Ellen steht ebenfalls auf.

»Können wir … wollen wir uns nicht beim Vornamen nennen? Also siezen schon, aber … irgendwie ist *Frau Poschmann* und *Frau Wildner* so steif. Ich heiße Sina.«

Ellen ist einen Moment überrumpelt, aber die Frau hat ja recht. Und zum Teufel mit den spießigen Benimmregeln, die so eine Frage nur ihr erlauben würden als der Älteren.

»Gerne. Ellen.« Sie hält der Poschmann – also jetzt Sina – die Hand hin, die die ergreift und drückt, ihre Hand ist trotz der Hitze draußen kalt und etwas feucht, sie hat vermutlich Durchblutungsstörungen.

Als Ellen die Wohnungstür hinter Sina Poschmann schließt und sie noch die Treppe hinunterstöckeln hört, plant sie den Rest ihres Tages. Sie wird erst den Hund füttern, dann mit ihm noch eine kleine Runde laufen, sich dann ein kaltes Abendessen machen, Brot, Käse, Obst, zum Kochen hat sie heute keine Lust, außerdem will sie mit ihrer kostbaren Freizeit haushalten. Und dann wird sie den neuen Roman des Österreichers anfangen, er erscheint erst im September, aber Kirsten hat ihr gestern im Laden ein Vorabexemplar zugesteckt, weil sie weiß, wie sehr Ellen ihn mag. Sie ahnt schon, dass sie damit nicht vor Mitternacht aufhören und das Aufstehen um drei ihr dann schwerfallen wird, aber das ist ihr egal. Was wäre ihr Leben ohne solche kleinen Freuden.

4

Noch auf der Treppe, Ellens Tür hat sich gerade hinter ihr geschlossen, checkt Sina erneut ihr Handy, aber immer noch nichts. Das bedeutet kaum Gutes, unwahrscheinlich, dass auch ein zweites Vorstellungsgespräch so lange dauert. H. C., ihr Chef in der Agentur, hat noch nie länger als eine Stunde mit einem Bewerber gebraucht, »wenn ich dann nicht weiß, ob es passt, weiß ich's nie«, sagt er immer. Aber theoretisch möglich ist es natürlich.

Realistischer allerdings ist, dass der Termin wieder mal ergebnislos verlaufen ist, *Sie hören von uns*, gefolgt von einer höflich formulierten Absage ein paar Tage später. Er könnte danach wieder so deprimiert sein, dass er erst mal ein paar Stunden braucht, bevor er es erzählt. Den schlimmsten Fall, dass sie ihn direkt abgelehnt haben – *Ihr Profil entspricht leider doch nicht unseren Anforderungen, wir suchen jemand mit mehr Erfahrung in dem Bereich* –, will sie noch nicht denken. Und schon gar nicht die allerschlimmste Möglichkeit. Nach dem letzten Bewerbungsgespräch, in das er so optimistisch gegangen war wie nie zuvor, war er kurz davor, sich in einer Kneipe die Kante zu geben. Er hat es ihr erst ein paar Tage später erzählt. In dem Laden drin war er schon, hat dann aber doch nur eine Cola getrunken. Und auf dem Klo den Kopf unter den Wasserhahn gehalten. Bevor er bei ihnen eingezogen ist, hat sie ihm eins ganz klar gemacht: Wenn er wieder anfängt zu trinken, ist es sofort aus, ohne Wenn und Aber. Ein Alkoholiker kommt für sie nicht in Frage, sie hat schließlich auch Verantwortung für ein Kind.

Auf dem kurzen Heimweg grübelt Sina darüber nach, wie sie am besten reagieren soll. Auf keinen Fall wird sie ihn mit Fragen löchern wie beim letzten Mal, er war erst gereizt und dann für den Rest des Tages total schweigsam, er fühlte sich von ihr bedrängt, hat er später erklärt, er hatte das Gefühl, mit ihrem Nachbohren mache sie ihm unterschwellig Vorwürfe, dass er sich nicht gut genug präsentiert hatte, selber schuld war an der Ablehnung. Und auch wenn sie das vehement bestritt, weil es wirklich nicht stimmte, gegen sein Gefühl kommt sie nicht an.

Sie wird sich auch die hohlen Trostworte sparen, die er garantiert nicht mehr hören kann, *beim nächsten Mal bestimmt, nicht aufgeben, nur eine Durststrecke,* nebenbei kein schönes Wort in dem Zusammenhang. Sie wird versuchen, so gelassen wie möglich zu reagieren, kein Aufhebens zu machen, sie wird seine niedergeschlagene oder auch verbitterte Stimmung liebevoll ignorieren und vor allem nicht persönlich nehmen.

Was sich nicht wegdiskutieren oder -trösten lässt, ist die inzwischen schon dreizehnmonatige Lücke in seinem Lebenslauf, die mit jedem Tag größer wird. Schlimmer noch die fristlose Kündigung seiner letzten Stelle. Bei einem großen Vertragsabschluss war er betrunken, er hatte sich den Termin falsch notiert und mittags in der Kantine mit einigen Kollegen auf einen anderen beziehungsweise die Geburt von dessen drittem Kind angestoßen, mit Bier und Schnaps. Am Ende, so hat Torsten ihr erzählt, als er endlich darüber sprechen konnte, kam das fast täglich vor, Gründe gibt es ja genug in einem großen Unternehmen, irgendeinen Geburtstag, ein Jubiläum, Hochzeitstag oder Sonstiges, da musste er nicht lange nach einem Anlass suchen. Und die Kollegen haben ja meistens fleißig mitgetrunken. Nur eben nicht so einen gigantischen Bock geschossen.

Sie hört die Musik schon im Treppenhaus, die WG neben ihnen, denkt sie erst. Doch Springsteen singt in ihrer Wohnung, und in der Küche sitzt Torsten am Tisch, Elvis neben ihm, an seine Schulter gelehnt. Die beiden blättern in einem dicken Firmenprospekt, Hochglanz.

In letzter Zeit sind Torsten und Elvis einander nähergekommen, nach längerem vorsichtigen Beschnüffeln. In den ersten Wochen und Monaten kam kaum ein Gespräch zwischen ihnen zustande, das über ungeschickte Fragen von Torsten und einsilbige Antworten von Elvis hinausging, Sina versuchte dann gespielt munter zu vermitteln, hatte aber keinen großen Erfolg. Inzwischen plaudern sie locker und ohne Anstrengung, gehen selbstverständlicher miteinander um, nicht mehr so höflich und angestrengt, geben sich nicht mehr so viel Mühe. Nach dem Burgbauen auf Lanzarote haben sie sich freudig mehrfach abgeklatscht, und ab und zu legt Torsten kurz seinen Arm um Elvis oder stupst ihn nach Kumpelart mit der Schulter an. Sie freut sich darüber, sie hat das Gefühl, sie tun einander gut.

Seine eigenen Söhne sieht Torsten bestenfalls zweimal im Jahr. Sie leben mit seiner Ex Lene in der Eifel, und Lene sorgt dafür, dass fast sämtliche Termine, die Torsten ihr für einen Besuch vorschlägt, nicht passen. Auch dafür gibt es genug Gründe, Schulveranstaltungen, Sportfeste, Kinderkrankheiten. Torsten versucht, jeden Sonntag mit ihnen zu telefonieren. Meistens geht Lene nicht mal ran, sie erkennt natürlich seine Nummer. Und wenn es dann doch mal klappt und er die Jungs ans Telefon kriegt, sind die Gespräche kurz und quälend. Torsten fragt und fragt und kriegt kein Gespräch zustande. Trotzdem schreibt er ihnen alle paar Wochen mit Bedacht ausgewählte Postkarten, mit Tieren drauf für Sören, den kleineren, und mit Fußballmotiven für Jasper, auch aus Lanzarote hat er welche geschickt. Er kauft Geschenke und packt Päckchen zu den Geburtstagen und zu Weihnachten, aber es kommt nie mehr zurück als ein undeutlich gemurmeltes Dankeschön am Telefon, und auch das meist nur auf Nachfrage. Torstens Enttäuschung tut Sina weh, seine Tapferkeit und Beharrlichkeit rühren sie. In den letzten Wochen hatte sie allerdings das Gefühl, dass er resigniert hat, sich damit abgefunden, dass die beiden Jungs für ihn verloren sind. Wer weiß, was Lene ihnen für Storys erzählt über ihren Vater.

Sie bleibt in der Tür stehen, die beiden haben sie noch nicht bemerkt bei der lauten Musik. »Und da arbeitest du?«, fragt Elvis gerade.

»Genau.« Torsten tippt auf das Foto eines Gebäudes fast ganz aus Glas, bei Nacht aufgenommen, in sämtlichen Fenstern brennt Licht, was vermutlich signalisieren soll, dass in dieser Firma rund um die Uhr gearbeitet wird. »Im sechsten Stock.«

Jetzt hat er sie bemerkt, er sieht auf, ein so vollkommen entspanntes Lächeln hat sie noch nie an ihm gesehen.

»Sag bloß, es hat geklappt.«

»Hat es. Ab kommenden Montag schon. Drei-Jahres-Vertrag erst mal. Sechs Monate Probezeit natürlich. Drei-acht für den Anfang.« Das ist weniger, als er sich eigentlich als unterste Grenze gesetzt hatte, bei der alten Firma hatte er fünf-zwei, aber total egal. Er hat einen Job, das ist alles, was zählt.

»O Liebling, wie wunderbar! Ich gratuliere dir!« Sina geht zum Tisch, beugt sich über Torstens Rücken, legt die Arme um seinen Hals und küsst seine Wange.

»Er arbeitet im sechsten Stock«, sagt Elvis stolz. »Können wir dich da mal besuchen?«

Torsten legt die Hand um Sinas Kopf und zieht ihn enger an sich. »Bestimmt. Aber vielleicht nicht gleich. Ich muss mich erst mal einarbeiten, das verstehst du, oder?«

»Ja.« Elvis steht auf. »Ich hab Durst, kann ich eine Limo?«

»Erst nachher, wenn wir essen gehen. Trink ein Glas Wasser.« Sina lässt sich auf Torstens Schoß ziehen. »Von mir aus können wir auch gleich los.«

»Zum Inder?« Torsten schiebt die Hände unter

ihre Bluse, ihr Rücken ist feucht von Schweiß. »Aber heute zahl ich, dass das klar ist.«

»Gut zu wissen. Dann fress ich die Speisekarte rauf und runter.« Sina wird die Stimmung nicht verderben mit dem Hinweis, dass Torsten frühestens in einem Monat sein erstes Gehalt bekommt.

»Fressen sagt man nicht«, Elvis geht mit seinem Wasserglas schon zur Tür. »Jedenfalls nicht bei Menschen. Das tun nur Tiere, sagt Frau Graml.«

Sina lacht. »Da hat deine Lehrerin natürlich recht, Entschuldigung.« Sie zieht Torstens Arme um sich, während Elvis im Flur verschwindet. »Das heißt, den Dresden-Trip musst du jetzt absagen?«

»Hab ich schon. Meine Mutter war traurig, aber verstanden hat sie's. Sie haben sich beide für mich gefreut wie die Schneekönige.«

»Na klar. Haben die dich im Gespräch eigentlich gefragt wegen der fristlosen Kündigung?«

»Hätten sie garantiert«, sagt Torsten, »aber ich bin diesmal gleich in die Offensive gegangen, hab schon am Anfang gesagt, dass ich ein Problem hatte, aber daran gearbeitet hab und jetzt wieder voll motiviert bin. Der Personalchef fand's gut, dass ich so offen war. In der Branche würde ja generell zu viel gesoffen, hat er gemeint. Ich wär nicht der Einzige in der Firma, der mal ein Alkoholproblem hatte.«

»Gesoffen sagt man nicht, denk an Frau Graml«,

Sina lacht wieder, ihr ist danach, laut zu singen oder zu schreien vor Freude und Erleichterung. »Warum hast du mich eigentlich nicht angerufen? Oder mir eine Nachricht geschickt? Ich hab drauf gewartet, ich war total nervös.«

»Tut mir leid. Aber ich musste einfach dein Gesicht sehen dabei, verstehst du?«

»Ja«, sagt sie und küsst ihn, diesmal richtig. Im Wohnzimmer endet *Prove It All Night,* gefolgt von einem lauten Klirren aus dem Kinderzimmer, bevor *Darkness On The Edge Of Town* einsetzt.

»Elvis?«

»Nur die Lampe! Aber nix kaputt!«

Auch ohne Scherben ist heute ein Glückstag. Sie drückt Torsten noch einmal an sich, bevor sie aufsteht.

»Ich spring noch schnell unter die Dusche.«

»Zieh dir was Schönes an, okay?« Auch Torsten steht auf. »Ich hol mir mal ein frisches Hemd.«

Er geht zur Tür, sogar sein Gang ist anders, er federt irgendwie. Und zieht sich schon das Hemd aus der Hose und knöpft es auf. In letzter Zeit hat Sina ihn, außer im Bett, kaum noch nackt gesehen, er hat immer die Badezimmertür geschlossen, als schäme er sich vor ihr. Dabei hat er kein Gramm Fett zugelegt, seit sie sich kennen, ganz im Gegensatz zu ihr, sie hat locker fünf Kilo mehr. Er hingegen ist eher noch dünner geworden, vielleicht weil er jeden Morgen mindestens eine Stunde joggt, manchmal auch abends noch.

Laufen ist das Einzige, das hilft, wenn er glaubt, es keine Minute länger ohne Alkohol aushalten zu können, hat er ihr erzählt. Er hat versucht, ihr das Gefühl zu beschreiben, das ihn dann fest in seinen Klauen hält, »wie ein Loch in der Brust, das immer heißer wird«, hat er gesagt, »und so ein Ziehen in allen Gliedern, besser kann ich's nicht erklären. Du kannst das wahrscheinlich nicht verstehen, so wenig, wie du dir aus Alkohol machst. Aber wenn es mich überfällt, muss ich sofort losrennen, egal, wo ich bin.« Diese akuten Anfälle hat sie noch nicht miterlebt, als sie ihn kennenlernte, war er schon trocken. Und er hatte auch nicht lange exzessiv getrunken, nur eineinhalb Jahre, erst bei der Trennung von Lene hatte er damit angefangen.

Auch seine Schlaflosigkeit hatte damals begonnen. Er schläft maximal fünf Stunden pro Nacht und dann unruhig, sie spürt oft im Halbschlaf, dass er aufsteht, meist zwischen zwei und drei. Er kommt zwar wieder zurück ins Bett, aber frühestens nach einer Stunde. Was er tut in dieser Zeit, weiß sie nicht, sie hat ihn nur einmal gefragt, er hat damals ausweichend reagiert. Seither hält sie es für das Beste, ihn einfach in Ruhe zu lassen.

Als sie ihn kennengelernt hat, war er schon zwei Jahre getrennt und ein Jahr geschieden. In dieser ganzen Zeit hatte er keine einzige Beziehung. Er war, das hat er ihr später erklärt, unfähig zu kommunizieren, sich anderen Menschen anzuvertrauen, zu erzählen, dass und wie sehr verletzt und zutiefst verunsichert er war. Auch ihr hat er sein Innenleben nur sehr zögerlich und in kleinen Scheibchen offenbart, wenn es nicht anders ging. Eigentlich hat er nur auf ihre Fragen geantwortet, die üblichen, *bist du verheiratet oder liiert, hast du Kinder, was für einen Beruf hast du.* Den Grund, weshalb er damals schon monatelang arbeitslos war, hat er ihr zum Beispiel erst gesagt, als in einem Schreiben vom Anwalt seiner Frau sein Alkoholproblem erwähnt wurde, Lene nutzte es als Mittel, ihn von den Kindern fernzuhalten. Diese Frau hat ihn, findet Sina, wirklich systematisch kleingemacht, ihn seelisch kastriert. Sie kennt Lene nur von Fotos, nicht persönlich. Vielleicht auch besser so. Sie würde nicht an sich halten können zu sagen, was sie über sie denkt. Dass sie eine miese, geldgierige, manipulative, kaltschnäuzige Bitch ist, einfach einen schlechten Charakter hat. Und dass man ihr eigentlich die Kinder wegnehmen müsste, damit sie von ihr nicht versaut werden. Nicht mal Torsten, der in Bezug auf seine Ex von einer schon dämlich zu nennenden Lammesgeduld ist und sich ihre fiesen

Schachzüge ohne Gegenwehr gefallen lässt, sagt von ihr, dass sie ihre Jungs liebt. Was er selbst tut, intensiv und sehnsüchtig. Und nichts kriegt er zurück.

Sina hat ihn auf einer peinlichen Ü-30-Party kennengelernt, Molly hatte sie mitgeschleppt – »Vielleicht lernen wir jemand Nettes kennen«, hatte sie gesagt, und »Nutz es aus, wenn du schon mal einen Abend frei hast!« –, Elvis war übers Wochenende bei David und bei Meret, gegen die er Nicole inzwischen eingetauscht hat und mit der er immer noch zusammen ist, verheiratet sogar, also hatte Sina eingewilligt, obwohl sie damals lieber ins Kino gegangen wäre oder in ein ruhiges Lokal, sie fühlte sich ständig ausgelaugt zu jener Zeit, kraft- und energielos. Um Mitternacht wollte sie endlich gehen, aber Molly hatte an der Bar einen Typen kennengelernt, der sie beide zu einem Drink einladen wollte, er hatte, so Molly, auch einen Freund dabei. Sie ließ sich also auf ein letztes Glas mitschleppen zu einem Stehtisch in der Ecke, an dem dieser Karl, genannt Charlie, stand. Sina bemerkte Torsten erst auf den zweiten Blick, so klein hatte er sich gemacht neben seinem Freund. Er sah ihr nur ganz kurz ins Gesicht, seine ganze Körperhaltung, die hochgezogenen Schultern, der ständig wandernde Blick, drückten Unbehagen aus. Er erbot sich, die Drinks zu holen, sie erbot sich, mitzugehen und beim Tragen zu helfen.

Als sie an der Bar warteten, blieb er stumm. Sie sagte ihm, dass sie keinen Longdrink mehr wolle, höchstens ein Wasser. Sie wollte sich den morgigen Tag ohne Kind nicht durch einen Kater verderben. Und eigentlich habe sie schon gehen wollen, sie fände die Veranstaltung hier nicht so spannend. Er hörte zu und sagte dann, dass es ihm genauso gehe, er sei überhaupt nur wegen Charlie hier, weil der nicht allein habe gehen wollen. Als der Barkeeper sich ihnen endlich zuwandte, bestellte er zwei Wodka Bull und zwei Wasser, das zweite war für ihn. Sie glaubte, er verzichte ihr zuliebe auf den Alkohol und fand das sehr nett und aufmerksam. Und drückte ihm eine halbe Stunde später einen Zettel mit ihrer Telefonnummer in die Hand.

Der ganze Mann rührte etwas in ihr an, schon in diesen ersten Momenten des Kennenlernens. Er erweckte eine Fürsorglichkeit in ihr, die sie sonst selten empfindet, außer Elvis gegenüber, den Wunsch, diesen Menschen aufzutauen und zu wärmen und zu beschützen und zu päppeln wie einen aus dem Nest gefallenen Vogel. Ihn gesund zu machen, stark, widerstandsfähig.

Als sie David kennenlernte, hatte die Liebe zu ihm, die, wie sie es heute sieht, eher eine extreme Verliebtheit war, sie getroffen wie der sprichwörtliche Blitz, noch am ersten Abend waren sie wie von

Sinnen übereinander hergefallen. Das ganz große überwältigende Gefühl, hatte sie damals gedacht, und dass sie ein solch starkes Verlangen nicht noch einmal in ihrem Leben würde verspüren können.

Mit Torsten war es ganz anders, ihre Liebe hatte langsam begonnen, vorsichtig, tastend, zwei Schritte vor, einer zurück. Sie waren beide Verletzte, ihre Wunden gerade erst notdürftig verschorft, ab und zu schmerzten sie noch. Ihre Beziehung hat nichts von Ekstase und wilder Verliebtheit, sie ist bestimmt von Rücksichtnahme und Verständnis, von Zärtlichkeit, von Sanftmut und dem Wunsch, dem anderen auf keinen Fall weh zu tun. In gewisser Weise ähneln ihre Gefühle für ihn denen für ihren Sohn, denkt sie oft, und auch wenn sie beim ersten Mal über diesen Gedanken erschrocken ist, so empfindet sie ihn inzwischen als richtig und stimmig. Die großen Gefühle, die sie für David zu empfinden meinte, haben sich komplett in Bitterkeit und Zorn aufgelöst, das wird ihr mit Torsten nicht passieren. Das ruhige Glücksgefühl, das sie so oft mit und bei ihm fühlt, hat sie vorher nie gespürt, und dass sie sich um ihn sorgen und kümmern kann, hat, so glaubt sie, aus ihr einen besseren Menschen gemacht. Er ist einfach gut für sie und für Elvis. Und dass er jetzt endlich wieder eine Chance bekommen hat, macht sie glücklich. Er hat es so sehr verdient.

5

Punkt halb neun Uhr klingelt Elvis an ihrer Tür, in Shorts, T-Shirt und Turnschuhen, seinen Rucksack über der Schulter. Er murmelt wie üblich mit gesenktem Blick eine Begrüßung und betritt zögernd den Flur. Dann übergibt er ihr ein Gastgeschenk, einen Korb mit Obst und Tüten mit verschiedenen Nüssen, mit Grüßen von seiner Mutter. Ellen bedankt sich, sie freut sich über diese Aufmerksamkeit, die laut Etikett aus dem teuren Bioladen zwei Straßen weiter stammt. Allerdings ist auch eine Avocado dabei, die sie, vor allem wegen des hohen Wasserverbrauchs beim Anbau, schon lange nicht mehr kauft, aber das hat Sina nicht wissen können. Sie wird, wenn auch mit leicht schlechtem Gewissen, damit eine Guacamole zubereiten, die isst sie sehr gerne.

Sie schlägt vor, zusammen einen Obstsalat zu machen, den sie nachher mitnehmen können, wenn sie unterwegs sind. Elvis stellt seinen Rucksack ab und folgt ihr erst auf Aufforderung in die Küche.

Er ist noch scheu, und bisher kennt er von ihrer Wohnung nur die Toilette und das Wohnzimmer, in dem Ellen unterrichtet.

In der Tür bleibt er stehen und sieht sich aufmerksam um. Dann entdeckt er den Hund, der unter dem Tisch auf dem Steinboden liegt, im Moment ist er ständig auf der Suche nach kühlen Plätzen.

»Darf ich ihn streicheln?«

»Ja. Aber lass ihn erst mal an deiner Hand schnuppern, er kennt dich ja noch nicht so gut.« Während ihrer Nachhilfestunden zieht sich der Hund meistens in die Küche zurück, wo er seine Ruhe hat. Oder er liegt unter ihrem Bett im Schlafzimmer.

Elvis kniet sich auf den Boden und nähert seine Hand ganz vorsichtig der Schnauze. »Hallo, guten Morgen«, sagt er. »Jetzt hab ich dir gar nichts mitgebracht, tut mir leid.«

»Doch, das hast du«, Ellen nimmt eine Nektarine aus dem Körbchen und zeigt sie Elvis. »Sogar eine seiner Leibspeisen. Willst du sie ihm füttern?«

»Wenn ich darf?«

»Du musst sie nur erst kleinschneiden.«

Sie gibt Elvis ein kleines Küchenmesser und sieht zu, wie er die Frucht in Stücke schneidet, er sollte sich nicht gleich in den ersten zehn Minuten unter ihrer Aufsicht verletzen. Aber ihre Sorge ist unbegründet, er zerteilt die Nektarine ruhig und bedachtsam.

Während sie den Obstsalat zubereitet, füttert der Junge den Hund, der sich zum Dank für diesen unerwarteten Leckerbissen danach streicheln und kraulen lässt und dann den roten Gummiball holt, damit Elvis ihn im Flur für ihn wirft. Als ausgewiesener Menschenkenner hat er Elvis offenbar sofort ins Herz geschlossen, und nicht nur wegen der Nektarine. Obwohl der Junge keine Erfahrung mit Hunden hat, geht er instinktiv gut mit dem Tier um, ist behutsam und liebevoll. Und er ist nicht zimperlich; dass der Hund ihm die Finger ableckt, stört ihn offenbar nicht, er lacht nur. »Das kitzelt.«

Während einer Nachhilfestunde hat er Ellen einmal erzählt, dass er auch sehr gerne ein Tier hätte, einen Hund am liebsten, aber auch eine Katze wäre okay, oder ein Kaninchen, »die sind so schön weich«. Aber seine Mutter hat eine Tierhaarallergie, höchstens ein Vogel würde gehen, hat er gesagt, oder Fische, aber wenig Lust darauf gezeigt. Klar, einen Wellensittich oder Guppys kann man nicht streicheln.

Als sie ihn fragt, ob sie ins Schwimmbad gehen wollen, das um diese Uhrzeit hoffentlich noch nicht zu voll ist, nickt er erst. Als er aber hört, dass der Hund nicht mitkommen darf, runzelt er die Stirn. »Können wir nicht was anderes machen? Mit ihm spazieren gehen oder so?«

Sie fahren mit der U-Bahn zur Münchner Freiheit und laufen von dort in den Englischen Garten, wo sie den Hund frei laufen lassen kann. Wie immer rast er blitzartig davon, sobald sie die Leine löst, um nach einer kurzen Strecke abzubremsen, sich nach ihr umzusehen und zu ihr zurückzulaufen, fünf-, sechsmal mindestens. Erst dann beginnt er, die Umgebung zu erkunden, an Bäumen zu schnüffeln, Gebüsche zu durchforsten.

Sie umrunden den Kleinhesseloher See und gehen über die Brücke in den Nordteil des Parks, die Hirschau. Weil Elvis hier noch nie war, machen sie an einer großen Tafel mit einer farbigen Karte halt, auf der die umliegenden Wege, Bäche, Brücken und Denkmäler eingezeichnet sind. Sie zeigt Elvis ihren Standort und die Strecke zwischen zwei Bächen, die sie mit dem Hund gerne läuft.

»Oberstjägermeisterbach«, buchstabiert Elvis stockend, er braucht zwei Anläufe, bis er den Namen flüssig aussprechen kann. »Was ist ein Oberstjägermeister?«

»Also ein Oberst ist im Prinzip ein Soldat mit einem hohen Rang beim Militär. Und ein Oberstjägermeister war früher für den ganzen Staat oder einen Kaiser oder einen König der oberste Beamte der Jagdbehörde.«

»Aber warum heißt der Bach so?«

»Weil früher der größte Teil des Parks Staatsforst war. In dem auch gejagt wurde. Aber das ist lange her, über zweihundert Jahre.«

»Und danach?«

»Hat der Kurfürst Karl Theodor einen Volksgarten daraus gemacht.«

»Das war gut, oder? Dass dann keine Tiere mehr geschossen wurden.« Er sieht sie forschend an.

»Ja«, sagt Ellen, »finde ich schon. Der Englische Garten ist übrigens eine der größten Parkanlagen der Welt, sogar größer als der Central Park in New York.«

»Echt?«

»Wenn man die Länge der Wege zusammenzählt, käme man auf ungefähr achtzig Kilometer. Man würde Tage dafür brauchen, sie alle abzulaufen.«

Sie gehen ein gutes Stück in nördliche Richtung, dann machen sie halt an einer schönen Stelle, wo der Schwabinger Bach flach ist und der Hund baden kann. Ellen breitet ihre Picknickdecke aus und holt aus der Kühlbox die belegten Brote, die sie zu Hause vorbereitet hat.

»Käse oder Erdnussbutter? Wurst hab ich nicht.«

»Weiß ich«, sagt Elvis. »Weil du kein Fleisch isst. Hat meine Mutter schon gesagt. Erdnussbutter bitte.«

Er hat das halbe Brot schon aufgegessen, als er fragt: »Und warum?«

»Warum was?«

»Warum du kein Fleisch isst. Wegen der Tiere? Weil du nicht willst, dass die totgemacht werden?«

»Das ist der Hauptgrund, ja. Aber es gibt auch noch andere.«

»Und welche?«

Er scheint es wirklich wissen zu wollen. Sie wird es etwas kindgerecht aufbereiten.

»Weißt du zum Beispiel, wie viel eine Kuh pupst und rülpst am Tag?«

Er lacht. »Bestimmt viel. Die frisst ja die ganze Zeit. Weil sie vier Mägen hat. Haben wir in Sachkunde gelernt.«

»Genau. Und jedes Mal, wenn sie das tut, stößt sie ein bestimmtes Gas aus, Methan heißt das. Bis zu zweihundertfünfzig Liter kommen da raus, aus jeder Kuh.«

Er schaut sie mit gerunzelter Stirn an. »Das stinkt bestimmt ganz schön. Wir waren in der zweiten Klasse mal auf einem Bauernhof, in einem Stall.«

»Hat nicht gut gerochen, oder? Aber vor allem verpestet es die Luft. Und es wird immer schlimmer, weil wir immer mehr Fleisch essen.«

»Du aber nicht«, sagt er.

»Nein, ich nicht.«

»Weil du willst, dass die Luft sauber ist.«

»Ja«, sagt Ellen. »Willst du noch ein Brot? Vielleicht eines mit Käse?«

Er nickt, nimmt das Sandwich entgegen und beißt hinein, kaut mit abwesender Miene. »Wir kaufen unser Fleisch immer im Bioladen«, sagt er. »Weil wir mal so einen Film im Fernsehen gesehen haben, mit Hühnern und Schweinen. Die waren ganz viele und total eng zusammengesperrt. Manche sind sogar gestorben.«

»Das nennt man Massentierhaltung. Kein schöner Anblick, ich weiß.«

»Die sind dann alle geschlachtet worden, am Fließband. Aber das durfte ich nicht sehen, hat meine Mutter nicht erlaubt.«

»Das kann ich verstehen.«

»Findest du Bioläden gut?«

»Schon. Aber noch besser wäre es, wir würden gar kein Fleisch essen. Oder sehr viel weniger.«

»Wenn es keine Kühe mehr geben würde, hättest du aber auch keine Milch. Und keine Butter. Keinen Käse. Und Joghurt.«

Damit hat er sie natürlich am Haken. »Da hast du leider recht, das esse ich alles sehr gerne. Wenn ich wirklich konsequent wäre, müsste ich mich vegan ernähren, also gar nichts Tierisches essen. Aber Käse mag ich einfach zu gern.«

Die Box mit den Broten ist schon leer, Ellen packt sie zurück in den Korb, holt die Schüssel mit dem Obstsalat heraus.

»Ich auch«, sagt Elvis, »nur nicht, wenn er furchtbar stinkt. Wie Kuhfurz.«

Aus seiner Portion Obstsalat pickt er die Nektarinenstücke für den Hund heraus, er will ihm auch Weintrauben geben, bis Ellen ihm erklärt, dass Hunde die nicht essen dürfen, sie können krank werden davon.

Dummerweise hat sie seinen Trinknapf vergessen. Elvis schüttet Wasser aus seiner Flasche in seine hohle Hand und lässt ihn daraus schlabbern. Er lacht dabei, weil die Zunge ihn kitzelt.

Danach zieht er die Turnschuhe aus und geht mit dem Hund an den Bach. Ellen streckt sich auf der Decke aus und sieht zu, wie die beiden im nur gemächlich fließenden Wasser plantschen. Sie würde gern die Augen schließen, aber sie will den Jungen nicht aus den Augen lassen, sie trägt schließlich die Verantwortung für ihn.

Sie sieht zu, wie er im Wasser steht, das Licht im Rücken, sie kann sein Gesicht kaum erkennen, aber er lacht, weil der Hund wild durch den Bach tobt und ihn nassspritzt. Er wirkt gelöst und fröhlich, eine ganz neue Erfahrung; sie hat ihn bisher immer sehr still erlebt, fast bedrückt, so als trage er eine Last, die zu schwer ist für seine acht Jahre. Wieso glorifizieren eigentlich Erwachsene so oft die Kindheit, wieso behaupten sie, dass diese Zeit per se etwas wunderbar Unbelastetes, Sorgenfreies ist? Als bedeute die Tatsache, dass Kinder sich nicht mit Geldsorgen, Beziehungsproblemen oder einer kaputten Waschmaschine herumschlagen müssen, automatisch Glück und Unbeschwertheit. Sie selbst kann sich, obwohl es schon so lange her ist, noch sehr genau an viele quälende Situationen in ihrer Kindheit erinnern, an Angst vor schlechten Noten, verletzende Streitereien mit ihrer besten Freundin, an gedankenlose Erwachsene, die sich im Milchladen vordrängten und sie einfach beiseiteschoben, an peinliche Momente, wenn sie das aufgegebene Gedicht zu lernen vergessen hatte und prompt aufgerufen wurde. Oder daran, wie sie am Anfang der vierten Klasse von Elke, die vom ersten Schultag an immer neben ihr gesessen hatte, weggesetzt wurde, weil sie angeblich zu viel schwatzten. Sie teilte sich fortan eine Bank mit Franz, der von einem Bauernhof kam und auch so roch. Dass sie ihn eklig fand und immer so weit wie möglich von ihm wegrückte, merkte er natürlich. Er rächte sich, indem er sie verpetzte, als sie ihre Rechenhausaufgaben von Elke abgeschrieben hatte. Und eines Tages kotzte er mitten im Unterricht auf den Tisch, aus heiterem Himmel, ohne Vorwarnung. Ihr Deutschbuch hatte etwas abgekriegt, den Geruch bekam sie nie wieder weg, immer roch es in ihrem Ranzen ein bisschen nach Kotze. Ihre Eltern behaupteten, es sei Einbildung.

Jetzt schließt sie doch einen Moment die Augen und lauscht den Geräuschen um sie herum, dem Gluckern des Baches, Elvis' lockenden Rufen in Richtung Hund, dessen kurzem Bellen, den Vögeln in dem Baum über ihr, dem entfernten Rauschen des Verkehrs, dem Gebrabbel des Babys, das mit seiner Mutter ein paar Meter weiter auf einer Decke liegt. Vor ihren geschlossenen Augen warmes rotes Licht. Sie dämmert gerade weg, als sich Elvis neben sie auf die Decke fallen lässt. »Wollen wir noch weitergehen? Oder müssen wir zurück?«

Ellen rappelt sich mühsam auf. Jetzt spürt sie doch den fehlenden Schlaf, natürlich hat sie den Österreicher gestern Abend erst auf Seite 166 weggelegt, kurz vor Mitternacht. »Nein, wir haben jede Menge Zeit. Und wenn du noch magst?«

»Klar.« Er setzt sich auf die Decke und zieht sich Socken und Turnschuhe an, während Ellen ihren Rucksack packt. Plötzlich hält er inne.

»Wir haben ja die gleichen Schuhe!«

»Das fällt dir jetzt erst auf?« Nur die Farbe ist anders, ihre sind schwarz, seine dunkelgrün.

»Meine sind ganz neu. Haben wir in Lanzarote gekauft.«

»Ich hab meine schon drei Jahre. Aber wahrscheinlich nicht mehr lange.«

Sie liebt diese Schuhe. Das erste Paar, ganz in Weiß, hat sie sich 1972 gekauft, da waren sie gerade in Mode gekommen, weil Mick Jagger sie zu seiner Hochzeit getragen hatte. Seither hat sie alle zwei, drei Jahre neue angeschafft, rot, grau, blau, nur die Muster hat sie ausgelassen.

»Findest du es komisch, dass wir die gleichen Schuhe haben?«

»Ich weiß nicht«, er runzelt die Stirn. »Irgendwie schon.«

»Weil ich alt bin und du jung?«

Er wird ein bisschen verlegen, natürlich hat er das gemeint, sie findet das absolut verständlich. Aber er rudert höflich zurück. »Du bist doch nicht alt. Also *richtig*.«

»Und was ist *richtig* alt?«

»Na ja ... die Leute, die am Stock gehen oder an so einem Gehgestell ... und die gefüttert werden müssen und alles vergessen. Und nicht so gut riechen. Und ein Gebiss haben.«

»Ein Gebiss hab ich wirklich nicht. Aber alt bin ich trotzdem.«

»Aber du siehst nicht so aus.«

»Danke schön, das ist sehr nett von dir.« Sie zieht sich noch genauso an wie vor dreißig Jahren, Jeans, T-Shirts, Pullover, weite Hemden, Strickjacken, zu Hause trägt sie auch gerne zwei alte Pullis von Jock, die sie sich schon zu seinen Lebzeiten oft von ihm ausgeliehen hat, inzwischen sind sie ausgeleiert und haben kleine Löcher. Und an den Füßen, zumindest vom Frühling bis zum ersten Schnee, Turnschuhe, dann erst steigt sie auf Stiefel um. Röcke hat sie nie gern getragen, obwohl Jock sie darin mochte, ihm gefielen ihre Beine. Heute hängt noch ein einziges schlichtes schwarzes Kleid im Schrank, sie trägt es im Theater oder auf Festen, aber auch da nicht immer.

»Und graue Haare hast du auch nicht.« Elvis schultert seinen Rucksack, sie gehen los Richtung St. Emmeram, wenn sie dort müde sind, können sie eine Tram nehmen.

»Doch, hab ich. Aber ich färbe sie.«

»Warum?«

Tja, warum. Eine modische Torheit in ihrem Alter, noch dazu womöglich krebserregend, aber in diesem Fall ist ihr das egal. Sie will ihre Farbe behalten. Und sie wird sich auch keinen praktischen Kurzhaarschnitt zulegen wie so viele Frauen ihres Alters, sondern ihre Haare schulterlang lassen, so dass sie sie bei jeder Bewegung ihres Kopfes spürt.

Sie wird auch im Sommer keine ärmellosen Blusen tragen, aus denen schwabbelige Oberarme herausschauen. Oder diese beliebten Hosen, vorzugsweise in Farben wie *Kitt* oder *Sahara*, dreiviertellang, unten schauen stachelige weiße Waden raus, die Füße in Trekkingsandalen oder Schnürschuhen, *sensible* nennen die Engländer solche Treter, vernünftig. Sie will, zumindest in dieser Hinsicht, nicht vernünftig sein.

Beim Sortieren alter Fotos hat sie neulich ein Bild ihrer beiden Großmütter entdeckt, anlässlich ihrer Taufe. Sie müssen damals beide Ende fünfzig gewesen sein, also zehn Jahre jünger als sie jetzt, sahen aber, zumindest aus ihrer Perspektive, locker zwei Jahrzehnte älter aus in ihren schwarzen Kleidern, mit den Haarknoten und den klobigen Schuhen. Sie waren, würde Elvis sagen, *richtig* alt.

Sie gibt sich Mühe, aus dem, was noch vorhanden ist, das Beste zu machen. Das Unansehnliche verhüllen und das Schöne betonen. Also mehr Verhüllung inzwischen. Und auf keinen Fall aufdonnern, kein deckendes Make-up, kein farbiger Lidschatten, kein greller Lippenstift, der sich in den Fältchen um den Mund festsetzt. Kein Behängen mit Schmuck und schon gar keine zu kurzen Röcke, die oberhalb des Knies enden. Sich nicht jünger machen, als man ist. Aber eben auch nicht älter. Jede Frau leidet unter dem Verlust ihrer Attraktivität, darunter, nicht mehr als weibliches Wesen wahrgenommen zu werden, davon ist sie überzeugt, wer etwas anderes behauptet, lügt.

Natürlich hat sie mittlerweile einen Bauchansatz, gegen den sie täglich mit einem schnellen Bauch-Beine-Po-Workout auf der Yogamatte ankämpft. Fitnessstudios hat sie noch nie leiden können, von den Kosten mal ganz abgesehen. Sie hat vor Jahren mal einen Probemonat absolviert, bei ihr um die Ecke, nur für Frauen. Die Gesellschaft der vielen durchtrainierten und gestylten Mädels mit ihren Proteindrinks hat sie nicht gestört, sie fand es einfach nur unfassbar langweilig, sich eine Stunde an den Maschinen zu quälen. Wozu auch, sie braucht keine Muskeln wie Madonna. Sie will sich auch keinen Mann mehr anlachen, sondern fit und beweglich bleiben, solange es geht. Und dafür tut sie genug.

»Weil ich eitel bin, vermutlich. Und noch ein bisschen nett aussehen möchte.«

»Ich finde, das tust du«, sagt er ganz ernsthaft. »Sehr nett sogar.«

Ellen muss lachen. »Noch mal danke schön«, sagt sie. »Und du *bist* sehr nett! Das ist eigentlich viel wichtiger.«

6

Bei ihrer Rückkehr in die Agentur am Montag hat Sina in ihrem Postfach hundertsiebenundzwanzig Mails vorgefunden, davon dreiundzwanzig mit hoher Priorität. Sie hat allein den halben Vormittag gebraucht, um die Nachrichten zu lesen, beantwortet hat sie noch lange nicht alle, nicht mal nach drei Tagen. Und als sie heute Abend gegangen ist, um Elvis von Ellen abzuholen, wie sie es ihm morgens versprochen hat, kündigte H.C. ihr an, dass sie am kommenden Samstag arbeiten muss, sie sind mit der Kampagne für die neue Chips-Sorte in Verzug, die in zwei Wochen präsentiert werden soll. Auch der Sonntag ist nur mit Vorbehalt frei, kann sein, dass sie auch da noch ein paar Stunden antreten muss.

Sina geht zur Tür, öffnet sie halb und lauscht in Richtung Wohnzimmer, wo Elvis auf Netflix eine Komödie guckt, die er bestimmt schon zehnmal gesehen hat, dreimal allein mit ihr. Er liebt diesen Film und kennt ihn in- und auswendig, inklusive sämtlicher Dialoge. So ganz kann Sina seine Begeisterung nicht nachvollziehen, sie findet die Gags flach und die Wendungen vorhersehbar, aber egal. Zumindest ist er jetzt auf den Film konzentriert, und sie kann telefonieren, ohne dass er mithört.

Sie hatte mit Elvis für Samstag einen Ausflug geplant, als kleinen Trost für den geplatzten Urlaub mit David. Torsten wollte auch mitkommen. Sie hatte sich zwei Ziele überlegt, von denen sich Elvis eins aussuchen sollte, entweder Ritterspiele in einer Kleinstadt, etwa eine Autostunde entfernt, oder ein Besuch in der Flugwerft. Das fällt jetzt flach, mal wieder. Natürlich ist es H.C. scheißegal, dass er einen Jungen enttäuscht, der sowieso sehr wenig von seiner Mutter hat. Eigentlich nimmt er überhaupt nicht zur Kenntnis, dass Sina ein Kind und dass dieses Kind Wünsche und Bedürfnisse hat. Sie könnte wetten, dass er sich nicht mal an Elvis' Namen erinnert, obwohl das wirklich leicht ist. Er erwähnt ihren Sohn immer nur dann, wenn er darauf verweist, wie großzügig er mit ihren Arbeitszeiten umgeht, dass sie früher nach Hause gehen darf als alle anderen. Dass sie deshalb deutlich weniger Gehalt bekommt, unterschlägt er natürlich.

H.C. hat selbst drei Kinder, von zwei Frauen, mit keiner der beiden lebt er zusammen. Vermutlich alimentiert er sie großzügig, damit sie ihm sämtliche

Probleme vom Hals halten. Sie hingegen muss sich jetzt dringend was überlegen für Elvis' Wochenende. Und zwar, ohne dass er ihre Not bemerkt, sie will nicht, dass er sich wie ein Klotz an ihrem Bein fühlt. Was er vermutlich schon längst tut.

Wenn sie Glück hat, ist Lukas samt Familie schon wieder zurück, und sie kann Lukas' Mutter Katja fragen, ob sie Elvis am Samstag übernimmt. Im schlimmsten Fall muss sie ihn mit ins Büro nehmen und am Computer ruhigstellen, was sie allerdings nur äußerst ungern täte. Ihr schlechtes Gewissen ihrem Kind gegenüber beeinflusst ihre Arbeit, wirklich konzentriert ist sie nicht in Anwesenheit des Jungen, der zusammengesunken vor dem Laptop sitzt und sich eine Folge nach der anderen einer Schrottserie reinzieht. Zu dumm, dass Torstens Abteilung ausgerechnet an diesem Wochenende ein *Kreativ-Weekend* am Chiemsee macht, mit Coach, Rollenspielen und dem ganzen Brimborium, das Firmen heutzutage veranstalten, um mitzuhalten im globalen Konkurrenzkampf.

Sie erreicht bei Katja nur die Mailbox und bittet in locker-flockigem Ton um Rückruf, ohne zu sagen, worum es geht. Sie traut Katja zu, dass sie sich ansonsten nicht zurückmeldet, sie hat schon des Öfteren Unwillen signalisiert, wenn Sina gefragt hat, ob Elvis Lukas am Wochenende besuchen kann, so richtig fördert sie die Freundschaft zwischen den Jungs nicht. Als ob Elvis nicht gut genug sei für ihren Sohn, der natürlich hochbegabt ist und nach der vierten Klasse auf die Internationale Schule soll. Dabei sind seine Noten kaum besser als die von Elvis, was aber nach Katjas Überzeugung an der mangelnden Qualifikation der Lehrer liegt. Katja und ihr Mann Louis sind häufige und gefürchtete Gäste der Lehrersprechstunden, auch bei Elternabenden sind sie meist die Wortführer, wenn es um Beschwerden aller Art geht, von zu hartem Klopapier bis zu den zu anspruchsvollen Diktaten. Es könnte auch sein, dass Sina selbst das Problem ist, dass sie als lange alleinerziehende und mit einem bis vor kurzem Arbeitslosen liierte Mutter, die zwar einen relativ gutbezahlten, aber doch untergeordneten Job hat, Katjas Ansprüchen nicht genügt. Katja besitzt eine kleine Boutique mit edlen und entsprechend teuren Klamotten in Uni-Nähe. Sina hält den Laden für ein Abschreibungsobjekt von Louis, sie sieht selten Kundschaft in dem Geschäft, wenn sie zufällig vorbeikommt. Einmal hat sie sich dort eine schwarze Hose kaufen wollen, aber auch in die größte Größe nicht reingepasst. »Tut mir leid«, hatte Katja gesagt, mit diesem herablassend-mitleidigen Unterton in der Stimme, »aber die Franzosen schneidern einfach nicht größer.« Bullshit. Als ob es in Frankreich keine molligen Frauen gäbe. Wobei Katja sie vermutlich für dick hält, bestenfalls, sie trägt natürlich Größe 36. Sina hatte gespürt, wie ihr das Blut ins Gesicht schoss, so beschämt fühlte sie sich, gedemütigt von dieser dürren Ziege, vor der sie jetzt auch noch rot wurde. Aber anstatt hocherhobenen Hauptes und mit einem lockeren Spruch den Laden zu verlassen, hatte sie ein Top gekauft, das zwar knapp saß, aber gerade noch halbwegs passte, und das sie seither ein einziges Mal getragen hat, sie fühlt sich darin wie eine Presswurst. Katja bot ihr nicht einen Cent Rabatt an, obwohl sie sich bei den Werbegeschenken, die Sina aus der Agentur mitbringt, schon des Öfteren gerne bedient hat. Aber sie muss sich alle unfreundlichen Gedanken in Bezug auf Katja verbieten, sie ist weiß Gott nicht in der Position, an anderen herumzukritteln, von denen sie Hilfe braucht.

Sie scrollt weiter durch ihre Kontakte im Handy. Sie hat nur noch zwei andere Mütter in der Liste, mit deren Söhnen Elvis mal außerhalb der Schule Kontakt hatte. So lange, wie das her ist, mag sie die nicht fragen, wer weiß, ob die Jungs überhaupt noch befreundet sind. Sie muss unbedingt dafür sorgen, dass Elvis mehr Kontakte zu Gleichaltrigen hat, nicht nur wegen potentieller Betreuungsmöglichkeiten, sondern weil sie fürchtet, dass er ein Außenseiter werden könnte. Was er, wenn sie es ehrlich betrachtet, schon längst ist.

Als sie in seinem Alter war, hatte sie mindestens ein halbes Dutzend Freundinnen, bei denen sie nachmittags immer willkommen war, sie musste sich nicht anmelden, ihre Mutter keine *Play-Dates* ausmachen. Aber sie ist auf dem Land großgeworden, ist nach der Schule nach Hause gegangen und hatte, von den Hausaufgaben abgesehen, den Nachmittag frei. Elvis hingegen geht direkt von der Schule aus in den Hort und will von dort aus auch gleich heim, sein Bedürfnis nach Zeitvertreib mit anderen Kindern scheint gedeckt. Und die Wochenenden sind, auch bei ihr, für die Familie reserviert. In dieser Zeit versucht sie, alles nachzuholen, was unter der Woche zurückstehen musste. Gibt es eigentlich noch Mütter, die nicht arbeiten müssen, so wie ihre eigene? Oder die mit einem Halbtagsjob hinkommen? Sie kennt keine.

Natürlich könnte sie wegen Samstag auch Ellen fragen. Zu ihrer großen Erleichterung ist Elvis gerne bei ihr. Wenn er sich morgens, meist gleichzeitig mit ihr, auf den Weg macht und sie sich vor der Haustür verabschieden, hat er es eilig, zu ihr zu kommen, besonders zieht es ihn zu dem Hund, von dem er viel erzählt. Sie hat schon überlegt, ob sie ihm nicht doch einen eigenen schenken könnte, angeblich gibt es Rassen, die nicht bis kaum haaren, also auch für Allergiker wie sie geeignet sind. Sie muss sich mal schlaumachen, nimmt sie sich vor. Eine größere Freude könnte sie Elvis nicht machen.

Sina hat den Eindruck, dass Ellen ihren Sohn wirklich gut betreut und nicht nur die Zeit mit ihm totschlägt. Am Montag haben die beiden einen Ausflug in den Englischen Garten gemacht, samt Picknick und Hund natürlich, sie waren bis zum Nachmittag unterwegs. Am Dienstag waren sie im Deutschen Museum, in der Bergwerk-Abteilung, Elvis fand es »toll, aber bisschen gruselig«. Am gestrigen Mittwoch hat er unter Ellens Anleitung einen Marmorkuchen gebacken, stolz hat er ihn abends mitgebracht, sie haben ihn zum Nachtisch gegessen, er war wirklich gut. Und heute sind sie in die Bücherei gegangen, Elvis hat sich drei Bücher ausgesucht, eins davon liest Ellen ihm vor, *Der Wind in den Weiden*. Natürlich könnte Elvis selbst lesen, aber so findet er es *gemütlicher*. Sina ist froh für ihn und Ellen dankbar, aber sie spürt auch jedes Mal einen kleinen Stich der Eifersucht, wenn er abends von seinem Tag erzählt. All das, was Ellen mit ihm macht, müsste eigentlich sie tun. Sie müsste mit ihrem Sohn spannende und lustige Sachen unternehmen, er sollte sich auf die Zeit mit ihr freuen, anderen begeistert davon erzählen. Immer wieder nimmt sie es sich vor, aber die Wochenenden sind so kurz, falls sie überhaupt frei sind. Sie muss einkaufen und die Wäsche machen, es soll etwas Besonderes zu essen geben, sie will mit Torsten mal ausgehen, was bedeutet, dass sie am nächsten Tag ausschlafen möchte, und dann ist schon wieder der Sonntag da. Und spätestens am Nachmittag ist in ihr drin schon wieder Montag. Was ist morgen in der Agentur los, braucht Elvis in der kommenden Woche irgendwas Besonderes, sind seine Sportsachen gewaschen und hat sie den Zettel für den Schulausflug schon unterschrieben. Sie ahnt, sie wird eines Tages todtraurig auf diese Phase ihres Lebens zurückblicken, weil sie so viel verpasst hat. Weil sie diesem Kind so wenig Zeit und Energie und Geduld und Hingabe gegeben hat.

Sie wird bis morgen Mittag warten, ob Katja zurückruft, dann erst wird sie Ellen fragen. Sie wird dafür all ihren Mut zusammennehmen müssen, schließlich haben sie die klare Vereinbarung, dass die Wochenenden für Ellen frei sind. Und was macht sie, wenn Ellen ablehnt? Weil sie selbst etwas vorhat oder Elvis ihr zu viel wird?

Sina legt das Handy weg, als sie die Wohnungstür hört und Torstens fröhliches »Hallo«. Sein Schlüssel fällt klirrend auf die Kommode, dann begrüßt er Elvis, sie kann nicht verstehen, was er sagt.

Sie steht auf und geht in den Flur, wo er gerade seine Sporttasche abstellt. Er trägt noch kurze Hosen und ein verschwitztes T-Shirt, er war nach der Arbeit Squash spielen, zum ersten Mal. In seiner Abteilung gibt es eine Gruppe, gleich am zweiten Tag wurde er eingeladen mitzumachen.

»Na, du Champion, wie war's?« Sie geht auf ihn zu, um ihn zu küssen, aber er hebt gespielt entsetzt die Hände. »Falls du nicht tot umfallen willst, komm mir lieber nicht zu nah, ich muss erst unter die Dusche.« Er grinst sie schief an.

An den letzten drei Abenden hat er zwar zufrieden, aber auch erschöpft gewirkt, wenn er nach Hause kam, nach der langen Arbeitslosigkeit muss er sich erst wieder an Acht-Stunden-Tage gewöhnen, und er steht den ganzen Tag unter Hochspannung, weil er auf keinen Fall einen Fehler machen will; der Bereich, für den er eingeteilt ist, ist neu für ihn. Wenn sie nach dem Essen noch einen Film sehen, schläft er ein. Und am Morgen ist er so nervös, dass er keinen Bissen herunterbringt, obwohl er schon eine Stunde joggen war, er trinkt nur einen Becher Kaffee und bricht viel zu früh auf, nur nicht zu spät kommen gleich am Anfang. Obwohl er mittags in der Kantine isst, macht sie ihm morgens eine kleine Snackbox zurecht, bevor sie das Schulbrot für Elvis herrichtet, mit geschnittenem Obst, ein paar Crackern, einem Schokoriegel. Und sie versteckt ganz unten einen Zettel mit einem liebevollen Gruß, *Hab einen schönen Tag, Ich freu mich auf Dich heute Abend*, er soll wissen, dass sie an ihn denkt. Wenn er ihr die leere Dose zurückgibt, sagt er ihr immer, wie sehr er sich über ihre Nachricht gefreut hat.

»Hat's Spaß gemacht?«

Er streift die Sportschuhe ab, ohne die Senkel aufzuschnüren. »War anstrengend, aber ich konnte gut mithalten. Der Baumann spielt ziemlich mies, trotz seiner Sprüche.« Baumann ist der Kollege, mit dem er sich das Büro teilt, Torsten hat sich auf Anhieb mit ihm verstanden.

»Das heißt, du gehst jetzt öfter hin?«

»Ja, jeden Donnerstag.« Er bückt sich, greift nach seinen Schuhen, schnuppert kurz daran und verzieht das Gesicht. »Die sollte ich mal gründlich auslüften. Und wie war dein Tag?« Er wendet sich schon der Badezimmertür zu.

»Schon wieder totaler Stress. Und das Schlimmste: Ich muss am Samstag arbeiten.«

»Scheiße.« Torsten hebt die Füße und zieht die Socken aus. »Und du kannst dich nicht drücken?«

»Ich hab's echt versucht, aber H.C. ist stur geblieben. Was mach ich jetzt bloß mit Elvis? Du bist ja auch nicht da.«

»Ach, hab ich dir noch gar nicht erzählt. Das Kreativ-Wochenende ist verschoben worden.«

»Wieso das denn?«

»Irgendwelche Probleme mit dem Hotel. Wir fahren wahrscheinlich erst im Oktober. Ich bin also hier.«

»Das heißt, du könntest dich um ihn kümmern? Falls ich keine andere Möglichkeit finde?« Es wäre das erste Mal, dass Torsten und Elvis einen ganzen Tag allein miteinander verbringen.

»Klar. Mach ich gerne.«

»Und du bist nicht zu gestresst von der ersten Woche?«

Er lacht. »Ich arbeite ja nicht in einem Bergwerk. Mach dir um mich keine Sorgen. Das Wetter soll super bleiben, ich kann mit ihm irgendwas Schönes unternehmen. Was Männliches, verstehst du? Bei dem du sowieso nur stören würdest.« Er grinst und verschwindet im Bad, die Socken in der Hand. Sie hört, wie er die Dusche anstellt und zu pfeifen beginnt. Der Sport scheint ihm gutgetan zu haben.

Sina bückt sich, schnürt die Senkel seiner Sportschuhe auf und trägt sie auf den Balkon. Ihre Erschöpfung und die schlechte Laune von vorhin sind wie durch ein Wunder verflogen, sie fühlt große Zuversicht. Wieder hat sich ein Problem ohne ihr Zutun gelöst, alles wird sich fügen. Sie wird am Samstag entspannt arbeiten in dem Wissen, dass Elvis gut aufgehoben ist, sie muss kein schlechtes Gewissen haben, den Ausflug zu dritt holen sie irgendwann nach. Ein gemeinsam verbrachter Tag wird Torsten und Elvis noch enger zusammenbringen, ihre Beziehung vertiefen. Ihr Sohn braucht ein väterliches Vorbild, an dem er sich orientieren kann, und Torsten wird ihm andere, bessere Werte vermitteln, als David es tut mit seinem Protzschlitten und seinem Machogehabe. Für Torsten wiederum, der seine Söhne schmerzlich vermisst, kann das Zusammensein mit Elvis, seine Zuneigung und sein Vertrauen ein Trost sein. Und sie selbst kann darauf vertrauen, ihre kleinen und großen Probleme nicht mehr alleine lösen zu müssen. Sie hat jemanden an der Seite, auf den sie sich verlassen und stützen kann. Der sie liebt und alles tut, um ihr zu helfen. Und mit dem zusammen sie alle Schwierigkeiten bewältigen kann, die sich ihr in den Weg stellen.

7

Warum heißt das eigentlich ›Engländer‹?« Elvis nimmt den Universalschlüssel entgegen, den Ellen ihm reicht. »Warum nicht … Norweger? Oder Spanier?«

»Ehrlich gesagt, ich hab keine Ahnung. Ich glaube, manche Leute sagen auch Franzose dazu. Wir können es ja nachher mal googeln.« Sie schraubt den Perlator am Badwaschbecken ab und legt ihn in ein Schälchen mit Essigessenz zu dem von der Badewanne. »So, jetzt müssen sie ein paar Stunden da drin liegen.«

»Und dann?«

»Sind sie entkalkt. Und wir haben wieder einen anständigen Wasserstrahl.«

»Bloß wegen dem Essig?«

»Ja. Essigessenz ist das beste Mittel gegen Kalk. Das umweltfreundlichste außerdem. Und das billigste.«

Sie hat festgestellt, dass sich Elvis für praktische Dinge im Haushalt interessiert. Seit sie am Mittwoch den Kuchen gebacken haben, hilft er gerne in der Küche, er rührt Nudeln um, schneidet Lauch und Karotten klein, verquirlt sorgfältig Eier und Sahne. Als sie heute Mittag einen Gemüseauflauf gemacht hat, hat er ihr konzentriert assistiert. Beim Pudding für den Nachtisch hat sie ihn die Anleitung vorlesen und ihn dann fast alles alleine machen lassen. Er war mit Feuereifer bei der Sache und hat gerührt, bis ihm der Arm weh tat. Der Pudding ist sogar ohne Klümpchen gelungen, was nicht mal sie immer schafft.

»Du redest ganz schön oft von Umwelt und so«, sagt er, während sie in den Flur gehen und sich die Schuhe anziehen. Der Hund muss noch mal raus, er steht schon erwartungsvoll an der Wohnungstür, seine Leine im Maul.

»Das stimmt«, sagt Ellen. »Ich finde es einfach wichtig, dass wir mit der Natur gut umgehen.«

Elvis hockt sich zum Binden der Schnürsenkel auf den Boden. »Dass wir nicht so viel wegschmeißen? Und auch nicht auf die Straße?«

»Zum Beispiel. Wenn wir spazieren gehen, siehst du ja auch oft, wie viel Dreck herumliegt.«

Elvis steht auf. »Die Scherben am Container gestern, da hätte sich der Hund verletzen können. Warum machen die Leute das?«

»Aus Gedankenlosigkeit. Oder Faulheit. Weil sie

nicht nachdenken. Denk mal an das viele Plastik, das ins Meer geschmissen wird und jetzt dort herumschwimmt. Weißt du noch, das Foto?«

Sie hat ihm gestern im Internet das Bild eines Wales gezeigt, der tot aufgefunden wurde, mit achtzig Plastiktüten im Magen.

Elvis nickt. »Der arme Wal. Der hatte bestimmt furchtbar Bauchweh.«

»Wir benutzen einfach viel zu viel Plastik. Wenn man ein bisschen darüber nachdenkt, kann man oft drauf verzichten.«

Sie gehen die Treppe hinunter, der Hund zieht an der Leine, er hat es offenbar eilig.

»Deswegen tust du im Supermarkt das Obst nie in die Tüten«, sagt Elvis. Er ist wirklich ein aufmerksames Kind. »Und hast immer Stofftaschen dabei. Ich hab meiner Mutter gesagt, dass sie die jetzt auch immer nehmen soll.«

»Das finde ich gut. Ich hab mal einen Satz gelesen, der mir gefallen hat«, sagt Ellen. »Dass die Erde nicht schlechter sein soll als vorher, wenn ich sie verlasse.«

»Wenn du stirbst?«

Sie nickt. Er runzelt leicht die Stirn, sieht sie nachdenklich an.

»Du willst ein guter Mensch sein.«

»Ich versuche es. Aber es gelingt mir natürlich

nicht immer.« Gut zu sein würde bedeuten, dass auch ihre Gedanken gegenüber anderen generell positiv und freundlich sind, zugewandt, liebevoll. Das schafft sie oft nicht, die Ignoranz und der Egoismus vieler Leute, die nur nach vorne drängeln und keinen Blick mehr für ihre Umgebung haben, machen sie oft wütend. Wie sie zum Beispiel im Zug andere grob beiseiteschieben, einem ihre Koffer in die Kniekehlen rammen, stundenlang lautstark telefonieren. Die Fahrradwege zuparken, die Haufen ihrer Hunde liegen lassen, einen anrempeln, weil sie in ihre Handys starren, keine Tür aufhalten, in der vollen Tram zwei Sitze blockieren.

»Ich geb mir einfach Mühe, so wenig zu zerstören, wie ich kann.« Natürlich weiß sie, wie lächerlich ihre Bemühungen im Grunde sind, die Achtsamkeit beim Einkaufen, die säuberliche Mülltrennung, der Verzicht auf Autofahrten und Flugreisen, die vegetarische Ernährung. Sie wird damit am Zustand der Welt nichts ändern, gar nichts. Und trotzdem. Es ist ihr wichtig.

»Deswegen fährst du auch immer mit dem Zug«, sagt Elvis. »Damit du einen guten Schuhabdruck hast.«

Ellen muss lachen. »Den ökologischen Fußabdruck, meinst du. Ja, genau. Du hörst wirklich gut zu.«

Auf der Straße reicht sie die Leine Elvis, der ihr schon erwartungsvoll die Hand entgegenstreckt. Der Hund zieht ihn zu dem kleinen Grünstreifen, auf dem er immer sein Geschäft macht, und hockt sich hin. Ellen fummelt eine der grünen Tüten aus der Hosentasche.

»Das ist aber auch Plastik.« Elvis sieht zu, wie sich Ellen die Tüte über die Hand stülpt, auf diese Aufgabe ist er nicht so scharf.

»Aber recykelbar. Die kann man sogar auf den Komposthaufen werfen, die zersetzen sich vollständig.«

Sie gehen nur die kleine Runde. Heute Vormittag waren sie schon auf einem längeren Spaziergang die Isar runter Richtung Süden, bis zum Tierpark. Ellen hatte geplant reinzugehen, die meisten Kinder waren ja ganz wild auf Zoobesuche, aber Elvis hatte keine große Lust. Es war bewölkt und kühl, er wollte lieber wieder nach Hause.

Ihre Befürchtung, er werde sich bei ihr langweilen, hat sich während dieser ersten Woche als überflüssig erwiesen, seine anfängliche Scheu ist verflogen. Der große alte Ohrensessel ist sein Lieblingsplatz, wahrscheinlich, weil der Hund immer sofort auf seinen Schoß springt, wenn er sich reinsetzt. Er schlägt dann den Comic auf, den er sich in der Bücherei ausgesucht hat, vergisst das Lesen aber bald. Lieber sitzt er da und streichelt liebevoll und gedankenverloren das Tier. Zu ihrer Überraschung benutzt er sein relativ neues Smartphone kaum, meistens liegt es unbeachtet auf der Kommode im Flur. Sie beobachtet oft Kinder seines Alters, die ihr Handy kaum aus der Hand legen, in der Tram damit spielen oder sogar im Gehen auf der Straße darauf konzentriert sind, aber er ist auch in dieser Hinsicht anders.

Während der letzten Tage hat sich schon eine gewisse Routine in ihrer gemeinsam verbrachten Zeit entwickelt. Wenn er morgens kommt, gehen sie als Erstes mit dem Hund eine kleine Runde und beratschlagen dabei, was sie unternehmen wollen. Und in der Stunde, bevor er abends abgeholt wird, liest sie ihm *Der Wind in den Weiden* vor, sie auf dem Sofa, er zusammengekauert im Sessel, den Hund an seiner Seite. Er hört aufmerksam zu und lacht manchmal laut auf, besonders wenn es um den Kröterich geht, dessen Snobismus und Selbstverliebtheit er natürlich am liebsten mag, ihre Jungs waren nicht anders. Überhaupt liebt er diese Zeit ganz besonders, Ellen hat den Eindruck, dass in seinem Alltag sonst nicht viel Platz für Ruhe und Entspannung ist.

Jetzt sitzt sie an ihrem kleinen Schreibtisch und macht eine Liste, was sie nachher noch einkaufen will, wenn Sina Elvis abgeholt hat. Miris Zug aus Jena kommt gegen acht Uhr an, sie hat davor also noch genug Zeit, ihr Bett frisch zu beziehen, obwohl Miri wie immer protestieren wird, dass Ellen auf dem Sofa schläft. Sie wird eine Spaghetti-Soße ansetzen, die vor sich hin köcheln kann, während sie Wein und Salat und Obst zum Nachtisch kauft. Und eine kleine Schachtel von Miris Lieblingspralinen, dank Elvis kann sie sich die leisten. Sie freut sich sehr auf das Wochenende. Wenn sie morgen ihre Zeitungstour hinter sich hat, wird sie ein schönes Frühstück für Miri machen, dann wollen sie lange spazieren gehen, für den Abend hat sie Karten für eine Thomas-Bernhard-Lesung reserviert. Und am Sonntag lädt Henry sie zu einem Brunch in ein Hotel ein, sie würde lieber zu Hause essen, wollte ihm aber die Freude nicht verderben.

Blumen?, schreibt sie auf ihren Zettel und wirft einen Blick auf Elvis, der im Sessel vor sich hin zu träumen scheint. Er hat oft solche Momente, in denen er ganz still wird und in Gedanken weit weg zu sein scheint. Sie spürt, dass er dann in Ruhe gelassen werden will, und wartet immer, bis er von sich aus wieder in die Wirklichkeit zurückkehrt.

Sie legt die Liste weg, öffnet ihren Laptop und ruft das E-Mail-Programm auf. Benedikt hat geschrieben. »Ich hoffe, es geht dir gut, bei uns ist alles super. Anbei ein neues Foto von Valerie, das du haben wolltest.« Seine Mails sind fast immer gleichlautend, *alles gut, bei dir hoffentlich auch*. Er ist kein großer Schreiber, schon in der Schule waren seine Aufsätze immer die kürzesten, »steht doch alles drin«, war seine stereotype Antwort. Reden tut er lieber, wobei man auch da den richtigen Moment bei ihm erwischen muss, er kann extrem maulfaul sein. Weil sie ein paarmal an seiner Einsilbigkeit und hörbaren Unlust abgeprallt ist, hat sie sich schon vor Jahren angewöhnt, ihn nicht mehr selbst anzurufen, sondern abzuwarten, bis er sich von selbst meldet, auch wenn es zwei, drei Wochen dauern kann. Er nutzt meist das Wochenende dafür; wenn sie nicht da ist, spricht er kurze, aber launige Nachrichten auf den AB. Vitus ist auch in dieser Hinsicht ganz anders, er freut sich immer hörbar, wenn Ellen sich meldet, auch wenn er es manchmal kurz machen muss, weil er gerade auf dem Weg zu einem Termin ist.

Sie öffnet das angehängte Foto. Valerie, im Mai zwei geworden, strahlt pausbäckig und mit breiverschmiertem Mund in die Kamera. Die weißblonden Haare hat sie eindeutig von Freja, Benedikt ist dunkel, so wie Jock. Ellen hat das Kind erst zweimal gesehen, bei seiner Taufe vor eineinhalb Jahren und während der letzten Weihnachtsfeiertage, immerhin auch schon über acht Monate her. Falls sie wirklich im Herbst nach Skagen fährt, wird ihre Enkelin sicherlich erst mal fremdeln, auch wenn Benedikt sagt, dass sie ihr immer wieder Fotos von Ellen zeigen und erklären, dass das ihre Großmutter ist. *Farmor* heißt das auf Dänisch, Vaters Mutter, einfach und logisch.

Sie verschiebt das Bild in ihren Foto-Ordner und will die Mail schon schließen, als sie das P.S. sieht, das ein paar Zeilen unter dem Text direkt über seiner Kennung steht: »Übrigens ist Freja wieder schwanger, im 4. Monat.«

Sie muss lachen. Wie typisch für Benedikt, dass er die wichtigste Botschaft der Mail ganz ans Ende setzt, praktisch schon versteckt, um ein Haar hätte sie sie nicht gelesen. Noch ein Kind, wie schön. Und noch ein Grund mehr, bald nach Skagen zu fahren.

»Worüber lachst du?« Elvis, beide Hände im Fell des Hundes vergraben, sieht auf.

»Ich freu mich. Über eine Mail von meinem Sohn. Er schreibt, dass ich bald wieder Großmutter werde.« Sie wird Benedikt nachher, wenn Elvis weg ist, eine Mail schreiben und ihm und Freja gratulieren.

»Dann hast du schon zwei.« Sie hat Elvis von Benedikt und Vitus erzählt, als er die Fotos an der

Wohnzimmerwand betrachtet und danach gefragt hatte. »Vielleicht kriegst du ja sogar noch mehr. Von deinem anderen Sohn.«

»Wer weiß.« Sie hat nicht vor, Elvis zu erzählen, dass Vitus ihr aller Voraussicht nach keine Enkel bescheren wird, auch wenn viele schwule Paare heute Kinder haben, adoptiert oder mit einer Leihmutter oder wie auch immer. Sicher kennt er das Wort schwul und auch seine Bedeutung, die Kinder heutzutage wissen ja viel mehr als sie früher, gerade in sexuellen Dingen. Ob sie es allerdings begreifen, steht auf einem anderen Blatt. Sie fühlt sich jedenfalls nicht dazu aufgerufen, einem Achtjährigen die Liebe zwischen Männern nahezubringen. Dafür hat er Eltern.

»Schade, dass du keinen Mann mehr hast«, sagt er. »Der würde sich bestimmt auch freuen.«

Auf den Fotos an ihren Wänden ist natürlich auch Jock zu sehen. Elvis hat sich sehr für ihn interessiert, Männer, besonders Väter, findet er spannender als Frauen, hat Ellen festgestellt.

»Bestimmt«, sagt sie. Sie versucht, sich Jock als Großvater vorzustellen, der mit seinen Enkeln spielt, mit ihnen Enten füttern geht, mit ihnen bastelt, sie auf dem Schoß hat. Es fällt ihr schwer. Für sie wird Jock immer fünfundvierzig bleiben, laut und wild und aufbrausend, mit diesem dröhnenden Lachen, viel zu jung für Enkelkinder.

Sie hat schon oft überlegt, ob sie noch verheiratet wären, wenn er noch leben würde. Gezofft haben sie sich während ihrer Ehe reichlich, vor allem in den letzten Monaten seines Lebens, als er in eine Krise geschlittert war, zu viel Alkohol, zu viele durchfeierte Nächte, manchmal öffnete er die Werkstatt erst mittags, die Kunden beschwerten sich. Sie hatte mehrmals an Trennung gedacht, ihm auch einmal damit gedroht, er hatte sie geschockt angestarrt und war ein paar Tage ganz klein geworden, sehr liebevoll und anhänglich, wie ein kleiner Junge. Hätte sie sich wirklich getrennt? Vermutlich nicht. Sosehr er sie manchmal nervte, sie liebte ja gerade das Ungezähmte an ihm, den Jähzorn, seine überfallartigen Zärtlichkeiten, seinen schrägen Humor. Nie hatte ein anderer Mann sie so zum Lachen bringen können.

»Bist du noch traurig?« Elvis' große Augen sind voller Mitgefühl. »Dass er tot ist?«

»Manchmal. Ein bisschen. Aber es ist so lange her.«

Fünfundzwanzig Jahre werden es im Oktober. Ein goldener Herbstsonntag, ungewöhnlich warm. Sie war extra mit ihm früh aufgestanden und hatte ihm Proviant eingepackt, Wurstbrote, einen Apfel, eine Flasche Wasser. Er hatte versprochen, nachmittags zurück zu sein, um mit den Jungs noch etwas zu unternehmen. Nur eine kleine Tour sollte es werden, bloß ein paar Stunden den Kopf durchlüften, auf einer Bergstraße mit vielen Kurven, er war die Strecke schon oft gefahren mit dem Motorrad. Und er hatte Erfahrung, kein Unfall in über zwei Jahrzehnten. Vermutlich, so die Polizei, hatte die tiefstehende Sonne ihn geblendet, so dass er das feuchte Laub auf der Straße nicht rechtzeitig hatte erkennen können.

»Vielleicht findest du ja noch einen«, sagt Elvis.

»Einen Mann, meinst du?«

»Ja. Du bist ja noch hübsch. Du siehst fast noch so aus wie da«, er zeigt mit dem Finger auf das Schwarzweißfoto, das ungerahmt an den Büchern im Regal lehnt. Miri hat es aufgenommen, am Tag von Vitus' Abiturfeier. Sie sieht wirklich schön aus, in ihrem Lachen ist ihre ganze Erleichterung zu erkennen, die elende Schulzeit endlich hinter sich zu haben, ihr ganzes Gesicht ein einziges Strahlen, es leuchtet richtig.

»Danke für das Kompliment. Aber vielleicht brauchst du doch eine Brille?«

Er guckt erst verblüfft, dann versteht er den Scherz und lacht. »Brauch ich nicht. Wir waren erst neulich beim Augenarzt, die Mama und ich.«

Sie kann das Gefühl, das sie an jenem Maiabend empfunden hat, heute noch abrufen. Sie hatte das lange rote Hippie-Kleid angehabt und reichlich Campari Soda getrunken. Am Büfett hatte sie einen Ethiklehrer kennengelernt, er war ihr ab diesem Moment den ganzen Abend lang nicht mehr von der Seite gewichen, er war wirklich witzig und charmant. Miri, die von einem Elternvertreter belagert worden war, hatte ihr während einer Pinkelpause zugeredet, sich mit ihm zu verabreden oder aus dem lustigen Abend wenigstens eine noch lustigere Nacht zu machen, aber sie hatte nicht gewollt. Dieser Flirt war nur hier und jetzt schön, inmitten der fröhlichen Gesellschaft; sobald sie miteinander allein sein würden, würde die Stimmung zwischen ihnen steif und befangen werden, das wusste sie einfach. Es war nur dieser Moment, in dem er ihr gefiel. Und in dem sie sich selbst schön und begehrenswert fand, sogar noch jung. Wenn sie jetzt, oft unbeabsichtigt, ihr Spiegelbild sieht, auf einer Rolltreppe, in einem Schaufenster, gibt es ihr jedes Mal einen kleinen Stich, so albern es ist. Diese alte Frau da drüben, mit den tiefen Falten und den Tränensäcken, das ist sie jetzt. Die Campari-Soda-Nächte sind Vergangenheit.

Allerdings gab es Henry. Beziehungsweise es gibt ihn immer noch. Miri behauptet, ein Fingerschnippen von Ellen würde genügen und er sei sofort an ihrer Seite, auch wenn er seit ein paar Monaten offenbar mit einer Frau liiert ist, die in einem edlen Schokoladengeschäft in der Innenstadt arbeitet, Mitte fünfzig, laut Miri. Henry hat Ellen von dieser Bekanntschaft nichts erzählt, sie halten Persönliches raus bei ihren Treffen. Sie weiß, dass er lange darauf gehofft hat, sie beide würden zusammenkommen, dass er in sie verliebt war, war kein Geheimnis, sogar Jock hatte darüber Witze gemacht, wie sehr sein bester Freund ihn um seine Frau beneidete. Aber nie hat Henry sich ihr erklärt, nie eine bestimmte Grenze überschritten. Er hat gewartet, dass sie den ersten Schritt tat. Was sie nicht konnte. Sie hat ihn gern, sehr sogar, und sie ist ihm dankbar. Nach Jocks Tod hat er ihr zur Seite gestanden, das ganze Chaos mit dem Verkauf der Werkstatt abgewickelt und einen so guten Preis dafür erzielt, dass sie im ersten Jahr nicht sofort irgendeinen Job annehmen musste, sondern bei den Jungs zu Hause bleiben konnte. Er hat ihre Tränen getrocknet, hat dafür gesorgt, dass sie nicht in ihrer Trauer verlorenging, er hat Benedikt und Vitus unter seine Fittiche genommen, er ist immer dann aufgetaucht, wenn sie nicht mehr weiterwusste. Sie hat sich an ihm festgehalten, sich bekochen und ins Theater ausführen lassen, er war ihr sprichwörtlicher Fels in der Brandung. Aber mehr war für sie nicht möglich. Dabei wäre es so einfach gewesen, die Jungs hätten ihn sofort als Ersatzvater akzeptiert, er war es ja im Grunde längst. Und sie hätte die so lästige erste Zeit des Kennenlernens, in der man sich und sein Leben erklären muss, überspringen können, es wäre ein fließender Übergang gewesen, alles wie bisher, nur mit Liebe und Sex. Aber es ging einfach nicht.

Sie hat sich oft, wenn sie einander gegenübersaßen und er etwas erzählte, lachte, vorgestellt, wie es wäre, diese Lippen zu küssen, nicht nur flüchtig wie momentan bei Begrüßung und Abschied, sondern richtig, leidenschaftlich, voller Begehren. Er war ja attraktiv, gepflegt, gutaussehend, es gab objektiv betrachtet nichts, was ihr Zurückscheuen begründet hätte. Es fehlte nur einfach etwas, in ihr selbst. Das Beben, das Zittern, der Schauer von Erregung, den sie mit Jock erlebt hatte, bis zum Ende, der unwiderstehliche Drang, ihn anzufassen, von ihm angefasst zu werden, all das war mit Henry nicht möglich. Und auf weniger wollte sie sich nicht einlassen. Und auch ihm keine halbgare Liebe zumuten, das hatte er nicht verdient. Wenn Miri oder ihre Söhne sie gefragt hatten, ob sie nichts vermisse, mit dreiundvierzig Witwe und seither ohne Mann, hatte sie immer verneint. Und es stimmte. Ihr fehlte nichts. Sie hatte einen wunderbaren Mann gehabt, ihre Liebe war nicht durch Gewohnheit oder Betrug zu Ende gegangen, niemand hatte Schuld.

»Ich bin sehr zufrieden, so wie es ist«, sagt sie jetzt. »Ich hab Freunde. Ich hab Arbeit. Ich hab meine Söhne. Und bald gleich zwei Enkelkinder.«

»Und den Hund«, sagt er, und gleich danach: »Ich krieg auch eine Schwester. Im Dezember. Also nur eine halbe.«

»Eine Halbschwester, meinst du?«

Er nickt. »Von meinem Papa. Und Meret. Das ist seine neue Frau.«

»Und freust du dich auf das Baby?«

»Schon«, sagt er zögerlich. »Aber ich werd es nicht so oft sehen. Weil mein Papa ja nicht hier wohnt.«

»Sondern in Düsseldorf, richtig?«

»Ja. In einem ganz schönen großen Haus. Mit Garten und Swimmingpool. Mein Papa verdient viel Geld.«

Ellen nickt und lächelt aufmunternd. Viel Geld, ja. Aber keine Zeit.

Elvis scheint ihren Gedanken zu erraten. »Aber er muss viel arbeiten. Deswegen konnte er auch nicht mit mir wegfahren. Aber er hat gesagt, wir holen das nach. Vielleicht in den Weihnachtsferien, wenn das Baby da ist.«

Eher unwahrscheinlich, dass der vielbeschäftigte Vater sich das antun wird, eine Urlaubsreise mit einem Neugeborenen und einem dann Neunjährigen. Sina hat ihr erzählt, dass ihr Ex die Ferien mit Elvis schon öfter abgesagt hat. Der Junge wird wieder enttäuscht werden, das sieht sie voraus. Sie empfindet in diesem Moment ein beinahe schmerzhaftes Mitgefühl mit ihm. Er ist noch so jung, und dennoch ist sein Leben schon eine Abfolge von Trennungen, gebrochenen Versprechen, Zurückweisungen, er ist im Weg, muss untergebracht, wegorganisiert werden, er ist das wehrlose Unterpfand einer offensichtlich unschönen Trennung. Dennoch ist er rührend treu und loyal seinen Eltern gegenüber.

»Aber wenn nicht«, sagt Elvis, »fährt die Mama mit mir weg. Und mit Torsten. Das ist der Freund von meiner Mama.«

»Ich weiß. Den magst du gerne, oder?«

Er nickt. »Er geht am Samstag mit mir zelten, nur wir beide, weil die Mama arbeiten muss. An der Isar, glaub ich. Also das Zelten.«

»Wie schön. Dann hast du ja ein tolles Wochenende vor dir.«

Elvis nickt, aber Ellen bemerkt ein Zögern, eine Zurückhaltung in seiner ganzen Körperhaltung. »Und am Sonntag bin ich bei meinem Freund Lukas. Da übernachte ich auch.«

»Dann kommst du am Montag vielleicht ein bisschen später?«

»Nein«, sagt Elvis, »ich hab schon gesagt, dass ich pünktlich bei dir sein will.«

»Ich kann dich auch bei deinem Freund abholen, wenn du möchtest.«

»Musst du nicht. Ich komm um halb neun. Wie immer. Damit wir gleich spazieren gehen können.«

Ellen ist selbst überrascht, wie sehr es sie freut, dass er nichts von der Zeit mit ihr verpassen will. Sie schließt den Laptop und steht auf. »Das ist schön. Ich glaube, ich würde dich sonst auch vermissen. Soll ich dir jetzt vorlesen?«

8

Meinst du, die Größe reicht?« Torsten kniet auf dem Fußboden, als sie ins Schlafzimmer kommt. Er hat vor dem Bett ein Zelt ausgebreitet, das er jetzt skeptisch beäugt. Sina verkneift sich die Frage, wozu er das Teil ausgepackt hat. Die gute Absicht zählt.

Torsten hat sich von seinem Kollegen Bernie, mit dem er sich während seiner ersten Arbeitswoche schon angefreundet hat und der Vater von sechsjährigen Zwillingen ist, das Zelt ausgeliehen. Angeblich sollen drei Personen darin Platz finden, Sina hat daran ihre Zweifel. Aber für Torsten und Elvis wird es genügen. Bernie hat Torsten außerdem mit zwei Isomatten, zwei Schlafsäcken und einem kleinen Campingkocher ausgestattet, außer Proviant fehlt eigentlich nichts mehr.

»Bestimmt«, sagt sie. »Es ist ja nur für eine Nacht. Echt nett von deinem Kollegen.«

»Ja, Bernie ist super«, Torsten greift sich die Anleitung für den Zeltaufbau. »Ich muss mir überlegen, wie ich mich revanchiere. Ihr habt doch mal Werbung für diesen Whisky gemacht, kannst du davon noch eine Flasche organisieren?«

»Ich schau mal.« Der einzige Vorbehalt, den Sina gegenüber dem ihr noch unbekannten Bernie hat, ist die Tatsache, dass er laut Torsten ein *Feierbiest* ist. Was im Klartext heißt: Er trinkt gerne. Nach dem Squash gestern hat er Torsten noch mit in eine Kneipe geschleppt, »ist doch das Schönste am Sport«, hat er gesagt. Torsten hatte, so sagt er, kein Problem, inmitten all der Kollegen, die Halbe und Radler und Russen und Weißwein konsumierten, bei seiner Saftschorle zu bleiben, es gab offenbar auch keine dummen Sprüche. Die Männer wissen von seinem Handikap, wie er es selbst nennt, er hat es gleich am ersten Tag in der Kantine erzählt, wenn auch nur im kleineren Kreis, zu dem auch Bernie gehört.

Sina geht zum Schrank, knöpft sich dabei schon die verschwitzte Bluse auf, zerrt sie sich von den Schultern und wirft sie aufs Bett. Sie riecht nach Schweiß, schon seit dem Nachmittag. Die Freitage sind in der Agentur immer besonders stressig, alles, was während der Woche liegengeblieben ist, soll in ein paar Stunden abgearbeitet werden, H.C. nervt dann noch mehr als sonst. Wenn sie wenigstens das Wochenende freihätte.

»Danke, dass du Elvis abgeholt hast.« Sie öffnet den Schrank. »Wir gehen nicht mehr weg, oder?« Ansonsten müsste sie duschen, aber dazu hat sie keine Lust, bei der Hitze fühlt sie sich ständig schlapp, außerdem tun ihr die Beine weh. Hoffentlich kriegt sie keine Grippe.

»Essen, meinst du?« Torsten beginnt, das Zelt wieder abzubauen, wird spannend, ob er das ganze Ding wieder in die verblüffend kleine Hülle bekommt. »Lass uns doch hierbleiben. Wir können uns eine Pizza bestellen. Oder ich mach ein paar Spaghetti, irgendwas haben wir bestimmt noch im Haus.«

»Mir total recht.« Sina greift nach dem T-Shirt, das ganz oben auf dem Stapel liegt, und zieht es sich über. Jetzt nur noch die enge Jeans runter, stattdessen rein in die gemütliche Schlabberhose.

Als sie in der Küche die Vorratsschränke durchwühlt, kommt Elvis rein.

»Steinpilzrisotto oder Nudeln mit Fleischsoße? Und Salat dazu?«

»Nudeln gab's heute Mittag schon bei Ellen.«

»Also Risotto.« Sina nimmt die beiden Tüten aus dem Schrank, wenn sie viel Parmesan dazugibt, schmeckt es ganz gut. »Ist aber wieder vegetarisch.«

»Macht mir nichts.«

»Zum Nachtisch haben wir noch Joghurt.« Sie holt einen Topf, stellt ihn auf den Herd, schaltet die Platte ein. Erst Olivenöl erhitzen, dann den Reis darin andünsten, sie kennt das auswendig.

»Morgen früh könnt ihr noch einkaufen gehen, Torsten und du. Damit ihr was zu essen habt bei eurem Ausflug. Würstchen vielleicht? Zelten macht hungrig.«

Sie gießt Öl in den Topf, holt aus dem Kühlschrank eine Salatgurke. Mist, Tomaten hat sie keine mehr. »Du darfst auch ein paar Süßigkeiten kaufen für Sonntag, wenn du bei Lukas bist. Oder Chips.« Sie wäscht die Gurke, trocknet sie ab. »Magst du die schneiden? Ellen sagt, du kochst gerne. Und machst das richtig gut.«

Kommentarlos holt Elvis ein Brett und nimmt ein Messer aus der Schublade, ausgerechnet das scharfe, an dem sie sich selbst schon mehrfach geschnitten hat. Soll sie ihm ein anderes geben? Oder darauf vertrauen, dass er vorsichtig ist?

Er nimmt ihr die Gurke aus der Hand. »Kann ich nicht lieber zu ihr?«

Sina gibt den Risotto in den Topf, rührt um, stellt die Flamme kleiner. »Zu Ellen? Das geht nicht, sie bekommt Besuch von einer Freundin, das hat sie dir doch sicher erzählt.«

»Ja. Sie holt sie nachher vom Zug ab.«

»Und die Wochenenden möchte sie sowieso gerne frei haben, sie braucht auch mal Zeit für sich, verstehst du?«

Sina beobachtet, wie Elvis vom Stielansatz der Gurke ein kleines Stück abschneidet, er ist wirklich vorsichtig, sie muss keine Angst haben.

»Magst du denn nicht mit Torsten zelten?«, fragt sie sanft. »Er freut sich schon so darauf.« Das ist unfair, sie weiß es. Wieso muss ihr Sohn Rücksicht auf die Gefühle ihres Partners nehmen. Obwohl es stimmt, Torsten hat erst heute Morgen noch mal gesagt, dass er richtig Lust hat auf den Ausflug. Mit seinen Jungs wollte er so was schon längst mal machen, aber es wird vermutlich beim Wunsch bleiben. »Du hast doch gesagt, du möchtest gerne.«

»Schon.«

»Aber?«

Er antwortet nicht. Sina rührt den Risotto noch einmal um, dreht sich dann um und beobachtet Elvis, der konzentriert und langsam die Gurke schneidet, in dünne Scheiben, ganz gleichmäßig. »Fändest du es schöner, wenn ich dabei wäre?«

Wieder keine Antwort, er scheint ganz auf seine Arbeit konzentriert.

»Ich würde auch viel lieber mitkommen anstatt zu arbeiten«, sagt sie. »Aber ich muss in die Agentur, leider.« Wie oft hat er diesen Satz wohl schon gehört. »Es wird sicher ganz toll, mein Schatz. Ihr könnt schwimmen gehen. Und abends ein Feuer machen. Würstchen grillen. Euch Geschichten erzählen.«

Er legt das Messer weg. Die Gurke ist, bis auf das kleine Endstück, in vollkommen gleichmäßige Scheiben geschnitten.

»Danke, das hast du toll gemacht.« Sie holt eine Schüssel aus dem Schrank, stellt sie neben das Schneidbrett.

»Und Sonntag?« Er schiebt die Gurkenscheiben behutsam mit dem Messer in die Schüssel. »Kann ich da nicht hier bei euch bleiben? Da musst du doch nicht mehr arbeiten.«

Das stimmt. Sie weiß es zwar erst seit heute Mittag, aber H. C. hat ihnen großmütig wenigstens den einen Tag freigegeben. Aber wenn sie Katja jetzt wieder so kurzfristig absagt, steht sie nicht nur da wie eine unorganisierte Idiotin, sie verbaut sich damit auch eine zukünftige Betreuungsmöglichkeit.

Als Katja sie gestern Abend zurückgerufen hat, mochte Sina ihr nicht sagen, dass sich ihre Frage wegen Samstag schon erledigt hatte, es war ihr peinlich. Stattdessen hatte sie munter ein Treffen von Elvis und Lukas angeregt, die sich ja wegen der Ferien schon länger nicht mehr gesehen hatten, Elvis würde sich freuen. Dies galt für Katja offenbar nicht; unter der Woche ginge es vor Schulbeginn nicht mehr, hatte sie gesagt, Lukas sei *ausgebucht*. Sina hatte daraufhin das übernächste Wochenende vorgeschlagen, da habe sie Zeit und könne mit den Jungs etwas unternehmen, aber da ging es auch nicht wegen der Gartenparty eines Freundes. Schließlich hatte Katja, wenn auch ohne große Begeisterung, den kommenden Sonntag vorgeschlagen, »Elvis könnte mit uns in unser Landhaus. Aber wir brechen am Sonntag nicht vor zehn auf, und am Montag müssen wir früh zurück, Louis hat um neun eine Telko.«

Unser Landhaus. Sina konnte sich nur mit viel Mühe eine spöttische Bemerkung verkneifen, die Frau muss ihr wirklich bei jeder Gelegenheit aufs Brot schmieren, dass sie sogenannten besseren Kreisen angehört. Sie riss sich Elvis zuliebe zusammen, seine wenigen Freundschaften durfte sie ihm nicht auch noch verderben. Und nach einer Woche mit Ellen hatte er sich die Gesellschaft eines Gleichaltrigen weiß Gott verdient.

Sie beugt sich über ihn, legt die Arme um ihn und küsst ihn auf die Haare, die mal wieder gewaschen werden müssten. »Ach, mein Schatz«, sagt sie, »das geht nicht. Aber ich bin ganz sicher, du wirst jede Menge Spaß haben, erst mit Torsten, dann mit Lukas und seiner Familie. Vielleicht wirst du ein Abenteuer erleben. Und dann koch ich uns was Schönes und du erzählst mir, was du so alles erlebt hast, ja?«

Sie spürt sein Nicken an ihrer Wange, in ihren Armen aber gleichzeitig auch, dass er sich steif macht, als fühle er sich bedrängt von ihr und wolle am liebsten flüchten. Wie lange wird es noch dauern, dass er sich ihre Umarmungen und Zärtlichkeiten gefallen lässt? Die sie selbst so dringend braucht.

»Mist, der Risotto brennt an«, sie lässt ihn los und dreht sich zum Herd. »Kannst du schon mal den Tisch decken? Es dauert nur noch eine Viertelstunde.«

9

Sie bemerkt es am Montag. Als Sina ihn am Morgen zu ihr bringt, fällt Ellen gleich auf, dass Elvis blass ist, seine Wangen aber gerötet und die Augen unnatürlich glänzend.

»Ihm war vorhin ein bisschen übel«, sagt Sina. »Kann sein, er hat gestern was Falsches gegessen. Oder zu viel getobt. Er war bei seinem Freund, mit noch anderen Kindern, die haben sicher Halligalli gemacht. Rufen Sie mich an, wenn es schlimmer wird.«

Ellen packt Elvis erst mal mit seinem Comic aufs Sofa und kocht ihm einen Kamillentee. Der Hund legt sich neben ihn. Während Ellen durch die Wohnung geht, ein bisschen die Überbleibsel von Miris Besuch aufräumt und dabei entdeckt, dass Miri ihr Handyladekabel vergessen hat, liegt er still da, das Heft aufgeschlagen vor sich, aber er blättert nicht ein einziges Mal um.

Als sie ihn zwei Stunden später fragt, wie es ihm geht, sagt er, gut. Also gehen sie mit dem Hund auf einen Spaziergang durchs Viertel. Elvis hält zwar wie immer die Leine, ist aber still und in sich gekehrt. Auf ihre Frage, wie sein Wochenende war, sagt er wieder, gut.

Sie erzählt ihm von dem Film, den sie am Samstagabend mit Miri gesehen und über den sie sich beide geärgert haben, und dass eine neue Eisdiele drei Straßen weiter eröffnet hat. Wenn er kein Bauchweh mehr hat, geht sie mit ihm dahin und er darf sich drei Kugeln aussuchen. Er nickt, fragt aber nicht wie sonst nach.

Zu Hause schlägt sie vor, dass sie vor dem Essen etwas spielen, sie hat eine ganze Schublade voller Brett- und Kartenspiele. Mit Benedikt und Vitus hatte sie ein Ritual, jeden Sonntagnachmittag wurde gespielt, und der Gesamtsieger musste den Tisch fürs Abendbrot decken. Elvis aber mag nicht, er ist müde, sagt er. Sie will ihm Kartoffelbrei machen, den müsste er eigentlich vertragen, aber er möchte auch das nicht, er hat immer noch Bauchweh. Also packt sie ihn wieder aufs Sofa, wo er gleich einschläft. Sie macht sich ein Sandwich, setzt sich in den Ohrensessel, liest ein paar Seiten in dem Buch, das Miri ihr unter anderem mitgebracht hat, und nickt ein.

Sie wacht davon auf, dass Elvis weint. Er sitzt auf dem Sofa, sein T-Shirt ist über der Brust gelbbraun befleckt. Er hat sich im Schlaf übergeben, er ist davon aufgewacht, wie er zwischen zwei tiefen Schluchzern hervorstößt. Ein bisschen was ist auch auf einem Sofapolster gelandet und auf dem Kissen aus indischem Baumwollstoff.

Ellen versucht, ihn zu trösten. Das T-Shirt kann sie waschen, das Sofapolster und das Kissen auch, es ist wirklich überhaupt nicht schlimm. Aber Elvis lässt sich nicht so schnell beruhigen, er weint lange. Er wirkt verstört, als sei er noch in einem furchterregenden Traum gefangen. Nur mit Mühe kann Ellen ihn dazu bewegen, vom Sofa aufzustehen.

»Weißt du was?«, sagt sie. »Ich lass dir jetzt ein Bad ein, dann fühlst du dich bestimmt besser. Und deine Sachen wasch ich dir gleich.«

Weil er weiterweint, kniet sie sich vor ihn hin und umarmt ihn, was sie noch nie getan hat, weil es ihr übergriffig erscheint. Sie spürt Feucht-Erbrochenes auf ihrem Leinenhemd, als sie ihn vorsichtig an sich drückt. Sie ekelt sich nicht vor ihm, auch das Hemd kann sie waschen.

Er lässt sich von ihr halten, minutenlang. Zwischen zwei Schluchzern stößt er etwas Unverständliches hervor, sie versteht nur »Mama«.

»Was ist mit deiner Mutter?«

»Du sollst ihr nichts sagen!«

Wovor hat er Angst? Sina ist sicher keine Mutter,

die ein Kind, dem es elend geht, schimpft oder gar bestraft. Sie vermutet, dass er sich schämt.

»In Ordnung«, sagt sie. »Ich versprech's dir. Wir sagen einfach, du hast dich mit Essen bekleckert.«

Sie lässt ihm Badewasser ein und sucht ein altes T-Shirt heraus, das ihr zu klein ist. Immer noch weint er, jetzt aber sehr leise.

Im Bad lässt sie ihn allein, sicher will er sich vor ihr nicht nackt zeigen. Sie sagt ihm, dass er das schmutzige T-Shirt ins Waschbecken werfen soll, dass er ihr Duschgel benutzen kann, legt ihm ein Badetuch zurecht und zieht dann im Wohnzimmer das Polster ab. Sie lauscht ins Bad, ob sie Geräusche hört, aber es ist ganz still, nur ab und zu plätschert leise das Wasser, wenn er sich bewegt.

Als er eine Viertelstunde später aus dem Bad kommt, sind seine Haare nass, er ist barfuß und trägt nur seine Jeans. Das große Badetuch hat er sich über den Oberkörper gelegt. Sie reicht ihm das alte T-Shirt; als er es nimmt, rutscht das Handtuch herunter, und sie sieht es. Die blauen Flecken sind am rechten Oberarm, an der Brust und vorne an der Seite, am unteren Rippenbogen. Sie zeichnen sich deutlich auf seiner gebräunten Haut ab.

Sie erschrickt so, dass sie unwillkürlich die Hand nach seinem Arm ausstreckt. »Was hast du denn da?«

Er weicht einen Schritt zurück, guckt auf die Stelle. »Nichts«, sagt er. »Nur gestoßen.« Er zieht hastig das T-Shirt über, es reicht ihm bis zum Oberschenkel.

Sie bückt sich, um das Handtuch aufzuheben. »An so vielen Stellen? Da musst du ja wild gespielt haben.«

Er antwortet nicht, sein Blick weicht ihrem aus. Er ist immer noch sehr blass, trotz des heißen Bades.

»Soll ich dir noch einen Kamillentee machen? Du kannst auch einen Zwieback dazu essen.«

»Okay.«

Sie gehen in die Küche. Er setzt sich an den Tisch, nimmt den Hund auf den Schoß. Ellen macht Tee und gibt sein T-Shirt mit dem Kissenüberzug und ein paar Wäschestücken von ihr selbst in die Maschine. Das Sofapolster kommt später dran, im Wollprogramm.

Er pustet in seinen Becher, nimmt vorsichtig einen Schluck. »Und du sagst der Mama wirklich nichts?«

»Dass du dich übergeben musstest? Eigentlich sollte sie es wissen.«

»Aber du hast es versprochen.«

»Das stimmt. Du willst es auf keinen Fall?«

»Nein.«

»Und warum nicht? Kannst du es mir erklären?«

Er schüttelt den Kopf. Er will nicht. Oder kann nicht.

»Denkst du vielleicht, sie macht sich dann Sorgen? Oder ist es dir peinlich?«

»Es ist ja schon wieder besser«, sagt er und vergräbt sein Gesicht im Fell des Hundes. »Ich hab sogar schon wieder bisschen Hunger.«

Während er einen Zwieback knabbert, wäscht sie ab und denkt dabei darüber nach, warum er unbedingt vor Sina verbergen will, dass er sich übergeben musste. Die meisten Kinder gehen mit ihren Krankheiten, ob klein oder groß, gerne hausieren, lassen sich bemitleiden, pflegen, verwöhnen. Sie kennt das von ihren eigenen Söhnen. Besonders Vitus war groß darin, aus jedem noch so kleinen Wehwehchen eine lebensbedrohliche Krankheit zu machen, »gibt er mal wieder den sterbenden Schwan«, hat Jock oft genervt gefragt, er war in dieser Beziehung das genaue Gegenteil. Was für einen Grund kann es geben, dass Elvis Sina seine Übelkeit verschweigen will? Fürchtet er, dass sie ihm eine abendliche Unternehmung verbietet, wenn sie ihn für krank hält? Dass er früher ins Bett muss? Hat er etwas gegessen, was er nicht durfte, und fürchtet jetzt ihren Ärger? Oder geht es gar nicht um Sina, sondern um deren Partner?

Sie gibt sich wirklich Mühe, dem Mann ohne Vorurteile zu begegnen, so wie sie es bei allen Menschen versucht, aber irgendetwas an ihm ist ihr unsympathisch. Sie hat gar keinen erklärbaren Grund dafür, es ist reiner Instinkt. Als er Elvis am Freitagabend abgeholt hat, war er ausgesprochen höflich, er begrüßte sie mit ihrem Namen und erklärte, dass Sina noch in ihrer Agentur sei. Er kam offenbar direkt aus dem Büro, er trug einen Anzug samt Krawatte. Elvis war noch auf der Toilette; sie bat ihn also herein und bot ihm ein Glas Eistee an, er lehnte, wieder sehr höflich, ab. Sie standen etwas befangen im Flur herum und machten bemüht Konversation, vor allem über das anhaltend heiße Wetter. Ihr fiel auf, dass er sie kaum ansah, den Blick schweifen ließ, er fühlte sich offenbar ebenso unbehaglich wie sie, obwohl sie normalerweise mit Fremden leicht ins Gespräch kommt. Er roch nach Pfefferminz und einem Eau de Toilette, sie fand den Duft aufdringlich, auch der Hund, der Besucher ansonsten neugierig beschnuppert, wandte sich schnell von ihm ab. Nach ein paar Minuten wurde er ungeduldig. »Wo bleibst du, Sportsfreund?«, rief er in Richtung Badezimmertür, »leg mal einen Zacken zu!« – »Komme schon«, rief Elvis zurück, sie konnte hören, wie er das Klopapier abrollte. Beim Abschied bedankte er sich und wünschte ihr ein schönes

Wochenende, bevor er Elvis durch die Wohnungstür schob. Sein Geruch hing noch am Abend im Flur, »du hattest offenbar Herrenbesuch«, hatte Miri amüsiert gesagt, als sie vom Bahnhof kamen, »mit einem schlechten Parfum-Geschmack«. Sie hat kurz von ihm erzählt und ihn als *Waserl* beschrieben, ein Ausdruck, den Jock oft benutzte. Sie hat die Bezeichnung gleich darauf zurückgenommen, sie kennt den Mann ja kaum und weiß nicht, ob er wirklich ängstlich und verdruckst ist, sie muss sich hüten, vorschnelle Urteile zu fällen, darf sich nicht zu viel einbilden auf ihre Menschenkenntnis.

Nach dem Zwieback fragt Elvis, ob er sich eine Kindersendung anschauen darf, die eine halbe Stunde dauert. Sie will ihm erklären, wie man den Fernseher einschaltet, aber er schafft es allein und jongliert routiniert mit den beiden Fernbedienungen, die sie inzwischen braucht, um überhaupt etwas gucken zu können, weil ohne eine TV-Box nichts mehr geht, was sie jedes Mal ärgert. Für den Blu-Ray-Player hat sie eine dritte und eine vierte für die Stereoanlage, und immer sucht sie eins dieser Teile, ab und zu drückt sie auch auf einen falschen Knopf und landet in einem hochkomplizierten Menü, von dem sie bestenfalls die Hälfte versteht. Sie hält sich für technisch halbwegs auf der Höhe der Zeit, sie kann gut mit dem Handy umgehen, es kommt öfter vor, dass sie das Problem eines anderen lösen kann. Neulich hat sie Anne erklärt, dass es hilft, das Ding auszuschalten, wenn es sich aufgehängt hat. Aber gut, Anne zählt nicht, die kommt sogar schon beim Mailen ins Schleudern. Sie hingegen kann versiert Texte formatieren, Fotos bearbeiten und scannen und Bilder in Dokumente einfügen, sogar halbwegs Excel, und ab und zu skypt sie mit Benedikt und Freja und Valerie. Aber der Fernseher samt TV-Box nervt sie einfach. Sie erinnert sich an die Zeiten, als es noch überhaupt keine Fernbedienungen gab; wenn man das Programm wechseln wollte – es gab überhaupt nur drei und die auch höchstens bis Mitternacht –, musste man aufstehen, auch wenn man die Lautstärke regulieren wollte oder die Helligkeit. Auf ihren Fernbedienungen jetzt gibt es Tasten, von deren Funktion sie keine Ahnung hat, die sie offenbar aber auch nicht braucht. Sie hat beispielsweise nicht gewusst, wozu die Taste mit der ominösen Aufschrift »EPG« gut ist, das hat ihr erst Henry gesagt. Er wollte ihr auch sämtliche anderen Tasten erklären, aber sie hat abgelehnt, Unwichtiges merkt sie sich ohnehin nicht.

Sie setzt sich in den Sessel und strickt an dem Pullover für Valerie weiter, drei Nummern größer, sonst ist er nach spätestens einem halben Jahr schon zu knapp. Immerhin gibt es jetzt bald einen potentiellen neuen Träger. Oder eine Trägerin. Sie wirft immer wieder einen Blick auf Elvis, der ganz versunken und mit halboffenem Mund auf den Fernseher und den Zeichentrickfilm starrt, der vor allem laut ist, sie blendet den Ton innerlich aus. Diese blauen Flecken. Und an diesen komischen Stellen. Kann sich ein Kind wirklich während zwei Tagen so verletzen?

Natürlich kann es. Sie erinnert sich an einen Frühlingssamstag vor fast dreißig Jahren, Vitus war sechs, im Herbst würde er in die Schule kommen. Jock war zu einer Motorradtour mit Henry aufgebrochen, sie war mit den Kindern auf den Markt einkaufen gegangen und hatte dann mit ihnen einen Kuchen gebacken. Als sie ihn rausnahm, auf den Herd stellte und sich für einen Moment umdrehte, hatte Vitus mit der flachen Hand an die heiße Springform gefasst, obwohl sie ihn natürlich tausendmal davor gewarnt hatte, aber wie alle Menschen wurde er nur durch Schaden klug. Die Hand sah übel aus, Vitus schrie und kreischte ohrenbetäubend.

Weil sie, sträflich für eine Mutter von zwei lebhaften Jungs, weder Brandsalbe noch Verbandsmaterial im Haus und die Apotheke natürlich schon geschlossen hatte, fuhr sie mit den beiden Kindern in die Notaufnahme des Klinikums Rechts der

Isar, wo sie mehr als eine Stunde warten mussten. Es war der Samstag vor Pfingsten und der Wartebereich rappelvoll. Sie hielt den jammernden Vitus auf dem Schoß und kühlte die verbrannte Stelle mit Eispacks, die sie geistesgegenwärtig noch aus dem Tiefkühler gezerrt hatte. Benedikt saß neben Vitus und war voll des Mitleids. Er bot dem kleinen Bruder seinen liebsten Ninja Turtle Michelangelo zum Trost an, Vitus griff natürlich sofort zu. Damit die Zeit schneller herumging, ließ Ellen Benedikt vom Kiosk im Erdgeschoss drei Eisbecher holen. Er brachte natürlich das teuerste Eis am Stiel, das es sonst nur in großen Ausnahmefällen gab. Gerade als sie es ausgepackt hatten, wurden sie aufgerufen. Ellen sagte Benedikt, er solle auf sie warten, aber er weigerte sich. Und beide Jungs wollten keinesfalls auf ihr Eis verzichten, Ellen hatte ihres schon in einen Mülleimer geworfen. Also lief sie schwitzend, das eine Kind auf dem Arm, das andere an der klebrigen Hand, hinter der Schwester her. Natürlich sauten die Jungs sich mit dem Eis ein, Vitus kleckste ihren weißen T-Shirt-Rücken mit Schokoladenstücken voll. Zum Glück war der zuständige junge Arzt sehr nett. Die Wunde wurde gesalbt und verbunden und Ellen angewiesen, in den kommenden zwei Wochen den Verband täglich zu wechseln und die Heilung zu beobachten. »Schöne Feiertage wünsche ich Ihnen«, sagte der Arzt zum Abschied, »und weniger Aufregung.«

Als sie am Nachmittag wiederkamen, hatte er immer noch Dienst. Diesmal kamen sie ohne Eis, dafür mit einem gebrochenen Schlüsselbein, beim anderen Kind. Die Prozedur dauerte wesentlich länger als bei der Verbrennung, es musste geröntgt und ein Ultraschall gemacht werden, Benedikt bekam ein Schmerzmittel und einen Rucksackverband. »Ich hoffe mal, dass wir uns nicht wiedersehen«, sagte der Arzt zum Abschied und lächelte sie an. »Obwohl ich persönlich es eigentlich sehr schade fände.« Sie stieg nicht ein auf den Flirt, sie war ja verheiratet und wollte nur nach Hause, hoffentlich war Jock inzwischen zurück und konnte ihr die Jungs abnehmen. Sie weiß also durchaus, es *ist* möglich. Und trotzdem.

10

Den ganzen Abend über spukt Sina das, was Ellen beim Abholen gefragt hat, im Kopf herum. Sie versucht es auszublenden, aber es drängt sich immer wieder in ihre Gedanken zurück.

»Wie war denn Elvis' Wochenende?«, hatte Ellen gefragt, während Elvis im Wohnzimmer war, um sich seine Schuhe anzuziehen. »Er hat mit Ihrem Partner gezeltet, oder?«

»Ja. Ich glaube, sie hatten viel Spaß.«

»Passiert ist nichts? Ein kleiner Unfall oder so was?«

»Soviel ich weiß, nicht. Warum fragen Sie?«

»Mir ist nur aufgefallen, dass Elvis ein paar blaue Flecken hat. An mehreren Stellen.«

»Wirklich?«

»Kinder stoßen sich ja schnell mal, das hat sicher nichts zu bedeuten.« Ellen reichte Sina Elvis' noch klammes T-Shirt, er hatte sich offenbar beim Essen eingesaut. »Gewaschen ist es, aber noch nicht ganz trocken.«

»Vielen Dank. Das hätten Sie aber nicht tun müssen.«

»Ich wollte sowieso gerade die Maschine anwerfen, also kein Problem.«

In diesem Moment war Elvis aus dem Wohnzimmer gekommen, in einem weiten schwarzen T-Shirt, das ihm fast bis zu den Knien reichte. Ellen hatte gelacht. »Du siehst ein bisschen aus wie ein Rapper«, hatte sie gesagt. »Fehlt nur noch eine fette Halskette.«

Sina hatte gelächelt, obwohl sie fand, Elvis sah eher abgerissen aus, wie ein Straßenkind. »Du hast also was gegessen«, sagte sie. »Dann geht's dir ein bisschen besser?«

Elvis nickte, beugte sich zu dem Hund herunter, der ihm gefolgt war, und streichelte ihn. Sina fiel ein, dass sie wieder vergessen hatte, wegen eines Hundes für ihn zu recherchieren, einem auch für Allergiker geeigneten Tier.

»So ganz fit scheint er mir aber noch nicht zu sein«, sagte Ellen. »Er hat noch etwas Bauchweh, glaube ich. Vielleicht messen Sie nachher mal Fieber?«

»Mach ich. Ich hoffe, er brütet nichts aus.« Sina fuhr Elvis durch die Haare, sie waren ein bisschen feucht, hoffentlich kein schlechtes Zeichen, dass er so schwitzte. Andererseits auch kein Wunder bei der Hitze. »Wir haben morgen eine Präsentation, bei der darf ich nicht fehlen.«

»Wenn er wirklich krank wird, kann ich ihn auch bei Ihnen betreuen.«

»Das würden Sie tun?«

»Natürlich. Ansonsten sehen wir uns morgen früh, okay, Elvis?«

Er richtete sich auf, nickte und reichte Ellen zum Abschied förmlich die Hand, das hatte er vorher nur auf Aufforderung gemacht. Und er blickte ihr sehr ernst und intensiv in die Augen.

Zu Hause hatte sie gleich Fieber gemessen. 36,8, ganz normal, sie war erleichtert. Von der Pasta, die Torsten gemacht hatte, wollte Elvis allerdings nichts. Torsten ließ sich nicht davon abhalten, noch schnell beim Supermarkt Salzstangen und Cola für ihn zu holen, das Allheilmittel gegen Übelkeit.

Während er unterwegs war und Elvis auf dem Fußboden vor dem Fernseher hockte und durch die Fernsehprogramme zappte, rief Sina vom Schlafzimmer aus bei Katja an, unter dem Vorwand, sich noch mal für die Betreuung am Sonntag bedanken zu wollen, sie hatte das gefühlt schon fünfunddreißigmal gemacht. Betont munter erkundigte sie sich, wie der Tag denn so gelaufen war, hatten die Jungs sich gut vertragen, war Elvis pflegeleicht gewesen?

Alles okay, so Katja, sie hatten erst mit den beiden einen Spaziergang gemacht, dann zu Mittag gegessen, danach hatten Lukas und Elvis in Lukas' Zimmer gespielt, zwei andere Jungs in ihrem Alter aus der Nachbarschaft waren auch noch dazugekommen. Offenbar hatten sie zu viert viel Spaß gehabt, sie hatte immer wieder lautes Gelächter aus dem Raum gehört. Blieb also nur der Samstag.

Sie war ins Wohnzimmer gegangen, wo Torsten inzwischen zusammen mit Elvis eine Komödie auf Netflix guckte, Elvis knabberte seine Salzstangen. Nach dem Film schickte sie ihn ins Bett.

Sie folgte ihm ein paar Minuten später in sein Zimmer. Sie hatte gehofft, den Moment zu erwischen, in dem er das T-Shirt aus- und sein Pyjama-Oberteil anziehen würde, aber als sie reinkam, hatte er schon im Bett gelegen. Er fummelte mit seinen In-Ear-Kopfhörern herum, er wollte ein Hörspiel auf seinem Handy hören, das sie ihm gekauft hatte, angeblich der neueste Hit bei Kindern. Sie hatte sich auf den Bettrand gesetzt.

»Tut dein Bauch noch weh?«

»Nur ein bisschen.«

»Und wie geht's dir sonst?«

»Gut.«

Sie hatte einen Moment zugesehen, wie er den Knoten im Kabel entwirrte.

»Ich hab auch manchmal Bauchweh«, sagte sie dann.

»Ich weiß. Alle vier Wochen.«

»Das auch. Aber mir wird öfter schlecht, wenn ich vor was Angst habe. Früher in der Schule zum Beispiel, vor Klassenarbeiten. Oder wenn ich was kaputtgemacht hatte und ich mich nicht getraut hab, es meinen Eltern zu sagen.«

Er entknotete weiter.

»Kennst du das auch?«

»Wir haben keine Klassenarbeit«, sagte er. »Es sind doch noch Ferien. Und ich hab nichts kaputtgemacht.«

»Das hab ich auch nicht gesagt. Aber vielleicht gibt es irgendwas anderes? Was dich bedrückt?«

Keine Antwort, ein vages Achselzucken.

»Dass ich so wenig Zeit hab vielleicht? Und dass du unter der Woche zu Ellen musst?«

»Ich geh gern zu ihr.«

»Da bin ich froh. Dann … ist also alles okay?«

Er nickte. Sie wartete noch einen Moment, dann beugte sie sich vor, umarmte ihn, küsste ihn auf die Wange. »Ich hab dich sehr lieb, das weißt du doch, oder? Und ich will, dass es dir gutgeht. Ich würde alles dafür tun.«

»Ich hab dich auch lieb«, sagte er.

Jetzt sitzt sie im Bett, den Laptop auf den Knien, sie will sich die Präsentation noch mal ansehen für morgen, auch wenn sie im Prinzip nur Protokoll führt über Kritik und Wünsche des Kunden. H. C. erwartet trotzdem, dass sie auf dem Laufenden ist.

Torsten, schon in T-Shirt und Schlafshorts, steht vor dem geöffneten Schrank und sucht sich seine Sachen für morgen raus, er macht das immer so, seine Mutter hat ihm das beigebracht. Er hängt den grauen Anzug an die Schranktür, nimmt eine rotgrüngestreifte Krawatte.

»Ist das hellblaue Hemd noch in der Wäsche?«

»Ich glaube. Hättest du es gebraucht?«

»Kein Problem. Ich nehm ein weißes.« Auch das hängt er an die Schranktür.

»Du, sag mal«, sie versucht so beiläufig wie möglich zu klingen, als sei sie in Gedanken eigentlich woanders. »Auf deinem Ausflug mit Elvis, ist da eigentlich irgendwas passiert?«

»Was soll passiert sein?«

»Irgendwas Ungewöhnliches, keine Ahnung.« Weil er sie jetzt ansieht, schaut sie auf den Bildschirm. »Wenn ich mit ihm was unternehme, bricht immer das Chaos aus. Ich verliere den Autoschlüssel, Elvis wird von einer Wespe gestochen, oder er fällt hin und tut sich weh.«

Torsten kommt zum Bett, setzt sich, stellt den

Wecker, sechs Uhr wie immer, damit er vor dem Büro noch joggen kann. »Hat er diesmal nicht. Keine einzige Katastrophe. Es war total harmonisch.« Sie kann das Mundwasser riechen, mit dem er vor dem Schlafengehen immer ausgiebig gurgelt.

»Und was habt ihr so gemacht?«

»Hab ich dir doch schon erzählt.«

»Ich bin eben neugierig. Immerhin war es das erste Mal, dass ihr so lange allein miteinander wart. Und über Nacht.«

Torsten zieht seine Uhr aus und legt sie auf den Nachttisch, dann schlüpft er unter die Decke. Sie haben nur eine, dafür sehr große.

»Erst das Zelt aufgebaut. Danach sind wir in der Isar geschwommen, die ist an der Stelle ganz flach. Wir sind einmal quer durch und wieder zurück.«

»Und dann?«

»Wozu willst du das denn alles wissen?« Bildet sie es sich ein, oder ist er einen Hauch nervös?

»Einfach so.«

»Danach haben wir Feuer gemacht und die Würstchen gegrillt. Dann ein paar Runden *Mau-Mau* gespielt. So um zehn waren wir schon in den Schlafsäcken.« Er klopft ausgiebig sein Kissen zurecht.

»Und Elvis hat überhaupt kein Theater gemacht?«

»Er ist doch keine drei mehr, Sina. Er war munter und fröhlich, nicht besonders redselig, aber das ist er ja nie, zumindest nicht bei mir. Ich bin sicher, es hat ihm Spaß gemacht. Ich hab mir auf jeden Fall vorgenommen, dass wir so was öfter mal machen.«

»Männerunternehmungen, meinst du?«

»Genau. Ich will einfach, dass wir ein gutes Verhältnis zueinander haben.«

»Habt ihr doch.«

»Schon. Aber irgendwie noch nicht so richtig … vertraut, verstehst du? So wie Vater und Sohn.« Endlich legt er das Kopfkissen hin und seinen Kopf darauf.

Sie klappt den Laptop zu, stellt ihn auf den Nachttisch.

»Liebling«, sagt sie sanft. »Er *hat* einen Vater. Und ob es uns gefällt oder nicht, er hängt an ihm.«

»Aber er verbringt viel mehr Zeit mit mir als mit David. Er soll einfach wissen, dass ich ihn gernhabe. Dass er mir vertrauen kann. Sich auf mich verlassen. Ich möchte gern für ihn sorgen.« Wenn ich es schon für meine leiblichen Kinder nicht kann, dieser Satz schwingt unausgesprochen mit.

Sina legt sich hin, dreht sich zu ihm. In solchen Momenten rührt er sie so, dass sie weinen könnte. »Das tust du doch schon«, sagt sie. »Ich bin sicher, er spürt, wie sehr du ihn magst.« Sie rutscht näher zu ihm, schlingt ihre Arme um ihn, presst sich an seinen Körper, der sofort reagiert.

»Ich liebe dich so«, flüstert sie. »Ich bin so froh, dass ich dich habe.«

Als sie gegen fünf Uhr morgens aufwacht, weil sie pinkeln muss, geht sie danach noch in Elvis' Zimmer. Wieder setzt sie sich auf den Bettrand, betrachtet ihren schlafenden Sohn. Wie klein er noch ist. Bei den kinderärztlichen Untersuchungen sind sein Gewicht und seine Größe immer im untersten Bereich. »Der kann nicht von mir sein, so mickrig wie er ist«, hatte David mal im Scherz gesagt, bei einem Sommerfest im Kindergarten, vor den ganzen umsitzenden Müttern und Vätern. Sie hatte mitgelacht, aber es hatte sie verletzt. Als habe sie ein unvollkommenes Kind zur Welt gebracht. »Sei doch nicht immer so empfindlich«, hatte David gesagt, als sie ihn zu Hause darauf angesprach, »verstehst du gar keinen Spaß mehr?«

Elvis schläft auf dem Bauch. Sie schiebt vorsichtig das Oberteil seines Schlafanzugs nach oben. Direkt über dem Steiß ist ein blauer Fleck, so groß wie von einer Faust. Er muss weh tun, wenn man ihn berührt. Auch an der linken Seite kann sie ein Mal erkennen, hat er auch vorne welche? Wie kann er sich an diesen Stellen so gestoßen haben?

Sie zieht das Hemd wieder nach unten, steht auf. Der Vorhang ist nur halb geschlossen, sie tritt ans Fenster, zieht die Gardinen zu, damit Elvis nicht von der bald aufgehenden Sonne geweckt wird. Auf der gegenüberliegenden Straßenseite sieht sie Ellen, die ihr Fahrrad samt Anhänger schiebt, ihr Hund trottet neben ihr her. Jetzt hält sie an, nimmt zwei Zeitungen von dem Stapel und geht zur Haustür von Nummer 8. Sie schließt auf und verschwindet im Haus, der Hund setzt sich neben das Rad und wartet.

Sie ist froh, dass kommende Woche die Schule wieder anfängt und Elvis die Tage nicht mehr bei Ellen verbringt. Seit dem Gespräch heute spürt sie eine unterschwellige Antipathie gegen die Frau, auch wenn sie ihr dankbar ist für ihre Hilfe. Für die sie sie auf der anderen Seite ja gut bezahlt, beziehungsweise David. Wenn sie ehrlich ist, stört es sie, dass Elvis so gern bei Ellen ist, und das nicht nur wegen des Hundes. Ellen verbringt so viel mehr Zeit mit Elvis als sie selbst. Und ihre Gutmenschen-Attitüde färbt auf ihn ab, seit letzter Woche drängelt er, dass Sina einen Komposteimer anschafft, so einen, wie Ellen ihn hat. Dass sie beim Einkaufen Stofftaschen dabeihat, das Obst lose in den Korb legt anstatt in Plastiktüten. Dass sie Ökowaschmittel kauft. Dass sie weniger Fleisch essen sollten, dabei tun sie das längst. Er hat sogar schon Torsten in die Zange genommen, wieso der mit dem Auto zur Arbeit fährt und nicht mit den Öffentlichen. Und Flugreisen sollten sie in Zukunft nur noch machen, wenn es gar nicht anders geht. Das Thema nervt sie inzwischen. Sie will nicht, dass ein anderer Mensch ihrem Sohn so nahekommt, ihn beeinflusst, mehr über ihn weiß als sie selbst. Dass er Ellen vielleicht etwas anvertraut, was er ihr nicht erzählt. *Sie* hätte die blauen Flecken bemerken müssen, nicht Ellen. *Sie* ist seine Mutter.

11

Letzte Woche hat die Schule wieder angefangen, Ellens Ferien sind zu Ende. Ihre Tage sind wieder angefüllt, mit Zeitungaustragen, mit Nachhilfestunden, mit dem Unterricht bei den Afrikanerinnen. Einerseits mag sie die klaren Strukturen, andererseits ist sie auch ein bisschen wehmütig, sie hat das Gefühl, die freien Wochen nicht ausreichend genutzt zu haben. Sie wollte öfter schwimmen gehen, wenigstens ein-, zweimal ins Open-Air-Kino, eine größere Bergwanderung machen, mit Übernachtung auf einer Hütte. Hat sie alles nicht getan, nicht nur wegen Elvis, aber auch.

Jetzt kommt er wieder nur zweimal die Woche zur Nachhilfe. Sie freut sich immer, ihn zu sehen, denn was sie nicht erwartet hat: Sie vermisst seine tägliche Anwesenheit. Er war ein angenehmer Gast, ruhig, rücksichtsvoll, hilfsbereit, nicht eine Minute ist er ihr auf die Nerven gegangen. Und es war schön, jemanden zum Plaudern zu haben, eine Begleitung auf den Spaziergängen, einen Grund, sich ein schönes Essen auszudenken und dafür einzukaufen.

Sie hat es Vitus erzählt am Telefon, in dem leichten, halb amüsierten Tonfall, den sie ihm gegenüber immer anschlägt, wenn es um Persönliches geht. Er ist natürlich sofort darauf angesprungen. »Ich sag's dir immer, Ma, du bist zu viel allein.«

Ellen weiß, dass ihre beiden Söhne sich diesbezüglich Sorgen um sie machen, dass es sie beruhigen würde, wenn sie wüssten, dass sie jemanden an ihrer Seite hätte, der Verantwortung übernehmen und im Notfall auch Hilfe leisten könnte, bei dem sie *aufgehoben* wäre. Es stimmt schon, früher hatte sie ein wesentlich reicheres soziales Leben. Mit Jock sowieso, er hatte einen großen Freundeskreis, sie waren viel ausgegangen, trotz der kleinen Kinder. Oder sie waren bei ihnen zu Hause zusammengesessen, manchmal ein Dutzend Leute, bei Spaghetti und Bier, sie hatten geredet und gestritten und geflirtet, getrunken und gekifft, viel Musik gehört und zu fortgeschrittener Stunde manchmal getanzt. Sie erinnert sich besonders gern an einen Abend, sie hatten spontan ein Quiz gemacht, in dem es um die Entstehungsjahre der Songs der Ramones ging. Jock hatte jede Zahl richtig und dafür viel Bewunderung eingeheimst. Als sie ins Bett gingen, hatte er ihr grinsend gebeichtet, dass er mit Hilfe von

Henry, der den CD-Player bediente, beschissen hatte, Henry hatte ihm die Zahlen unauffällig durch Fingerzeichen verraten, keiner hatte etwas gemerkt. Und Jock hatte endlich mal Carlo, Miris damaligem Freund, einem elenden Besserwisser, eine Niederlage verpassen können, von guter Musik hatte der ja keine Ahnung. Sie hatten sehr gelacht.

Nach Jocks Tod waren die Kontakte weniger geworden, es war plötzlich deutlich stiller in der Wohnung, es gab zu viel Platz. Mit Jock hatte es Lärm und Bewegung und Unruhe gegeben, Fluchen und Lachen. Während er kochte, hatte er den Telefonhörer zwischen Schulter und Kinn geklemmt, und nebenbei deckte er noch den Tisch, meistens fiel dabei klappernd etwas herunter, sie konnte es noch drei Türen weiter hören.

»Fang nicht wieder an«, sagt sie. »Du wirst mich eh nicht mehr ändern.«

Alle hatten ihr vorausgesagt, dass sie in ein Loch fallen würde, als die Jungs, beinahe gleichzeitig, aus dem Haus gingen, Vitus schon nach Köln und Benedikt nach Weihenstephan auf die Landwirtschaftsschule, er wohnte in einer WG in Freising. Aber so war es nicht gekommen, ganz und gar nicht.

Am ersten Wochenende ohne die Jungs war Ellen verreist, sicherheitshalber, weil die Unkenrufe sie doch ein bisschen nervös gemacht hatten. Sie fuhr mit Miri und Henry, die beide ebenfalls der Unkenfraktion angehörten, nach Rom. Es war nett, aber irgendwie hing über den Tagen eine gewisse Bedrücktheit, als gebe es etwas zu betrauern. Ellen kaufte sich aus Trotz ein Paar knallrote Pumps, die Absätze für den Alltag eigentlich zu hoch, die sie aber trotzdem jahrelang trug.

Als sie am Sonntagabend bei ihrer Rückkehr die Wohnungstür aufschloss, war es ungewohnt still, nur das Ticken der Küchenuhr war zu hören. Sie ging in die Küche, die noch genauso aussah wie bei ihrer Abreise vor drei Tagen, kein dreckiges Geschirr in der Spüle, keine Brotkrümel auf dem Fußboden, der Kühlschrank noch genauso bestückt wie zuvor. Sie machte sich etwas zu essen, ohne dass gleich jemand in die Küche geschlurft kam und etwas abhaben wollte, sie setzte sich vor den Fernseher und sah einen *Tatort*, ohne dass neben ihr ein Klugscheißer schon nach zehn Minuten behauptete zu wissen, wer der Täter sei, während er das Sofa mit Chips vollkrümelte. Niemand war da, der verlangte, um Punkt sieben geweckt zu werden, was erfahrungsgemäß bis mindestens zwanzig nach dauerte, keiner, der miesgelaunt darüber klagte, dass keine Butter im Haus war. Alle Dinge blieben an dem Platz, an dem sie selbst sie hingelegt hatte, und es kamen auch nicht, ganz zufällig, zwei, drei Jugendliche vorbei, die *bloß mal hallo sagen* wollten, um im Anschluss an die lässige Begrüßung den Kühlschrank leerzufressen; sie war längst darauf verfallen, Lebensmittel, die sie für sich behalten wollte, ganz hinten in einem Schrank zu bunkern, beim Suchen waren die Jungs nicht sonderlich findig. All das war jetzt nicht mehr nötig.

Sie wartete zur Sicherheit noch ein paar Tage ab, ob sich ihr Wohlgefühl verflüchtigen und doch einer gewissen Trauer oder zumindest Wehmut weichen würde, dass eine Phase ihres Lebens endgültig vorbei war, aber es geschah nicht. Natürlich freute sie sich immer über Vitus' Anrufe oder darüber, dass Benedikt fast jedes Wochenende vorbeikam, meist auf dem Weg zu einer Party; sie kochte dann eins seiner Lieblingsgerichte oder sie gingen etwas essen, sie redeten, brachten einander auf den neuesten Stand, verabredeten auch mal einen gemeinsamen Kinobesuch, dann ging er wieder. Und sie war nicht traurig, sondern zufrieden, freute sich, dass es ihm gutging.

Damals begann sie auch, ihre Kontakte radikal zu reduzieren. Das Bedürfnis, Zeit für sich zu haben nach der Arbeit oder am Wochenende, war eindeutig größer als die Lust, Bekanntschaften aufrechtzuerhalten, die sie ermüdend, langweilig oder auch einfach nervig fand. Mit zwei Freundinnen zerstritt sie sich aktiv, bei den anderen wurden die Lücken zwischen Telefonaten, Mails und Treffen mit der Zeit immer größer, bis die Beziehung einschlief.

Anfangs hatte sie noch ein schlechtes Gewissen, es hatte ihr ja keiner etwas getan. Und es war ja auch nicht so, dass sie den anderen verabscheute, seine Gegenwart nicht mehr ertragen konnte – sie hatte einfach keine Lust. Und für ständiges Sich-Überwinden-Müssen war das Leben zu kurz. Sie hält es ohnehin für eine ganz normale Alterserscheinung, dass das Interesse an anderen Menschen generell abnimmt, dass man sich auf einige wenige konzentriert und auf sich selbst. Sie hat ihre Familie, wenn auch aus ihrer Generation außer ihr niemand mehr am Leben ist, aber es gibt ihre Söhne, wenn auch nicht in unmittelbarer Nähe. Sie hat Miri, zu der sie unverändert intensiven und innigen Kontakt hält, sie hat die ehemaligen Kolleginnen aus der Buchhandlung, die sie regelmäßig sieht, sie hat ein, zwei engere Freundinnen, die allerdings nicht in München leben und mit denen sie alle paar Wochen telefoniert, und sie hat Henry. Sie wird immer noch eingeladen, zu Partys, Geburtstagen, Sommerfesten, meist geht sie hin, auch wenn es sie Überwindung kostet, weil sie die Zeit lieber für sich nutzen und den Abend mit einem Buch oder einem Film verbringen würde, anstatt sich in ihr Seidenkleid zu werfen und die Füße in die Pumps zu zwängen, vom Schminken ganz zu schweigen.

»Wann bist du eigentlich so ein Misanthrop geworden?«, hatte Vitus gefragt, beim letzten Treffen der ganzen Familie während der Weihnachtsfeiertage, Benedikt und Freja waren mit Valerie aus Skagen gekommen, Vitus und der damals gerade aktuelle Clemens aus Köln. »Oder gibt's da auch eine weibliche Form? Misanthrop*in*?« Er hatte etwas Schwierigkeiten mit der Aussprache, sie hatten reichlich Bier und Wein intus und auch ein paar Schnäpse, Benedikt hatte sie in den ›Augustiner‹ eingeladen.

»Wie auch immer es heißt, ich bin es nicht«, hatte Ellen gesagt. »Ich mag Menschen. Euch zum Beispiel sehr.«

»Das zählt nicht. Seine Kinder hat man immer lieb, das ist Natur.« Vitus trank sein Bier aus und winkte der Kellnerin, er hatte schon vier Halbe gehabt, würde aber sicher mindestens noch eins trinken, ihre beiden Söhne waren so trinkfest wie ihr Vater.

»Und ich mag Miri und Henry und all meine ganzen Kolleginnen und meine Nachhilfeschüler, die meisten jedenfalls. Soll ich dir jetzt noch jeden Menschen aufzählen, den ich je gut leiden konnte? Das dauert Stunden.«

»Wahrscheinlich«, sagte Benedikt und legte den

Arm um Freja, Valerie schlief schon längst auf der Bank neben ihnen, Benes Daunenjacke als Kopfkissen, »fängst du gleich noch mit Herrn Ranftl an. Das war unser Metzger, als wir noch in Pasing gewohnt haben.«

»Genau«, Vitus lachte auf. »So ein kleiner, dicker. Er hat Mama regelrecht verehrt, sie war ja damals ein ganz schöner Feger. Sie kriegte immer das beste Fleisch von ihm, Rinderfilet zum Sonderpreis, er hat es extra für sie aus der Kühlung geholt. Beim Abschied hat er ihr immer zugezwinkert, so«, er klimperte übertrieben mit den Wimpern.

»Und wir bekamen ein Würstchen«, sagte Benedikt. »Und zwar jeder eins. Bei anderen Metzgern gab's höchstens eine Scheibe Gelbwurst.«

»Er hat irgendwie komisch gesprochen, so durch die Nase«, Vitus' Winken Richtung Kellnerin wurde nachdrücklicher, er signalisierte ihr gestisch, dass sie noch drei Bier wollten, Clemens und Freja tranken Wein. »Und er hat total hochgestochen geredet, die Wörter aber falsch verwendet. Was hat er immer gesagt, wenn es seiner Frau nicht gutging, Bene?«

»Meine Gattin ist heute etwas krankhaft.«

Vitus wartete, bis das Gelächter sich gelegt hatte. »Genau. Aber wir durften nie über ihn lästern. Mama hat's verboten. Weil er ein guter Mensch war.«

»Das war er auch«, sagte Ellen. »Er war sehr sozial engagiert. Zu Weihnachten hat er den Obdachlosen unter den Isarbrücken große Pakete mit Essen gebracht. Und warme Kleider. Er hat vielen Leuten geholfen. Mir übrigens auch. Weil er wusste, dass wir nicht viel Geld hatten.«

»Ich glaub eher, er wollte dich in sein Bett locken mit Rindsrouladen und Fenchelsalami«, sagte Vitus. »Seine Frau war ja ziemlich hässlich.«

»Wieso unterstellst du dem armen Mann nur böse Absichten«, hatte Ellen gesagt. »Wer ist jetzt hier der Misanthrop?«

Sie hat Menschen inzwischen einfach lieber einzeln, viele auf einmal kann sie nicht mehr gut ertragen. Sie meidet die Innenstadt, in die sie höchstens ein-, zweimal im Jahr fährt, wenn sie etwas braucht, was es in ihrem Viertel nicht gibt, sie hasst diese drängelnden und schiebenden, mit Einkaufstüten beladenen Menschenmassen, alle auf der Suche nach zumeist Überflüssigem, nach *Schnäppchen*, nach billigen, in Drittweltländern hergestellten Klamotten, die nach ein paarmal Tragen in die Kleidercontainer wandern. Keine zehn Pferde würden sie inzwischen mehr in ein Wiesn-Zelt kriegen; als Jock noch lebte, waren sie jedes Jahr mehrmals da, mit einer großen Clique, Henry hatte gute Beziehungen zu einer hübschen

Kellnerin. Jetzt macht Ellen mit Miri einmal während der Zeit einen Wiesn-Bummel, an einem Werktagmittag, wenn es noch relativ leer ist. Sie essen ein Hendl, trinken jede so viel, wie sie von ihrer Maß runterbekommen, und laufen dann mit einer großen Tüte gebrannter Mandeln zu den Fahrgeschäften, bei denen es am meisten zu lachen gibt, vorzugsweise *Haut den Lukas* oder den *Toboggan*, auf dessen Förderband die Betrunkenen ins Straucheln kommen. Ein großer Spaß, noch dazu kostenlos.

Sie geht auch nicht mehr auf Demos, sie ist einfach empfindlicher geworden gegen Gedränge und Lärm. Fast allen Leuten ihres Alters geht das so, mehr oder weniger. Sie kann sich kaum noch vorstellen, wie sie es früher ausgehalten hat, all die Konzerte, Open-Air-Festivals, Kindergeburtstage, Spielplätze. Hat sie damals unter dem Krach gelitten, ihn überhaupt wahrgenommen? Sie kann sich nicht mehr erinnern.

Inzwischen ist Stille für sie kostbar geworden. Und sie genießt ganz bewusst die Momente der Ruhe, die sie dem lauten Stadtleben abtrotzen kann, beim frühmorgendlichen Zeitungsaustragen zum Beispiel oder beim Spazierengehen an einem Werktagmorgen in einem abgelegenen Gelände, wenn sie höchstens ab und zu einem anderen Hundebesitzer begegnet.

Vor einer Weile hat sie über Luxusgüter gelesen, die man mit Geld nicht oder nur eingeschränkt kaufen kann: sauberes Wasser. Gesundheit. Ein weitgehend stressfreies Leben. Freie Zeit, gute Luft und Ruhe eben. Alle diese Dinge hat sie. Zumindest *noch*. Sie ist privilegiert.

12

In der Agentur ist momentan der Teufel los, so viele Überstunden hat Sina in all den Jahren noch nie machen müssen. Wenn Torsten nicht wäre, der jeden Tag um fünf Feierabend hat und sich danach um Elvis kümmern kann, hätte Sina wieder Ellen um Hilfe bitten müssen, aber Torsten steht ihr bereitwillig und ohne zu klagen bei, sie hat wirklich Glück mit ihm.

Die Überstunden werden nicht bezahlt, ihr Vertrag sieht vor, dass sie zeitlich ausgeglichen werden. Theoretisch hätte sie schon wieder eine Urlaubswoche zusammen, aber momentan ist nicht absehbar, wann sie freinehmen könnte. Für die kommenden Tage um den 3. Oktober, an denen ein richtig langes Wochenende möglich wäre und an denen sie eigentlich den Elvis versprochenen Ausflug nachholen wollten, hat H. C. eine Urlaubssperre verhängt, sie hat also gerade mal den einen Tag frei, immerhin ein Mittwoch, das macht die Woche einigermaßen erträglich.

Weshalb H.C. so Druck macht, kann Sina nicht nachvollziehen. Er lässt Kampagnen, die eigentlich fertig und nach Meinung aller gelungen sind, noch einmal komplett überarbeiten, er gibt der Graphik immer wieder Entwürfe zurück, die er vorher genau so bestellt hat, er macht in einer Montagssitzung die Texter zur Schnecke, denen es angeblich in letzter Zeit an Kreativität, an *Input*, an *Flow* mangelt, und das bei ihren horrenden Gehältern. Die in den letzten fünf Jahren nachweislich nicht erhöht worden sind.

Gestern in der Mittagspause war Sina zum Italiener gegangen, mit Leonie, die seit knapp einem Jahr Creative Director ist, sich aber schon wieder, wie sie nebenbei erzählt, nach einem neuen Job umsieht.

»Wieso das denn?«, hatte Sina gefragt. »Okay, H.C. ist ein Arsch, aber sind das nicht alle Chefs in der Branche?«

»Darum geht's nicht.« Leonie hatte die Speisekarte zugeklappt und weggelegt. »Ich hab nur die starke Vermutung, dass der Laden demnächst den Bach runtergeht.«

»Nicht dein Ernst!«

»H.C. ist in Zahlungsschwierigkeiten, das weiß ich definitiv. Neulich auf der Messe hab ich zufällig ein Telefonat mitgekriegt, die Bank sitzt ihm im Nacken.«

»Wir haben doch drei große Aufträge bis Weihnachten! Die müssen doch Geld in die Kasse spülen!«

»Schön wär's. Aber die Kaffee-Kampagne wackelt, die sind mit uns unzufrieden. Fred von S&D hat mir neulich gesteckt, dass sie bei ihnen angefragt haben. Die erarbeiten schon ein neues Konzept.«

Sina hatte ihre Spaghetti kaum angerührt, so sehr hatte ihr die Nachricht auf den Magen geschlagen. Leonie war erfahrungsgemäß gut informiert und keine Tratschtante, die dachte sich so was nicht aus. Und wenn sie genauer darüber nachdachte, war die Vermutung nicht von der Hand zu weisen. Ihr war schon aufgefallen, dass gespart wurde, an Personal und Honoraren sowieso, aber auch an Kleinigkeiten. Als vor zwei Wochen der Kaffeevollautomat, italienisches Luxusdesign, der am Tag an die hundert Latte Macchiato und Espresso ausspuckte, kaputtging, war er durch eine stinknormale deutsche Kaffeemaschine ersetzt worden, nicht mal neu. Und die Tatsache, dass der traditionelle Betriebsausflug auf die Wiesn ohne jede Erklärung abgeblasen worden war, erschien jetzt auch in einem anderen Licht. Indizien gab es genug.

Sie hatte in der Vergangenheit immer wieder mal überlegt, meist nach einem von H. C.s gefürchteten Wutausbrüchen, ob sie sich auf dem Markt nach einem anderen Job umsehen sollte, Werbeagenturen gab es im Prinzip ja genug. Und ungekündigt hätte sie eine bessere Verhandlungsposition. Aber dann hatte sie es doch gelassen; so unangenehm H. C. manchmal sein konnte, ihre Stelle hatte viele Vorteile. Sie hatte es nicht weit zur Agentur, grade mal sieben Minuten mit dem Fahrrad und zwanzig mit der U-Bahn, das Gehalt war okay, die Kollegen nett, es gab kein Herumgezicke und kein Mobbing. Und dass sie es normalerweise, wenn auch mit hängender Zunge, schaffte, gemeinsam mit Elvis nach Hause zu kommen, oder ihn sogar manchmal vom Hort abholen konnte, war ihr sehr wichtig. Außerdem hatte sie zwar inzwischen vier Jahre Agentur-Erfahrung vorzuweisen, aber keine entsprechende Ausbildung, mit Assistentinnen wie ihr konnte man vermutlich die Straße pflastern.

Eine Weile würden sie finanziell sicher klarkommen, wenn der Laden tatsächlich pleiteging. Immerhin hatte Torsten ja jetzt endlich die feste Stelle, er zahlte einen Teil der Lebensmittel und hatte angeboten, mindestens ein Drittel der Miete zu übernehmen, aber sie hatte abgewinkt; nach Abzug des Unterhalts für seine Söhne blieb ihm nicht mehr allzu viel, außerdem hatte er noch Schulden bei seinen Eltern, die er hatte anpumpen müssen nach dem Verlust seines Jobs.

Immerhin würde sie Arbeitslosengeld bekommen, aber es würde bald knapp werden, sie musste also schnell etwas Neues finden. Der größte Posten war die Wohnung, sie hatte schon bei ihrem Einzug eigentlich über ihrem Budget gelegen, nur dank Davids Unterhalt war es gegangen. Inzwischen aber zahlte sie wegen der Staffelmiete fast zweihundert pro Monat mehr, und auch die Nebenkosten hatten sich laufend erhöht. Eine günstigere Bleibe zu finden war utopisch, mittlerweile wurden in ihrer Gegend Quadratmeterpreise von mindestens siebzehn, achtzehn Euro verlangt, kalt, meistens mehr. Und an den Stadtrand zu ziehen, aufs Land gar, war auch keine Option, Torsten und sie würden lange Anfahrtszeiten zur Arbeit und zurück in Kauf nehmen müssen, von den Kosten mal ganz abgesehen, und wo würde sie einen Hortplatz für Elvis finden? Der sich noch dazu komplett umgewöhnen müsste?

Aber vielleicht wurde es ja gar nicht so schlimm. Vielleicht sah Leonie viel zu schwarz, und die Agentur machte nur eine kleine Durststrecke durch, die es in dieser Branche immer mal wieder gab. Trotzdem wollte sie sich in den nächsten Tagen entsprechende Stellenangebote ansehen, die Lage checken. Und Torsten würde sie erst mal nichts sagen von dem Gespräch mit Leonie, von wegen schlafende Hunde und so.

Ganz verdrängen kann sie diese Gedanken dennoch nicht, als sie abends beim Essen über Elvis' anstehenden Geburtstag und die Party dafür reden. Es sind nur noch zwei Wochen, sie ist mit der Planung spät dran, heutzutage sind ja auch Schulkinder schon Wochen im Voraus ausgebucht. In ihrer momentanen Lage wäre es vernünftig, sich etwas Kostengünstiges zu überlegen, auf der anderen Seite soll Elvis ein tolles Fest haben. Letztes Jahr fiel seine Fete ins Wasser, weil er krank war; sie hatte sich fest vorgenommen, sie so bald wie möglich nachzuholen, aber natürlich war es nicht dazu gekommen, so was klappte fast nie.

»Wir könnten eine Übernachtungsparty machen«, sagt sie, während sie die Spiegeleier zu den Bratkartoffeln auf die Teller bugsiert. »Dein Geburtstag ist ja am Samstag, das würde super passen. Und vorher vielleicht Kino, was meinst du?«

»Oder eine Schnitzeljagd?« Torsten bringt die Salatschüssel zum Tisch. »Hab ich als Kind total gern gemacht. Und jetzt eigentlich auch noch.«

»Wie viele Kinder möchtest du denn einladen?« Sina schenkt Elvis Saft ein, sie kauft momentan immer Multivitamin, weil er oft so blass ist und schlapp wirkt.

»Weiß nicht.«

»Dann überleg doch mal! Also Lukas natürlich,

und dann dieser Junge, bei dem du kurz nach Ostern eingeladen warst, wie heißt der?«

»Miro.«

»Genau. Und ein paar Kinder aus dem Hort? Willst du auch Mädchen dabeihaben?«

Elvis nimmt sich Salat, er hält das Besteck ungeschickt und kleckert Soße auf den Tisch, Sina verkneift sich eine Bemerkung.

Torsten grinst. »Dann kommt eine Übernachtungsparty wahrscheinlich eher nicht in Frage.«

»Falls er überhaupt eine will. Jetzt sag doch mal, Elvis!«

Er spießt sorgfältig Salatblätter auf, den Kopf gesenkt. »Ich will gar keine.«

»Keine was? Keine Party? Mit deinen Freunden? Aber warum nicht?«

»Ich möchte am liebsten nur mit euch feiern«, sagt er. »Und mit Ellen vielleicht. Und dem Hund.«

»Im Ernst?«

»Ja. Vielleicht kommt Papa auch. Er hat gesagt, er würde es versuchen.«

Klar hat er das, denkt Sina grimmig. Jede Menge Versprechungen machen und die dann nicht halten, darin ist David ja groß.

»Und wir könnten doch auch zusammen ins Kino gehen«, Elvis säbelt an seinem Ei herum, das Messer quietscht auf dem Teller, Sina bekommt eine

Gänsehaut bei dem Geräusch. »Oder die Schnitzeljagd machen. Oder auf dem Ammersee Schiff fahren.«

»Und du willst wirklich keinen einzigen Freund dabeihaben?« Ist das normal für einen fast Neunjährigen? Nur mit Erwachsenen feiern zu wollen?

»Nein«, sagt er. »Mit denen ist es immer so laut. Ich will nur euch. Und Ellen eben.«

»Und den Hund.«

Er nickt, lächelt. Das tut er immer, wenn die Rede auf den Hund kommt. Sie tauscht einen Blick mit Torsten, der etwas ratlos die Achseln zuckt.

»Du machst dir aber keine Gedanken wegen Geld, oder?«, fragt sie. »Ich meine, dass es zu viel kosten würde. Das wäre nämlich nicht das Problem.«

»Nein. Ich hab einfach keine Lust.«

Sie betrachtet ihren Sohn, der ohne großen Appetit auf seinem Ei herumkaut. Früher hatte er abends immer einen Mordshunger, weil er das Mittagessen im Hort nicht so mag; schon während des Kochens ist er um sie herumgetanzt, hat genascht und gedrängelt. Sind Jungs in dem Alter nicht total verfressen? Sollte sie mal mit ihm zum Arzt gehen, ihn gründlich durchchecken lassen?

»Schade«, sagt sie. »Ich hab gedacht, du freust dich über eine Party.«

»Lass ihn doch«, sagt Torsten und salzt die Kartoffeln nach. »Es ist immerhin sein Geburtstag, da darf er selber entscheiden. Ich fühl mich jedenfalls sehr geehrt, dass ich dein Gast sein darf, Elvis.«

Als sie vor dem Schlafengehen ein letztes Mal ihre Mails checkt, findet sie eine Nachricht von der Hundezüchterin im Allgäu vor, der sie vor zwei Tagen geschrieben hat. Sie hat vorher stundenlang im Internet recherchiert, welche Hunderasse für eine Allergikerin wie sie überhaupt in Frage käme, und ist bei Pudeln gelandet, die kein Fell haben, sondern Haare, von denen sie kaum welche verlieren. Also wenn sie den vielen Infos im Netz glauben kann.

Die Züchterin schreibt, dass sie Ende Oktober drei Zwergpudel-Welpen abzugeben hätte, die dann acht Wochen alt sein werden, zwei Rüden, ein Weibchen. Sie hat Fotos mitgeschickt von den Hunden, einer hellbraun, einer beige, einer schwarz, sie sehen aus wie Teddybären. Sina geht das Herz auf, wenn sie sich vorstellt, einen davon in Elvis' Arme zu legen.

Sie trägt den Laptop zu Torsten, der gerade noch laufen war und jetzt Spätnachrichten sieht; vorher versichert sie sich, dass die Tür zu Elvis' Zimmer geschlossen ist.

»Guck mal, einen von denen könnten wir haben. Sind die nicht total knuffig?« Sie hat ihm natürlich von ihrer Idee erzählt, er hat sie bisher kaum kommentiert.

Torsten wirft einen Blick auf den Bildschirm. »Alle jungen Hunde sind niedlich. Du willst also ernst machen?«

»Elvis würde ausflippen.«

»Keine Frage. Aber wir sollten das gut überlegen. So ein Welpe macht viel Arbeit, allein die Erziehung. Und allein bleiben kann er am Anfang auch nicht.«

»Ich könnte ihn mit in die Agentur nehmen, Jenny bringt sogar ihren Labrador mit, dieses Riesenvieh. Und mittags kann ich mit ihm an der Isar eine Runde drehen.«

Torsten legt den Arm um sie, küsst sie auf die Schläfe. »Ich bin sicher, du würdest ihn wunderbar versorgen. Aber trotzdem, ein Hund im Büro?«

»Am Wochenende und in den Ferien kann sich Elvis um ihn kümmern. Er würde lernen, Verantwortung zu übernehmen! Einen Gefährten haben. Er wäre so glücklich …«

»Versteh ich ja, Süße. Wir müssen nur bedenken, dass so ein Hund locker zwölf, dreizehn Jahre alt werden kann. Was machen wir zum Beispiel im Urlaub mit ihm?«

»Wir fahren irgendwohin, wo wir ihn mitnehmen können. Bestimmt würde auch Ellen ihn betreuen.«

Er verzieht kurz das Gesicht. »Übernimmt die in Zukunft unsere halbe Familie?«

»Sei doch froh, dass es sie gibt, ohne sie wären wir ganz schön aufgeschmissen gewesen in den letzten Ferienwochen.«

»Weiß ich. Ich hab bloß das Gefühl, dass die mich nicht mag. Auf mich irgendwie … herabschaut. Keine Ahnung, warum.«

»Das bildest du dir ein. Außerdem gibt es auch noch Hundepensionen.«

»Die ziemlich teuer sind. Und wer geht mit ihm raus, bei Wind und Wetter? Am Anfang müssen die alle zwei Stunden Gassi gehen, soviel ich weiß.«

»Das macht natürlich Elvis, wenn er nicht in der Schule ist.«

Torsten lacht. »Das reden sich alle Mütter ein, deren Kinder sich einen Hund wünschen.«

Er klickt noch mal eins der Fotos an, vergrößert es. Sina weiß, sie hat so gut wie gewonnen, als sie sein Lächeln sieht. Er hat Tiere gern, er hatte selbst einen Hund, als er klein war, eine Promenadenmischung aus dem Tierheim. Der allerdings mit fünf Jahren überfahren wurde. Daran darf sie gar nicht denken.

»Und was soll er kosten?«

Das ist ein heikler Punkt. »Zwölfhundert.«

Er zieht hörbar die Luft ein. »Im Ernst?«

»Das sind Rassehunde, Torsten, da ist der Preis

normal. Diese Züchterin ist ein Profi. Und wenn wir ihn kriegen, wäre er geimpft, entwurmt und so weiter, das kostet ja alles.«

»Ganz schön üppiges Geschenk für einen Neunjährigen.«

»Ja«, sagt sie. »Aber wüsstest du ein besseres?«

Er streicht mit dem Finger über ihre Wange. »Egal, was ich sage, du hast dich schon entschieden, oder?«

»Ich wünsch mir eben, dass Elvis glücklich ist«, sagt Sina.

»Und du glaubst, das ist er ohne ein Tier nicht?«

Sie zögert. »Ich weiß nicht«, sagt sie. »Ich hab oft das Gefühl, dass er das Leben schwernimmt. Nicht leicht Freunde findet, immer noch unter der Scheidung leidet, keine Ahnung. Wenn ich ihn frage, sagt er kaum was.«

»Ich war auch so in dem Alter«, sagt Torsten. »Hab alles mit mir selber ausgemacht.« Er schaltet den Fernseher aus. »Also gut. Wenn du ganz sicher bist, kriegt er den Hund. Ich zahl die Hälfte. Zwei Beine und den Kopf. Den Hintern übernimmst du.«

Sina liegt noch lange wach, formuliert im Kopf schon die Mail an die Züchterin morgen, überlegt, welche Fragen sie noch stellen muss. Sie weiß natürlich, dass es eigentlich Irrsinn ist, in ihrer Situation einen Hund anzuschaffen. Und sie weiß auch, dass dieses Tier ein Mittel ist, sich selbst und ihr schlechtes Gewissen ihrem Sohn gegenüber zu besänftigen.

Das Gespräch mit Ellen neulich nagt immer noch an ihr. Sie hat versucht, die Fragen der übertriebenen Besorgnis einer alten Frau zuzuschreiben, aber so ganz ist es ihr nicht gelungen, vermutlich weil ihr klar ist, dass Ellen den Finger in eine Wunde gelegt hat. Immer wieder hat sie in letzter Zeit das Unbehagen, das sie in Bezug auf Elvis verspürt hat, unterdrückt, weil sie die Gedanken, die damit verbunden sind, einfach nicht zulassen will. Vielleicht ist ja auch nichts, hat sie sich immer wieder gesagt. Vielleicht ist es normal in seinem Alter, dass er stiller ist als andere Jungs seines Alters, in sich gekehrter, dass er sich abschottet, die beginnende Vorpubertät könnte ein Grund sein. Oder die Tatsache, dass er David doch mehr vermisst, als er zugibt. Möglicherweise ist sie nur eine überfürsorgliche Mutter, die das Gras wachsen hört.

Als sie mit ihm schwanger war, hatte sie ein ganz genaues Bild gehabt von dem Sohn, den sie bekommen würde. In ihrer Vorstellung war er ein lebhafter Junge, unerschrocken, fröhlich, ein Wildfang, manchmal ein bisschen zu frech, so dass man ihn bremsen musste. Einer, der mit dem Fußball Fensterscheiben einschmiss und abends vom Spielen regelmäßig mit aufgeschürften Knien heimkam. Intelligent, aber faul. Selbstbewusst, das auf alle Fälle. Einer, der keinem Streit und keiner Rauferei aus dem Weg ging, trotzdem aber kein fieser Pöbler war. Er interessierte sich für Autos und Motorräder und tat im Haushalt freiwillig keinen Handschlag. In der Pubertät würde er so streng riechen wie ihr Bruder Lennart, zu spät nach Hause kommen und schon früh seinen ersten Rausch haben. Trotzdem aber ein guter Junge sein. Den man zwar ab und zu an die Kandare nahm, auf den man aber in Wahrheit stolz war.

Woher kam dieses Klischeebild damals? Von David, der laut Aussage seiner Mutter ein solcher Junge gewesen war? Oder hatte ihr Vater sie infiziert, der alle Eskapaden von Lennart damit entschuldigte, dass er *eben ein Junge* war? Der seinen Tod zwar schweigsam, aber lange und intensiv betrauert hatte, ihn aber gleichzeitig so hinnahm, als sei er der angemessene für Lennart gewesen, ein *männlicher* Unfall, schnell, dramatisch, beim Kampf mit den Elementen. Sie selbst war nach der ersten Zeit der Trauer unendlich zornig auf ihren Bruder gewesen, der mit seinen Freunden eine gesperrte schwarze Piste hinuntergeheizt war, in dem unerschütterlichen Glauben an seine Unsterblichkeit; ihre Mutter hatte ihre Wut verstanden, ihr Vater nicht. »Der Junge war leichtsinnig«, das gab er zu, aber in diesem Satz schwang eine Art Stolz mit, der sie noch wütender machte. Dass sein Sohn etwas gewagt und sich nicht Verboten gebeugt hatte, mutig und rebellisch war. Was er, der kleine Beamte, sich nie getraut hatte.

Elvis entspricht in so gut wie keiner Beziehung der Vorstellung, die sie sich damals von ihm gemacht hat. Und wenn sie ehrlich mit sich ist, hadert sie damit, vor allem, weil es kein gutes Licht auf sie selbst wirft. Es wäre ihre Aufgabe gewesen, ihm seine Ängstlichkeit zu nehmen, seine Scheu, auf andere zuzugehen, sie hätte vermutlich sensibler mit ihm umgehen müssen, mehr auf ihn eingehen, mehr Verständnis zeigen. Oder vielleicht auch das genaue Gegenteil? Strenger sein, konsequenter, ihm mehr Grenzen setzen, gegen die er hätte ankämpfen können? Sie weiß es nicht.

Natürlich ist ihr klar, dass jedes Kind anders ist, dass es schon mit bestimmten Charakteranlagen auf die Welt kommt, dass die Psychologen raten, es so anzunehmen, wie es eben ist, es nicht verändern zu wollen, es von Herzen zu lieben mit all seinen Eigenarten. Und sie liebt Elvis, er ist das Wichtigste in ihrem Leben, trotz Torsten. Aber sie hat Angst um ihn. Sie fürchtet, dass er nicht bestehen wird in dieser Welt, dass ihm Ellbogen und Kaltschnäuzigkeit fehlen, dass er ausgenutzt werden wird, übergangen, beiseitegestoßen, kleingemacht, gedemütigt. Dass er schwach ist, sich nicht genug wehrt. Dass er kämpfen muss, um sich im Leben einen Platz zu erobern, an dem er sich wohl und geborgen fühlt. Dass er es auch mit Frauen nicht leicht haben wird. Oder mit Männern, egal.

Ein paar Jahre noch, dann wird sie nicht mehr viel für ihn tun können. Schon jetzt weiß sie ja kaum, wie sein Leben außerhalb ihrer vier Wände aussieht, was mit ihm geschieht, in der Schule, im Hort. Sie kann nicht an seiner Seite sein, sich nicht vor ihn stellen, ihn nicht beschützen vor den Grausamkeiten eines Kinderlebens. Auch ein Hund wird das nicht ändern, da macht sie sich nichts vor. Aber vielleicht hilft es ihm ein kleines bisschen, den Tag zu überstehen, wenn er weiß, dass zu Hause ein Lebewesen auf ihn wartet, das ihn bedingungslos liebt, ein Gefährte, der ihm vertraut, der ihn braucht, der sich auf ihn verlässt. Der ihm Wärme gibt, nicht nur körperlich. Und auch wenn es unhygienisch ist, sie wird ihm erlauben, den Hund nachts mit in sein Bett zu nehmen. Er soll nicht allein sein, denkt sie, dreht sich um und legt die Arme um den schlafenden Torsten, vergräbt ihr Gesicht an seinem sich ruhig hebenden und senkenden Rücken. Niemand sollte allein sein.

13

In der zweiten Schulwoche nach den Ferien ließ die Lehrerin die vierte Klasse das erste Deutschdiktat schreiben. Laut Elvis war es *ganz gut* gelaufen, allerdings sagte er das nach fast jeder Klassenarbeit.

Als er heute zur Nachhilfe kommt, fragt Ellen ihn danach. Er seufzt, öffnet den Reißverschluss seines Rucksacks und kramt die Mappe heraus, in der er die Arbeiten aufbewahrt.

»Doch nicht so gut gelaufen?«

Elvis reicht ihr den Zettel, oben steht eine dicke rote 4. Allein auf der ersten Seite, das kann Ellen auch ohne Lesebrille erkennen, sind mindestens ein Dutzend Fehler angestrichen.

»War aber auch total schwer«, sagt Elvis, »haben alle gesagt.«

Ellen verkneift sich einen Kommentar, diese Verteidigungssätze kennt sie noch von ihren eigenen Söhnen. Sie überfliegt das Diktat, es ging in erster Linie um die s-Laute, *Schloss, Spaß, fressen.*

»Da müssen wir wohl fleißig üben in nächster Zeit«, sagt sie.

Elvis seufzt erneut tief auf. »Die Mama wird enttäuscht sein. Weil ich doch gute Noten brauche, fürs Gymnasium.«

Ellen würde am liebsten auch seufzen. Die nächsten Monate werden anstrengend, für sie beide. Schon im Januar wird es eine Art Zwischenzeugnis geben für die Schüler, das ersichtlich macht, wie die Chancen für den Übertritt auf eine weiterführende Schule stehen. Falls Elvis, wovon sie momentan ausgehen muss, darin nicht den erforderlichen Schnitt von 2,33 in den Fächern Deutsch, Mathematik und Heimat- und Sachkunde hat, wird sich der Druck auf ihn erhöhen. Und auf sie natürlich auch. Sina erwartet natürlich für die sechzig Euro, die sie ihr pro Woche bezahlt, dass der Übertritt aufs Gymnasium klappt.

Ellen hat schon während des letzten Schuljahres überlegt, mit ihr zu reden, ob die Realschule für sie beziehungsweise Elvis nicht auch denkbar sei, hat dieses Gespräch aber aufgeschoben in der Hoffnung, dass sich seine Noten deutlich verbessern würden. Es kam ja manchmal vor, dass Kinder sich plötzlich und ohne nachvollziehbaren Grund steigerten in ihren Leistungen. Das Gegenteil passierte allerdings weitaus öfter.

»Das ist doch bloß das allererste Diktat«, sagt sie. »Kein Grund zur Panik. Wir haben noch viel Zeit.«

Elvis nickt verzagt. Er ist grade mal drei Wochen wieder in der Schule und schon auffallend verändert im Gegensatz zu seiner Zeit bei ihr in den Ferien. Allein seine Körperhaltung, er wirkt kleiner, niedergedrückt, müde. Und blass ist er, die Urlaubsbräune längst verschwunden, unter den Augen zartviolette Ringe.

»Und du bist eben ein bisschen aus der Übung, nach den langen Ferien.« Ellen lächelt ihn tröstend an. »Das versteht deine Mutter bestimmt.«

»Ich wollte so gern eine Zwei«, sagt er trübe. »Damit sie sich freut. Weil sie doch so Sorgen hat gerade, wegen ihrem Job.«

Sina bangt um ihre Stelle, das hat sie Ellen angedeutet. Noch etwas, das den Jungen belastet.

»Vielleicht kommt ja alles wieder in Ordnung bei ihr«, sagt sie, eine hohle Phrase, aber sie will ihn nicht noch mehr verunsichern. »Und falls nicht, findet sie bestimmt bald wieder was, so tüchtig wie sie ist.«

»Meinst du?« In seinen Augen glimmt ein Funken Hoffnung.

»Ja«, sagt Ellen. »Mach dir keine Sorgen. Auch nicht wegen des Diktats, wir üben einfach viel zusammen.«

»Jetzt gleich?«

»In zehn Minuten fangen wir an, damit du dich noch ein bisschen ausruhen kannst. Soll ich dir vorher einen Kakao machen?«

In der Küche hockt er sich unter den Tisch und streichelt den Hund, der dort schläft, in letzter Zeit ist er müder als sonst, das kennt sie eigentlich nur vom Winter. Sie beobachtet, wie Elvis sanft seine Flanken streichelt, sehr behutsam.

»Was hörst du von Fritzi?«, fragt sie.

Sein Gesicht leuchtet auf, er unterbricht sogar das Streicheln. »Er wiegt jetzt schon viel mehr als ein Pfund«, sagt er, »mit erst vier Wochen! Der wird bestimmt ganz schön groß!«

Fritzi ist ein schwarzer Zwergpudelwelpe, der momentan noch mit seinen beiden Geschwistern bei seiner Mutter lebt. Sina und ihr Partner haben ihn Elvis zum Geburtstag geschenkt. Sie sind an dem Tag mit ihm ins Allgäu gefahren, ohne ihm den Grund dafür zu verraten, angeblich für ein Picknick, »er hatte gar keine Lust dazu«, hat Sina Ellen später erzählt. Und dann die große Überraschung: Elvis durfte sich einen der drei Welpen aussuchen, allerdings noch nicht mitnehmen, erst in vier Wochen. Elvis hat sich ohne Zögern für den kleinsten entschieden, den schwarzen, und ihn, ebenso spontan, Fritzi genannt, von exotischen Namen hat der Junge vermutlich genug. Seitdem ist Fritzi das Wichtigste in Elvis' Leben, er zählt die Tage, bis sie ihn abholen können und ruft regelmäßig bei der Züchterin an, um sich nach Fritzis Wohlergehen zu erkundigen.

»Ich hab ein neues Foto, wart mal«, er rappelt sich auf und holt sein Smartphone aus der Hosentasche. Auf dem Display ein etwas unscharfes Bild eines schwarzen Fellknäuels, nur ein Auge ist halbwegs zu erkennen.

»Er ist der süßeste Hund der ganzen Welt«, sagt Elvis mit verklärtem Blick. »Also bis auf deinen natürlich.«

»Welpen sind immer besonders niedlich«, sagt Ellen. »Aber du weißt, du musst ihn auch erziehen. Also ihr alle. Tagsüber wird er ja vor allem bei deiner Mutter sein.«

»Hm«, Elvis scrollt durch weitere Fritzi-Fotos. »Echt scheiße, dass ich erst nachmittags heimkomme.« Er runzelt sorgenvoll die Stirn. »Meinst du, er wird die Mama lieber mögen als mich? Wenn er so viel mit ihr zusammen ist?«

Ellen gießt die heiße Milch auf den Kakao. »Das glaube ich nicht. Er weiß sicher, dass du sein Herrchen bist.«

»Und dass ich ihn am meisten von allen liebhabe, weiß er bestimmt auch. Und wenn ich von der Schule komme oder von dir, spiele ich nur noch mit ihm. Und am Wochenende den ganzen Tag.« Mit dem Finger streicht er zärtlich über das Display.

Ellen muss schlucken beim Anblick seines entrückten Gesichts. Wie einfach es ist, diesen Jungen vollkommen glücklich zu machen, Vierer im Diktat oder Stress zu Hause hin oder her. »Du darfst Fritzi gerne mit zur Nachhilfe bringen, wenn deine Mutter es erlaubt«, sagt sie. »Konzentrieren musst du dich natürlich trotzdem, aber am Anfang wird er ja sehr viel schlafen. Und du kannst noch ein bisschen mit ihm spielen, bevor wir arbeiten.«

Ellen war immer ein Katzenmensch. Hatte sie zumindest von sich gedacht. Vier Wochen nach Jocks Tod, als die Jungs so still waren und noch wie unter Schock wirkten, war sie eines Samstagnachmittags mit ihnen ins Tierheim gefahren, sie durften sich jeder eine Katze aussuchen. Vielleicht könnte sie ein Tier ablenken von ihrem Kummer, sie ein bisschen trösten, hatte sie gedacht. Beide waren auch sofort begeistert gewesen.

Benedikt hatte ein Weibchen genommen, zwei Jahre alt, schildpattfarben, eine sogenannte Glückskatze, zierlich und sehr hübsch, aber scheu, es dauerte lange, bis die Tierheim-Frau sie eingefangen hatte. Der vorherige Besitzer hatte sie *Sunny* getauft, aber Benedikt mochte sie nicht so nennen und entschied sich spontan für *Frau Annemarie*, ein scheußlicher Name, fand Ellen, aber sie sagte nichts. Es war ihr schleierhaft, wie er darauf gekommen war, in ihrem ganzen Bekanntenkreis gab es keine Annemarie.

Vitus wollte lieber einen Kater, sie hatte den Verdacht, dass er auf Junge spekulierte und war erleichtert, als sie erfuhr, dass sämtliche Tiere bereits kastriert beziehungsweise sterilisiert waren. Die Tierheim-Frau legte ihm *Carlo* ans Herz, Sunnys oder vielmehr Frau Annemaries Bruder, kohlschwarz, mit einem weißen Tupfer auf der Nase. »Es wäre schön, wenn die Geschwister zusammenbleiben könnten«, hatte sie gesagt. Dieses Argument hatte Vitus sofort eingeleuchtet, gerade in dieser Zeit hingen die Brüder sehr aneinander. Ellen bezahlte also die geforderten zweihundertvierzig Mark für die beiden Tiere, und sie fuhren zu fünft nach Hause, Kater und Katze auf dem Schoß des jeweiligen Besitzers, beide jammerten und maunzten gotterbärmlich.

Die Ablenkung von ihrem Kummer, die sich Ellen für die Jungs erhofft hatte, trat tatsächlich ein, aber anders als gedacht. Carlo gewöhnte sich innerhalb von zwei Tagen ein und wurde sehr zutraulich; Frau

Annemarie war ein anderes Kaliber. Fünf Tage lang war sie praktisch unsichtbar. Tagsüber verkroch sie sich unter dem Sofa, lag ganz hinten, der Länge nach an die Wand gepresst, und ließ sich auch mit Leckereien und vielen guten Worten nicht hervorlocken; sobald Benedikt sich ihr bäuchlings näherte, fauchte sie furchterregend. Nachts kam sie wohl heraus und fraß das in der Küche bereitgestellte Futter, während Carlo auf dem Lammfell vor Vitus' Bett behaglich schnarchte. Ellen war ratlos, sie hatte Mitleid mit Benedikt, der neidisch Vitus beobachtete, wenn der mit seinem Kater schmuste und spielte. Vitus, zwischen Großmut und Triumph, ließ seinen Bruder zwar Carlo ab und zu auf den Arm nehmen, aber das minderte Benedikts Niederlage nicht wirklich. Ellen befragte sämtliche Katzenbesitzer ihres Bekanntenkreises und kam mit deren Hilfe schließlich auf das Zaubermittel, eine Katzenmilch, die Frau Annemaries Widerstand schließlich brach; vermutlich war das Zeug mit industriell hergestellten Duft- und Lockstoffen angereichert, teuer außerdem, aber das war ihr egal, als sie sah, wie Benedikt strahlte, als die Katze endlich zögerlich unter dem Sofa hervorkroch, die Leckerei wegschlabberte und sich von ihrem Besitzer sogar ein bisschen streicheln ließ. Es dauerte zwar noch Wochen, bis Frau Annemarie halbwegs so zutraulich war wie Carlo, aber das Eis war gebrochen und Benedikt selig. Zum ersten Mal seit Jocks Tod lachte er wieder laut, als seine Katze einer aufziehbaren Maus hinterherjagte, die er von seinem Taschengeld gekauft hatte. Und er nahm Frau Annemarie sogar mit, als er in die WG nach Freising zog, wo sie kurz vor seinem Abschluss im Schlaf starb, immerhin vierzehn Jahre alt. Als er Ellen am Telefon davon erzählte, hörte sie an seiner gepressten Stimme, wie sehr er sich zusammennehmen musste, um nicht zu weinen.

Carlo hingegen blieb bei Ellen, als Vitus nach Köln ging; er schien seinen Besitzer nicht sonderlich zu vermissen, auch wenn Ellen ihm nicht erlaubte, in ihrem Schlafzimmer zu nächtigen, er schnarchte einfach zu laut. 2007 musste sie ihn einschläfern lassen, da war er schon sechzehn, seine Organe versagten nacheinander. Obwohl es verboten war, begrub Ellen ihn in einer Märznacht nach Rücksprache mit Vitus an der Isar, Miri und sie gruben abwechselnd an dem Loch in dem noch harten Boden, die jeweils andere stand Schmiere, sie hatten keine Lust, sich von nächtlichen Spaziergängern erwischen, belehren oder gar anzeigen zu lassen.

Danach dachte Ellen nicht eine Sekunde daran, sich wieder ein Tier anzuschaffen. Sie hatte die Katzen geliebt, jetzt aber wollte sie frei sein von jeglicher Verantwortung. Und ein Hund kam schon gar nicht in Frage, sie rochen, sie schmutzten, sie bettelten, wenn man aß, man konnte sie nicht länger als ein paar Stunden allein lassen, sie banden einen an. Das Einzige, was sie nicht gestört hätte, war die viele Bewegung, die sie brauchten, sie lief ja selbst gern.

Doch dann vor über drei Jahren, kurz nach ihrem Renteneintritt, hatte sie Miri an einem Freitagvormittag ins Tierheim begleitet, sie wollten danach an den Tegernsee zum Wandern. Eigentlich hatte Ellen im Auto auf Miri warten wollen, war dann aber doch mit hineingegangen. Und während Miri mit der zuständigen Frau die Buchhaltungsunterlagen besprach, die sie unentgeltlich für das Tierheim erstellte – »*ein* gutes Werk muss ich ja auch mal tun« –, sah sich Ellen die Tiere an. Und da war er. Als Einziger bellte und winselte er nicht, er sah sie nur an aus großen feuchten Augen, reglos, nur sein buschiger Schwanz wedelte in schnellem Rhythmus.

Er war erst vor wenigen Tagen abgegeben worden, erfuhr Ellen, seine Besitzer, ein altes Ehepaar, hatten ihn nicht mehr behalten können, weil sie mehr oder weniger gleichzeitig schwer krank geworden waren. Er war ein Borderterrier-Mischling mit braunweißem Fell, drei Jahre alt, kniehoch, ein sehr freundlicher und verträglicher Rüde, kastriert natürlich, sagte die Betreuerin.

Ellen musste sich zwingen, sich von ihm abzuwenden, konnte aber nicht anders, als sich am Ausgang noch einmal umzudrehen. Er stand noch immer reglos und fixierte sie. Dieser unverwandte Blick aus den schwarzen Augen löste bei ihr ein Ziehen in der Brust aus, das sie kannte. Sehnsucht. Liebe. Ihre Augen brannten, als müsse sie gleich weinen.

Sie hatte Miri, die schon auf sie wartete, nichts gesagt von dem Gedanken, der sich, für sie selbst völlig überraschend, in ihr festzusetzen begann: Ein Hund? Im Ernst? Bist du verrückt? Miri fiel nur auf, dass Ellen nicht recht konzentriert war bei der Frage, ob sie auf den Riederstein oder lieber auf die Holzeralm wollten.

Erst am Abend, als sie wieder allein war, hatte Ellen die Ruhe gefunden, ernsthaft zu überlegen, Pro und Kontra abzuwägen. Das Hauptargument für die Anschaffung war, dass der Hund sie in Bewegung halten würde, was natürlich Selbstbetrug war, denn sie hatte Antrieb nicht nötig. Aber vielleicht, so redete sie sich ein, in ein paar Jahren? Konnte doch sein, dass sie dann ein Lebewesen brauchte, das sie vom Sofa hoch und ins Freie zwang?

Die Gegenargumente entkräftete sie eins nach dem anderen, jedes davon ließ sich in den Griff bekommen. Was allerdings nicht von der Hand zu weisen war: Der Hund würde Geld kosten. Allein die Anschaffung machte dreihundert Euro aus, sie hatte sich auf der Website informiert, dazu kamen Futter, Steuer, Ausstattung, wahrscheinlich ab und zu ein Besuch beim Tierarzt. Aber wie viel konnte das sein? Bestimmt keine Summe, die sich nicht irgendwie verkraften ließ, bei entsprechenden Einsparungen an anderer Stelle. Und Geld sollte doch wirklich nicht das entscheidende Argument sein, sagte sie sich, wie schäbig wäre es, ein Lebewesen im Stich zu lassen wegen ein paar Euro.

Als sie an diesem Abend ins Bett ging, hatte sie die Nummer des Tierheims schon aus dem Internet herausgesucht, ab zehn am nächsten Morgen konnte sie anrufen.

Sie hatte kurz überlegt, Miri von ihrem Vorhaben zu erzählen oder Vitus, sich aber dagegen entschieden. Es war ihr Leben, ihre Entscheidung, Sie musste mit gemischten Reaktionen bei ihren Söhnen, bei Miri, Henry und anderen rechnen, von freundlicher Zustimmung über Gleichgültigkeit bis Entsetzen war wahrscheinlich alles dabei. War der Hund aber erst mal bei ihr, würde ihr das egal sein.

Sie wollte noch ein paar Seiten lesen, konnte sich aber nicht konzentrieren. Sie ging im Geist noch einmal alles durch, was sie am nächsten Tag erledigen musste, bevor sie ins Tierheim fuhr: Leine und

Halsband kaufen, Futter. Ihren Vermieter anrufen und ihn um die schriftliche Erlaubnis bitten, die das Tierheim verlangte; sie konnte das Papier selbst aufsetzen, dann musste er nur noch unterschreiben, das sollte kein Problem sein, ihr Vormieter hatte einen Pitbull gehabt. Eine alte Decke fürs Sofa hatte sie, ebenso einen Weidenkorb zum Schlafen. Alles andere würde sich finden.

Sie war schon kurz vor dem Einschlafen, als ein Gedanke sie durchzuckte, der sie noch Stunden wachhielt: Wie alt wurde so ein Hund?

Sie stand noch einmal auf, googelte und erfuhr, dass das Durchschnittsalter von Mischlingen dieser Art bei zwölf bis fünfzehn Jahren lag. Abzüglich seines Alters bedeutete das, neun bis zwölf. Sie musste also mindestens fünfundsiebzig werden, zur Sicherheit ein paar Jahre mehr, wenn sie verhindern wollte, dass den Hund bei ihr das gleiche Schicksal ereilte wie bei seinen Vorbesitzern und er am Ende erneut allein zurückblieb. Sie durfte nicht vor ihm sterben. Aber gute zehn Jahre, so viel war das nicht. Das musste eigentlich zu schaffen sein, mit ein bisschen Glück.

14

Nach der Vier im Diktat hat Elvis heute eine Zwei minus in Mathe nach Hause gebracht.

»Freust du dich?« Sein Blick ist gespannt, erwartungsvoll.

»Und wie!« Sina umarmt ihn, drückt ihn an sich, er ist in den letzten Wochen ein Stück gewachsen, sein Kopf geht ihr jetzt schon bis zur Brust, über der sie eine Schürze trägt. Sie steht am Herd und backt Pfannkuchen, die sie nachher füllen wird, mit Schinken und Mozzarella, danach überbacken, sie hat das Rezept von Molly, die es auf ihrer Geburtstagsfeier neulich serviert hat. Nicht gerade ein kalorienarmes Essen, sie muss unbedingt wieder mehr auf ihre Ernährung achten, aber es sollte heute Abend etwas Besonderes geben, ohne bestimmten Anlass. Es ist Freitag, sie haben die Woche gut überstanden, in der Agentur scheint es wieder halbwegs zu laufen, H. C. ist zwar nervöser, aber guter Stimmung. Und Torsten hat ohnehin seit Beginn seines neuen Jobs ein Stimmungshoch.

»Ein Fehler weniger, und ich hätte eine richtige Zwei gehabt«, Elvis fährt mit dem Finger in die Füllung, die in einer Schüssel neben dem Herd steht. »Ich hab mich total dumm verrechnet.«

»Eine Zwei ist eine Zwei«, sagt Sina und füllt die letzte Ladung Teig in die Pfanne. »Diesen blöden Strich danach vergessen wir einfach.«

»Hoffentlich wird mein nächstes Diktat besser«, er fährt noch einmal mit dem Finger in die Masse und schleckt ihn ab, garantiert hat er sich nach dem Hort nicht die Hände gewaschen, aber es ist ihr egal. »Weil ich doch mindestens eine Drei im Zwischenzeugnis brauch, wegen dem Gymnasium. Also wenn ich in den anderen Fächern eine Zwei schaffe.«

Sina versucht sich an die Zeit zu erinnern, als sie in der vierten Klasse Grundschule war und der Übertritt auf die höhere Schule anstand. War das ein Thema bei ihnen zu Hause? Falls ja, sicherlich nicht so ein dauerhaftes wie es heute bei den Viertklässlern ist, beziehungsweise bei deren Eltern, die sich um kaum noch etwas anderes Gedanken machen momentan. Aber zu ihrer Schulzeit wäre es auch undenkbar gewesen, dass ein Drittklässler Nachhilfe bekommt, bloß weil er unbedingt aufs Gymnasium soll.

In letzter Zeit zweifelt sie daran, ob es richtig ist, Elvis schon in diesem Alter derartigem Druck auszusetzen, ob es nicht besser wäre abzuwarten, wie er sich entwickelt. Muss er denn wirklich unbedingt Abitur haben? Sie hat es, und was hat sie daraus gemacht? Für den Job, den sie jetzt hat, würde die Mittlere Reife absolut ausreichen. Anderseits will sie ihrem Sohn alle Chancen offenhalten, auch wenn sie Katja nicht zustimmt, die neulich beim Elternabend dramatisch verkündet hat, ohne Abitur sei man heutzutage nur ein halber Mensch. Möglich wäre es ja schon, dass er studieren will eines Tages.

»Schmeckt gut«, sagt er. »Aber ich glaub, es fehlt noch bisschen Salz.«

»Dann würz nach, aber vorsichtig.« Sie wendet den Pfannkuchen, schaltet die Herdplatte aus. Vielleicht wird er ja eines Tages Koch, er scheint sich dafür zu interessieren. Allerdings ist das, soviel sie weiß, ein extrem stressiger Job.

Sina beobachtet, wie er die Füllung nachsalzt, nur ein kleines bisschen, wie er umrührt, wieder probiert, noch ein bisschen Salz nachgibt. Was wünscht sie sich für ihren Sohn? Was für eine Zukunft kann sie sich vorstellen? Ganz sicher nicht eine in der Kanzlei seines Großvaters beziehungsweise Vaters, auch wenn David das scherzhaft schon mehrmals angedeutet hat, »Rechtsanwälte werden immer gebraucht, heutzutage verklagt ja jeder jeden wegen irgendeinem Pipifax«. Das stimmt zwar, aber sie sieht Elvis nicht als Juristen. Andererseits, wenn er sich eines Tages aus freien Stücken dafür entscheiden sollte, wird sie ihm nicht im Weg stehen, er soll machen können, was er will.

»Probier«, er hält ihr einen Löffel mit Füllung vor den Mund. Sie öffnet gehorsam den Mund, lässt die Masse im Mund zergehen.

»Besser, du hast recht«, sagt sie. »Du hast bei Ellen ein bisschen kochen gelernt, stimmt's?« Sie bugsiert den fertigen Pfannkuchen auf den Teller, auf dem schon die anderen liegen.

Er nickt. »Die wird sich auch total freuen über meine Zwei«, sagt er, »also minus. Weil wir ja auch viel geübt haben. Bloß schade, dass Frau Schreyer nur bis Weihnachten da ist.«

»Deine Mathe-Lehrerin? Wieso das denn?«

»Sie kriegt ein Baby«, sagt Elvis. »Im Februar. Sie ist schon bisschen dick. Soll ich die Füllung reinmachen in die Pfannkuchen?«

Sie antwortet nicht, weil ein Gedanke sie durchfährt, eiskalt.

»Mama?«

»Was?«, sagt sie, und dann, »noch nicht, lass sie erst bisschen abkühlen.« Sie nimmt ihr Handy aus der Tasche ihrer Strickjacke, schaltet es ein.

»Okay, dann ruf ich noch schnell Ellen an.« Er geht aus der Küche.

Sina öffnet ihren Kalender, scrollt zurück bis zum letzten Monat. Ihre Ahnung ist richtig. Sie ist drei Tage drüber.

Sie hat das noch nie jemandem erzählt, sie kann es sich selbst kaum eingestehen: Sie hat Elvis am Anfang nicht haben wollen.

Jedes Mal, wenn sie daran denkt, empfindet sie einen scharfen Stich von Scham und Reue. Am liebsten würde sie ihren Sohn in den Arm nehmen und ganz fest an sich drücken, »es tut mir so leid, ich hab dich doch noch gar nicht gekannt, und als du das erste Mal in meinem Arm gelegen bist, hab ich dich sofort ganz schrecklich liebgehabt. Und es hatte ganz bestimmt nichts mit dir zu tun.«

Sie hatte immer Kinder haben wollen, daran hatte sie nie gezweifelt, zwei mindestens, sie war auch damals nicht zu jung dafür, immerhin schon siebenundzwanzig, sie war verheiratet, eigentlich passte alles. Und trotzdem konnte sie sich nicht freuen, zumindest die ersten Wochen nicht. Weil sie schon damals wusste, dass ihre Ehe mit David nicht halten würde. Schon vor der Hochzeit hatte sie ernsthafte Bedenken gehabt, aber dann war schon alles vorbereitet, der Termin gesetzt, das Hotel für die Feier gebucht, die Einladungen waren raus, das Kleid gekauft. Sie hatte ihre nagenden Zweifel beiseitegeschoben, sich eingeredet, sie bekäme einfach kalte Füße, ganz normal, bei Molly war es genauso gewesen. Dass deren Ehe allerdings nicht mal ein Jahr überstanden hatte, hätte ihr eine Warnung sein können. Hätt ich, wenn ich, wär ich bloß …

Spürt ein Kind im Mutterleib, ob es freudig erwartet wird oder ob sein baldiges Erscheinen von Vorbehalt oder gar Ablehnung geprägt ist? Viele Psychologen behaupten das, sie liest immer wieder davon, aber sie kann es sich nicht vorstellen. Oder will es nicht. Denn wenn sie daran glauben würde, müsste sie ernsthaft in Betracht ziehen, dass Elvis' mangelndes Selbstvertrauen, seine Schüchternheit, seine Ängstlichkeit ihre Schuld sind, von ihrer Haltung zu ihm in der Schwangerschaft herrühren; David hatte sich durchaus vom ersten Moment an gefreut, in dieser Beziehung kann sie ihm keinen Vorwurf machen.

An Abtreibung hat sie damals trotzdem keinen Moment lang gedacht, so groß war ihre Ablehnung nicht. Die vielleicht, so denkt sie heute, ohnehin eher Angst war. Weil sie innerlich noch nicht bereit war und obendrein fürchtete, dass dieses Kind ihre ohnehin fragile Beziehung zu David belasten könnte.

Die Schwangerschaft verlief komplikationslos, körperlich ging es ihr großartig. Sie absolvierte gewissenhaft alle Untersuchungen, schluckte Folsäure und mied rohes Fleisch, ging zu einem Kurs für Geburtsvorbereitung, zu dem sich auch David zweimal mitschleppen ließ. Überhaupt war er während dieser Zeit nachgiebig und rücksichtsvoll zu ihr, regelrecht liebevoll und fürsorglich; sicher trug auch das dazu bei, dass Sina, je näher die Entbindung rückte, Neugier auf das Baby zu empfinden begann, gespannte Erwartung, am Ende sogar ein bisschen Vorfreude auf den kleinen Jungen. Seit dem zweiten Ultraschall wussten sie das Geschlecht, David hatte gestrahlt, als die Ärztin es ihnen sagte, ein *Stammhalter*. Zu Hause hatte er ihr gestanden, dass er sich insgeheim einen Sohn gewünscht habe, auch wenn er vorher behauptet hatte, es sei ihm egal. Sie hatte es nicht zugegeben, aber auch ihr war ein Junge lieber, sie hätte nicht sagen können, warum.

Elvis kam drei Tage vor dem errechneten Termin. Sie wachte gegen vier Uhr morgens von den ersten Wehen auf, die noch so erträglich waren, dass sie kurz wieder einschlief. Als sie stärker wurden und an Schlaf nicht mehr zu denken war, stand sie leise auf, um David nicht zu wecken, duschte, zog sich an und setzte sich mit einem Becher Kaffee auf die Terrasse. Sie blickte in die Dunkelheit und dachte, heute bekomme ich mein Kind. Mein Leben wird sich in ein paar Stunden komplett ändern; wann wusste man das sonst schon, die entscheidenden Wendungen kamen doch zumeist völlig unerwartet. Diese Gedanken wiederholten sich wie in einer Schleife immer wieder, und sie machten ihr keine Angst wie so oft in den Monaten zuvor, sondern lösten eine unerwartete Freude in ihr aus. Und als sie ihr Elvis dann, gegen drei Uhr am Nachmittag, zum ersten Mal auf die Brust legten, nachdem David die Nabelschnur hatte durchschneiden dürfen, hatte ein Gefühl heißer Liebe zu ihm sie durchströmt, sie hatte laut lachen müssen vor lauter Glück.

Würde sie das Gleiche empfinden, falls sie jetzt wirklich schwanger ist? Sie will den Gedanken noch nicht zulassen. Noch sind es bloß drei Tage, nicht ungewöhnlich, ihr Zyklus war noch nie sehr regelmäßig. Und sie haben ja verhütet, sie hat eine Spirale. Obwohl es natürlich auch bei dieser Methode eine gewisse Fehlerquote gibt. Trotzdem, es besteht noch kein Grund, weder zur Freude noch zur Panik. Sie muss sich verbieten, sich auszumalen, was es bedeuten würde, für sie selbst, für Torsten und für Elvis. Sie darf sich noch nicht fragen, ob sie es sich *leisten* könnten, finanziell. Und ob ihre Beziehung stabil genug dafür ist. Wer den Begriff *Krönung der Liebe* für ein gemeinsames Kind erfunden hat, muss ein Zyniker gewesen sein. Wenn sie heute jungen Paaren mit Baby begegnet, im

Park, in Cafés oder beim Einkaufen, sieht sie selten entspannte Fröhlichkeit oder gar einen Hauch von Glück, stattdessen Erschöpfung, Gereiztheit, Spuren von andauerndem Schlafmangel, Resignation. Die Liebe kann schnell abhandenkommen mit einem schreienden Kleinkind. Sie erinnert sich an gereizte bis aggressive Wortwechsel zwischen ihr und David in den ersten Wochen mit Elvis, an bittere Vorwürfe und Tränen. Sosehr sie ihren Sohn liebte, sie fühlte sich angekettet und vernachlässigt, weil David in die Welt hinausging und sie alleine ließ mit ihren Ängsten und Sorgen, es war ja ihr erstes Kind, jeder Schluckauf löste in ihr Panik aus. Sie nörgelte an David herum, verlangte mehr Hilfe von ihm, mehr Engagement. Woraufhin er sofort auf seinen anstrengenden Beruf verwies und noch seltener zu Hause war.

Aber es gab natürlich auch wundervolle Momente damals. Sie erinnert sich an das Gefühl überwältigender, fast schmerzhafter Liebe, wenn sie das Baby auf der Brust liegen hatte und es vor sich hin schnorchelte, fest ihren Zeigefinger umklammernd. Oder an sein breites zahnloses Lachen, wenn sie morgens an sein Bett kam, er fuchtelte dann wild mit den Armen und stieß freudig-kieksende Laute aus, um auf den Arm genommen zu werden. Und dann legte er seinen feuchten Kopf an ihren Hals und sabberte sie voll. Momente von Frieden und Glück, die sie mit David nicht teilen konnte, nach einer Weile auch nicht mehr teilen *wollte*, die ihr allein gehörten.

In gewisser Weise war das Leben mit Kind nach der Trennung leichter. Sie musste nichts mehr ausdiskutieren, nichts erklären, sich für nichts mehr entschuldigen. Und weil sie sich auf niemanden mehr verlassen konnte als auf sich selbst, konnte sie auch nicht enttäuscht werden. Elvis und sie wurden zu einem eingespielten Team, sie hatten einen durchstrukturierten Alltag mit kleinen Höhepunkten wie dem abendlichen Kuscheln auf dem Sofa und Frühstück am Sonntag in ihrem Bett, sie brachte ihm Radfahren und Schwimmen bei, sie kamen klar. Stress gab es eigentlich nur, wenn David ins Spiel kam, einen aufgeregten Jungen in den Urlaub mitnahm und einen völlig erschöpften wieder ablieferte, samt einem Sack voller kritischer Anmerkungen: Elvis müsse in seinem Alter schon bessere Essmanieren haben, er heule zu viel, sei ein schlechter Verlierer, Sina solle etwas gegen seine Schüchternheit unternehmen. Am Anfang reagierte sie noch auf solche Sätze, nach einer Weile ließ sie sie an sich abperlen, was wusste er schon, er machte sich doch gar nicht die Mühe, Elvis wirklich kennenzulernen, er war der falsche Vater, so wie er für sie der falsche Mann gewesen war. Mit Torsten wäre alles ganz anders. Oder redet sie sich das ein? Kann sie überhaupt sicher sein, dass er sich ein Kind mit ihr wünscht? Sie sind gerade mal ein Jahr zusammen. Und sie haben das Thema nie angesprochen, ganz bewusst nicht, zumindest von ihrer Seite.

Sie sieht auf die Uhr. In etwa einer Stunde wird er nach Hause kommen, er wollte nach der Arbeit noch Bernie ein bisschen zur Hand gehen, der ein Baumhaus für seine Zwillinge zusammenzimmert. Sie wird ihm nichts sagen, sie will keine Hoffnungen wecken. Oder Bedenken, je nachdem. Sie wird mindestens noch eine Woche warten und dann erst einen Test machten. Und bis dahin wird sie sich verbieten, Spekulationen anzustellen über ihn, über sich selbst, über ihre Zukunft. Erst muss sie ganz sicher sein.

15

Heute Morgen wollte der Hund nicht aufstehen. Er lag in seinem Korb und hob kaum den Kopf, obwohl er sonst sofort aufspringt, sobald der Wecker klingelt. Ellen hat ihn noch eine Weile liegen lassen, sich erst fertiggemacht und ihm dann minutenlang gut zugeredet, erst dann erhob er sich und trottete langsam zur Tür.

Während sie ihre Tour machte, setzte er sich wie immer neben ihr Fahrrad und wartete, aber wenn sie zurückkam, fiel ihm das Aufstehen sichtlich schwer. Zu Hause legte er sich sofort unter den Küchentisch, sein Hüttenkäse-Frühstück, das Ellen extra mit einer Banane angereichert hatte, rührte er nicht an.

Jetzt ist es Mittag, und er hat noch immer nichts gefressen, nur ein paar Schlucke Wasser getrunken. Ellen, die Kartoffeln schält und Gemüse putzt, wirft ihm immer wieder einen Blick zu. Ist er nur müde? Auch sie hat schließlich manchmal Tage, an denen sie nicht in die Gänge kommt. Aber sie ist 68 und er erst sechs und normalerweise quicklebendig. Er war in den letzten Tagen schon ruhiger als sonst, matter, so als brüte er etwas aus. Und mit so großem Appetit gefressen wie normalerweise hat er auch nicht. Wenn nicht Samstag wäre, würde sie gleich beim Tierarzt anrufen und fragen, ob sie vorbeikommen kann. Sie könnte natürlich in die Veterinärklinik am Englischen Garten gehen, da war sie einmal mit Frau Annemarie, als die sich die Pfote verletzt hatte. Sie hat keine gute Erinnerung daran, nicht wegen der Behandlung, sondern weil sie Ewigkeiten warten musste. Und es ist weit dorthin, ohne Auto und beim heutigen Tempo des Hundes wird es sicherlich mindestens eine Stunde dauern.

Sie kämpft noch mit sich, als sie sieht, wie er aufsteht und zu seinem Futternapf tappt. Er frisst nicht viel, nur ein Drittel der üblichen Portion, aber immerhin. Sie wird noch bis Montag warten, ihn schonen, warm halten, ihn mit seinen Lieblingsspeisen ein bisschen verwöhnen. Vielleicht geht es ihm ja auch bis dahin besser, und sie kann sich das Geld für den Tierarzt sparen, denn trotz der großzügigen Entlohnung für die Betreuung von Elvis muss sie ein bisschen haushalten im Moment, schließlich hat sie während der Sommerferien durch das Ausbleiben der Nachhilfeschüler deutlich weniger verdient.

Am Abend findet in der Buchhandlung eine Veranstaltung statt, die Neuerscheinungen der Frankfurter Buchmesse werden den Kunden vorgestellt, danach gibt es einen kleinen Umtrunk. Ellen überlegt, ob sie wegen des Hundes zu Hause bleiben soll, aber er schläft und wird sie die nächsten zwei Stunden nicht vermissen. Und sie hat ausnahmsweise Lust auf Gesellschaft.

Nach der Buchvorstellung will sie sich ein Glas Wein am Tisch neben dem Eingang holen, an dem Kirsten sich mit einer großen Frau Mitte bis Ende dreißig unterhält, Ellen aber gleich um den Hals fällt. »Wie schön, dass du gekommen bist! Wie geht's dir?« Ohne eine Antwort abzuwarten, lässt sie Ellen los und macht eine Handbewegung hin zu ihrer Begleitung. »Kennt ihr euch? Von der Schule?«

»Noch nicht«, die junge Frau streckt Ellen die Hand hin. »Katharina Graml.«

Ellen braucht einen Moment, um den Zusammenhang herzustellen, sie hat sich die Frau immer ganz anders vorgestellt, kleiner, eher rundlich, dunkelhaarig. »Sie sind Elvis' Klassenlehrerin.«

»Richtig.« Frau Graml spricht mit einem weichen bayrischen Einschlag in der dunklen Stimme. »Und Sie sind Frau Wildner, seine Nachhilfelehrerin, gell? Schön, Sie kennenzulernen.«

»Gleichfalls.« Ellen ist die Frau auf Anhieb sympathisch, nicht nur des schönen Dialekts wegen.

»Er war einen Teil der Ferien bei Ihnen, hat er erzählt. Und dass Sie einen lieben Hund haben.«

»Ja, er ist ganz verrückt nach ihm.« Ellen tritt neben Frau Graml und schenkt Weißwein in einen der Plastikbecher, früher gab es hier Gläser. »Er kriegt demnächst selber einen, hat er das auch erzählt?«

»Er redet von fast nix anderem«, Frau Graml lacht. »Ein Pudel, schwarz, aus dem Allgäu. Danke.« Mit einem Kopfnicken nimmt sie den Becher mit Wein, den Ellen ihr fragend entgegengehalten hat. »Den Namen hab ich jetzt vergessen.«

»Fritzi.« Ellen schenkt einen weiteren Becher halbvoll, die Flasche ist jetzt leer. »In zehn Tagen ist es so weit. Das war der vorletzte Weißwein, Kirsten.«

»Ich hol Nachschub«, Kirsten eilt in Richtung Lager.

Ellen dreht sich zu Frau Graml um, hebt kurz den Becher, nickt ihr zu und trinkt einen Schluck. Die Lehrerin tut es ihr nach. Als sie den Becher absetzt, lächelt sie Ellen an. Sie strahlt eine natürliche Wärme aus, wie Ellen sie nur bei wenigen anderen Menschen erlebt hat.

»Ich freu mich wirklich, dass ich Sie kennenlern«, sagt sie. »Weil ich Ihnen schon längst sagen wollt, wie großartig ich es find, wie Sie sich kümmern«, sagt sie. »Elvis hat so viel erzählt von den Wochen bei Ihnen. Ich glaube, er hat's sehr genossen, dass jemand mal viel Zeit für ihn gehabt hat. Und Geduld. Er hat ja nur seine Mutter, und die arbeitet ganztags, der Vater wohnt anscheinend weiter weg.«

»In Düsseldorf, ja. Aber er lebt ja auch noch mit dem Partner seiner Mutter zusammen.«

»Ach ja? Das hab ich nicht gewusst.« Frau Graml, die gerade den Becher zum Mund geführt hat, hält in der Bewegung inne, sieht Ellen abwartend an.

»Offenbar ist er nicht so wichtig wie mein Hund.« Ellen nimmt noch einen Schluck Wein, er ist zu warm.

Frau Graml lacht wieder. »Jeder hat seine Prioritäten.« Sie schenkt sich aus der letzten Flasche nach, sie hat einen guten Zug. »Aber was ich Ihnen auch noch sagen muss, der Elvis hat sich wirklich deutlich verbessert, seit er bei Ihnen Nachhilfe hat.«

»Das freut mich.«

»Sein größtes Problem ist nach wie vor Deutsch. Aber er liest jetzt mehr, das ist ja schon die halbe Miete.«

»Ich versuche ihn ein bisschen zu animieren«, sagt Ellen und winkt der vorübergehenden Anne zu, die einen Mann mit Pferdeschwanz zu den Fotobänden führt. »Wir gehen inzwischen alle vier Wochen zusammen in die Stadtbücherei, die haben eine ganz gute Comicsammlung, da bedient er sich gern.«

»Wurscht, was er liest«, sagt Frau Graml. »Hauptsache, er macht's. Auf die Dauer wird sich das bestimmt auf seine Noten auswirken. Aber ein bissl Geduld braucht man schon. Er ist ja eher ein Spätentwickler, tät ich sagen.«

»Ein bisschen verträumt noch, das stimmt«, sagt Ellen. »Mit seinen Gedanken woanders. Was ja kein Problem wäre, wenn nicht im nächsten Jahr der Wechsel anstünde. Und er nicht aufs Gymnasium sollte.«

»Die Übertrittsempfehlungen, ja«, Frau Graml seufzt tief auf. »Die machen mich jetzt schon ganz fertig. Was glauben S', was ich für Diskussionen hab deshalb mit den Eltern. Dabei wär's für die meisten Kinder besser, man könnt noch ein bissl warten und schauen, wie sie sich entwickeln.«

»Sehe ich genauso.« Ellen schüttelt den Kopf, als Frau Graml fragend die Weinflasche hebt; wenn sie noch mehr trinkt, wird sie morgen fürchterliche Kopfschmerzen haben. »Als ich in der vierten Klasse war, 19 … warten Sie … 59 muss das gewesen sein, da gingen von über dreißig Schülern ganze fünf aufs Gymnasium. Die meisten sind auf der Volksschule geblieben, wie das damals hieß. Aber das war auch auf dem Land.«

»Das hat sich dort inzwischen auch sehr verändert«, sagt Frau Graml. »Ich komm auch vom Land, aus dem Chiemgau.«

»Schöne Gegend«, sagt Ellen. »Mein Mann war auch aus der Ecke.« Jemand tippt ihr von hinten auf die Schulter, sie dreht sich um und begrüßt Bernhard, den sie noch als Azubi kennengelernt hat und der mittlerweile die Abteilung für Reise und Natur leitet. Sie plaudern ein paar Minuten, Bernhard erzählt, dass er sich verlobt hat und im kommenden Jahr heiraten wird, und als er weitergeht, ist Frau Graml im Getümmel verschwunden.

Ellen bleibt noch eine halbe Stunde, guckt die Neuerscheinungen durch, schwatzt ein bisschen mit Anne und einer neuen Angestellten, die im Modernen Antiquariat arbeitet, und bekommt von Kirsten zwei Leseexemplare geschenkt. Um kurz nach neun verlässt sie die Buchhandlung, geht zu ihrem Fahrrad und schließt es auf.

»Frau Wildner?«

Ellen dreht sich um. Frau Graml kommt gerade aus dem Laden und auf sie zu, im Gehen wickelt sie sich einen grauen Schal um den Hals.

»Jetzt hab ich gedacht, dass Sie auch auf dem Weg zur U-Bahn sind. Aber Sie haben Ihr Radl dabei.«

»Ich muss aber auch in die Richtung. Wir können gerne noch ein paar Schritte zusammen gehen.«

»Das wär schön. Ich wollt Sie nämlich noch was fragen …«

Ellen klappt den Fahrradständer ein und schiebt ihr Rad zu der Lehrerin. Langsam gehen sie nebeneinander her über das breite Trottoir.

»Also … es geht noch mal um den Elvis. Sie kennen den inzwischen schon recht gut, oder?«

»Ich denke schon.« Ellen schiebt ihr Rad an einem Obdachlosen vorbei, der sein Lager vor dem Supermarkt aufgeschlagen hat.

»Hat er … das klingt jetzt irgendwie blöd, aber … könnt es sein, dass er Probleme hat? Die nix mit der Schule zu tun haben?«

»Wie kommen Sie darauf?« Ellen fällt auf, dass Frau Graml sich verbal windet, offenbar ist ihr die Richtung, in die sie dieses Gespräch führt, unangenehm, so wie Ellen auch. Sie will auf keinen Fall in Klatsch über den Jungen verwickelt werden.

Frau Graml zögert. »Es ist so«, sagt sie dann, »wir machen uns ein bissl Sorgen um den Buben, die Kollegen und ich. Nicht dass Sie denken, dass ich hier hinter seinem Rücken über ihn ratschen will.«

»Sorgen? Weshalb?«

»Er ist im Klassenverbund schon ein Außenseiter. Und er wirkt nicht nur auf mich manchmal … wie soll ich das sagen … bedrückt. Als ob ihn irgendetwas belasten würd.«

»Meinen Sie?«

»Ich hab halt so ein Gefühl«, sagt Frau Graml, »und normalerweise lieg ich da nicht ganz falsch. Vielleicht etwas Familiäres? Aber wenn Sie meinen, ich spinn, sagen Sie's ruhig.«

Jetzt ist es Ellen, die zögert. »Seine Mutter kümmert sich recht liebevoll«, sagt sie dann. »Das ist zumindest mein Eindruck.«

»Und … der Partner?«

»Über den kann ich nicht viel sagen, ich hab ihn bisher nur zweimal flüchtig gesehen.«

»Weshalb ich es überhaupt angesprochen hab …« Frau Graml bleibt vor dem Schaufenster einer Boutique stehen, Ellen fällt jetzt erst auf, dass ihre Augen von einem tiefen, leuchtenden Blau sind, so wie die von Jock waren. »Es hat da einen Vorfall gegeben vor drei Tagen. Oder sagen wir lieber, eine Beobachtung. Im Turnunterricht, bei einem Kollegen. Beziehungsweise in der Umkleide.«

»Ja?«

»Also der Sportlehrer meint, er hätte gesehen, dass Elvis blaue Flecken am Oberkörper hat. Als ob er …« Frau Graml bricht ab, zieht fröstelnd die Schultern zusammen, dabei ist es gar nicht kalt.

»Geschlagen worden ist?« In Ellens Magen klumpt sich etwas Kaltes zusammen.

»Ja. Es kann natürlich auch eine ganz normale

Erklärung dafür geben, Kinder verletzen sich ja schnell mal beim Spielen, ich kenn das von meiner Tochter. Aber trotzdem …«

»Hat Ihr Kollege Elvis darauf angesprochen?«

»Nein. Er war wohl überfordert in dem Moment, verständlicherweise. Ihm ist in dem Zusammenhang aber eingefallen, dass Elvis sich nie mit den anderen Jungs umzieht, sondern wartet, bis er allein ist. Was ja ein Indiz sein könnte …«

»Also«, Ellen muss sich räuspern, sie hat einen Kloß im Hals, »ich kann mir nicht vorstellen, dass seine Mutter ihn schlägt. Natürlich kann man in einen anderen Menschen nicht reinschauen, aber ich glaube es einfach nicht.«

Frau Graml seufzt erneut tief auf, setzt sich dann langsam wieder in Bewegung. »Das Thema ist entsetzlich und sehr heikel. Ich bin ehrlich gesagt ratlos, was ich tun soll, ich hab so einen Fall noch nie gehabt. Ich will ja auf keinen Fall jemanden zu Unrecht verdächtigen.«

Sie gehen schweigend ein paar Schritte weiter. In Ellens Kopf überschlagen sich die Gedanken. Kann sie, soll sie, darf sie überhaupt erzählen von ihrer Beobachtung, an dem Tag, als es Elvis so schlechtging? Kurz nachdem er mit dem Partner seiner Mutter zelten war? Diese Beobachtung, die sie sich erklärt, aber vielleicht auch nur schöngeredet hat, aus Angst, sich einmischen zu müssen? Und einen falschen Verdacht in die Welt zu setzen? Ist es überhaupt in Ordnung, dass sie hier mit der Lehrerin des Jungen über ihn spricht? Verletzen sie damit nicht seine Privatsphäre? Oder die von Sina? Andererseits, kann es ohne Bedeutung sein, dass der Lehrer Ähnliches gesehen hat wie sie?

»Wie gesagt, ich bin ratlos.« Frau Graml bleibt erneut stehen, sie sind an der Treppe zur U-Bahn angekommen. »Ich hab schon überlegt ... Ich hab eine Freundin, die im Jugendamt arbeitet, ob ich mit der mal red. Vielleicht könnt die diskret recherchieren, ob's schon mal was gegeben hat in der Familie. Oder mit dem Partner der Mutter.«

»Mit Frau Poschmann direkt sprechen wollen Sie nicht?«

»Davor hab ich Schiss, muss ich zugeben. Sie ist ja recht resch. Und wie gesagt, das Thema ist heikel, verstehen Sie?« Frau Graml sieht Ellen fragend, fast schon flehend an. »Meinen S', wir übertreiben mit unserer Sorge? Und machen aus einer Mücke einen Elefanten?«

Ellen sieht der Frau in die blitzblauen Augen, die erwartungsvoll auf sie gerichtet sind. Sie muss antworten, aber sie bräuchte Zeit zum Nachdenken. Soll sie? *Muss* sie vielleicht sogar?

Auch als Frau Graml auf der Rolltreppe schon außer Sichtweite ist, bleibt Ellen noch einen Moment stehen. Trotz ihrer dünnen Jacke ist ihr heiß, sie fühlt ihren Puls in ihren Ohren pochen. Den Rest des Heimwegs schiebt sie ihr Rad, sie kann im Gehen am besten nachdenken. Obwohl es dafür natürlich zu spät ist, sie hat bereits eine Entscheidung getroffen, in Sekundenschnelle. Und sie weiß nicht, ob es die richtige ist.

16

Es hat bisher erst einen Tag in Sinas Leben gegeben, an dem drei Ereignisse, von denen jedes für sich schon als mittlere bis große Katastrophe gelten konnte, in zwölf Stunden aufeinanderfolgten. Das Datum, der 18. Februar 2011, hat sich in ihr Gedächtnis dauerhafter eingeprägt als ihr Hochzeitstag, von dem sie mittlerweile nur noch weiß, dass er im November war.

Zwei Tage zuvor, also am 16. Februar, war ihre Mutter von ihrem Hausarzt ins Krankenhaus eingewiesen worden, ihren leichten Herzrhythmusstörungen sollte auf den Grund gegangen werden. Ihre Mutter hielt das für unnötig, »das machen die doch nur, weil ich Privatpatientin bin«. Und sie hatte sich Sinas Besuche verbeten, »ich bin doch nicht wirklich krank, und du hast das kleine Kind«. In vier Tagen würde sie ja wieder draußen sein, dann könnte Sina sie mit Elvis zu Hause besuchen.

Für den 18. war ein Ausflug mit der privaten Krippe angesetzt, ein Bus war gemietet worden, um Eltern und Kinder in die Berge zu fahren, zum Rodeln und Schneemannbauen. David hatte keine Zeit mitzukommen, eine wichtige Sitzung. Also fuhr Sina allein mit Elvis zum vereinbarten Treffpunkt. Wegen des heftigen Schneefalls und der vereisten Straßen nahmen sie ein Taxi, das David noch fürsorglich bestellte, »bis heute Abend dann, viel Spaß euch beiden«.

Vor dem Bus stritt sich ein Vater mit dem Busfahrer, weil der Motor offenbar seit einer Viertelstunde lief und die Luft verpestete. Sina begrüßte gerade Melanie, mit der sie sich bei einem Elternabend nett unterhalten hatte, und deren Tochter Julia, als der Anruf kam.

Sie reagierte wie ferngesteuert. Sie drückte den völlig verdatterten Elvis samt ihrem Rucksack der ebenso verdatterten Melanie in die Hand und stieg wieder ins Taxi, das gerade wendete.

Eine halbe Stunde später stand sie in einem kalten und kahlen Zimmer der Klinik vor ihrer Mutter, deren Zustand vor dreißig Minuten noch *kritisch* gewesen war und die gestorben sein musste, als Sinas Taxi in einem Stau auf dem Mittleren Ring festsaß. Die erschöpfte junge Ärztin, die während der ersten Minuten neben ihr stand, sprach mit gedämpfter Stimme von einem schweren Herzinfarkt, ganz plötzlich, nichts hatte darauf hingedeutet. Und da sie in einem Einzelzimmer lag, hatte auch niemand sofort etwas bemerkt. Natürlich hatten sie noch alles versucht, sämtliche Wiederbelebungsmaßnahmen. Die Schwester mit dem Frühstückstablett war die Letzte, die Sinas Mutter bei Bewusstsein gesehen hatte, sie hatte nach deren Aussage ganz normal gewirkt, fröhlich sogar, hatte sich gefreut, dass es zu den beiden Semmeln ausnahmsweise auch eine Breze gab, mit Frischkäse.

Die Ärztin stellte Sina einen Stuhl neben das Bett, sie könne bleiben, solange sie wolle, sich Zeit lassen für den Abschied. Wenn sie etwas brauche, die Schwestern gleich nebenan seien für sie da. Solle sie ihr einen Kaffee bringen lassen? Oder jemanden anrufen?

Dann war Sina allein. Sie saß neben dem Bett und betrachtete lange das Gesicht ihrer Mutter, das erstaunlich entspannt wirkte, seinem Ausdruck nach konnte sie nicht sehr gelitten haben. Aber was wusste sie schon. Sie konnte sich nur an diese Hoffnung klammern. Sie versuchte, zu begreifen, sich klarzumachen, dass der Mensch, der da vor ihr lag, tot war, endgültig. Nie wieder würden sich diese Lippen öffnen, auf denen sie noch einen Hauch Lippenstift zu sehen meinte, *Soft Berry,* seit Sina denken konnte. Sie meinte auch noch einen Hauch von Chanel N° 5 zu riechen, sogar im Krankenhaus hatte sich ihre Mutter offenbar geschminkt und parfümiert, ihr Äußeres war ihr immer sehr wichtig gewesen, »man darf sich auch im Alter nicht gehenlassen«. Zart duftend und mit Lippenrot hatte sie sich klammheimlich vom Acker gemacht.

Sie war jetzt ein Waisenkind. Wen würde sie anrufen, wenn sie ein Rezept für Streuselkuchen brauchte oder wissen wollte, was sie gegen den Ausschlag an Elvis' Po tun sollte? Wer würde ihrem Sohn kleine Pullover mit komplizierten Mustern stricken und jede Woche einen Abend babysitten, damit sie mit David oder einer Freundin ins Kino oder in die Kneipe konnte? Und warum hatte sie selbst nicht darauf bestanden, doch zu einem kurzen Besuch ins Krankenhaus zu gehen? Mit ein bisschen Obst und einem der Krimis, die ihre Mutter so liebte? Um ihr zu zeigen, dass sie ihr wichtig war, dass sie sich sorgte und Dankbarkeit verspürte für all die vielen, ohne ein Wort der Klage gewährten Hilfeleistungen, dass sie sie liebte trotz der vielen und verletzenden Auseinandersetzungen früher? Vielleicht hätte ein Besuch das Herz ihrer Mutter ein bisschen weiter gemacht, den Infarkt hinausgezögert, sogar verhindert?

Sie versuchte, sich an das letzte Gespräch zu erinnern, das sie geführt hatten. Sina hatte angeregt, dass ein Telefon im Krankenzimmer installiert wurde, Handys waren ja nicht erlaubt, aber ihre Mutter hatte abgelehnt, »wozu denn, lohnt sich doch nicht«. Wenn sie gewusst hätte, was kommen würde, hätte sie sich anders entschieden? Oder gerade nicht?

Als sie nach etwa zwei Stunden ging, hatte sie ihre Mutter nicht geküsst, nur ihre Wange an ihre gelegt für einen Moment, die kühle Haut gespürt, noch einmal ihren Duft eingeatmet. Im Schwesternzimmer hatte sie eine große Tüte entgegengenommen – die Handtasche ihrer Mutter, ihr Kulturbeutel, zwei Bücher, ein bisschen Wäsche.

Vor dem Krankenhaus war kein Taxi zu bekommen, mindestens ein Dutzend Leute wartete. Sina versuchte, David zu erreichen, sprach aber nichts auf die Mailbox. Sie ging zur U-Bahn, sie musste vorsichtig laufen, zweimal wäre sie fast gestürzt auf dem vereisten Asphalt.

Nach der zweiten Station betraten zwei Kontrolleure die Bahn, ein Mann und eine Frau. Sina hatte keine Fahrkarte, sie hatte einfach nicht daran gedacht, war wie in Trance die Treppe zum Bahnsteig hinuntergegangen, hatte auf die Bahn gewartet, war eingestiegen. Die Kontrolleure waren nicht unfreundlich, informierten über das erhöhte Beförderungsentgelt von sechzig Euro und baten um ihren Personalausweis. Sina griff nach ihrer Handtasche, um ihr Portemonnaie herauszuholen, aber es war nicht mehr da, auch ihr Handy nicht. Der junge Mann fiel ihr ein, der sie auf der Rolltreppe von hinten zur Seite geschoben und sich dann an ihr vorbeigedrängelt hatte, obwohl sie auf der richtigen, der rechten Seite stand. Sie war beklaut worden. Sie begann haltlos zu weinen.

Die Kontrolleure waren mitfühlend, Geldbörse und Handy gestohlen, das war wirklich ärgerlich. Sina schüttelte den Kopf, sie weinte immer heftiger, alle Dämme brachen, Rotz lief ihr aus der Nase. »Meine Mutter ist tot«, brachte sie noch hervor, ehe ihr Weinen zu einem heftigen Schluchzen wurde, die Leute in der Bahn blickten zu ihr herüber, die einen sensationslüstern, die anderen betreten und peinlich berührt.

Gegen Mittag war sie endlich zu Hause. In der Tasche hatte sie einen gültigen Fahrschein, den ihr der Kontrolleur ausgestellt hatte, ohne noch einmal die sechzig Euro zu erwähnen, er hatte selbst, so erwähnte er mit gedämpfter Stimme, im vergangenen Jahr seine Mutter verloren. Im Treppenhaus begegnete Sina der Briefträger. Er hatte gerade an ihrer Wohnung geklingelt, ein Umschlag hatte nicht in den Briefkasten gepasst.

Sie ging mit dem Poststapel in die Wohnung, stellte die Tüte aus der Klinik ab und setzte sich auf den Korbsessel neben der Garderobe. Sie fühlte sich ausgetrocknet, leergeweint.

Wie lange sie dort gesessen hatte, hätte sie nicht sagen können, sie stand erst auf, als sie aufs Klo musste. Und dabei fiel ihr Blick auf den dicken Umschlag in ihrer Hand. Absender war ein Hotel in Meran. Ohne groß nachzudenken, riss sie den Umschlag auf. Auf einer Karte mit blauem Logo bedankte sich ein *Front Office Manager* namens Mario Stiegl noch einmal für den Besuch von Herrn Dr. Poschmann samt Gemahlin, die ein Schmuckstück im Zimmer vergessen hatte, was er hiermit übersende. Er hoffe ansonsten, sie hätten den Aufenthalt in ihrem Haus genossen, und freue sich auf ein baldiges Wiedersehen.

Sina entnahm dem Umschlag eine kleine Schachtel, in der sich eine Halskette mit drei zierlichen Anhängern befand. Sie kannte die Kette gut, sie hatten im Freundeskreis zusammengelegt für das Schmuckstück, das sie Natalie zum Geburtstag Anfang Dezember geschenkt hatten. Natalie, von der Sina bis zu diesem Moment gedacht hatte, sie sei eine ihrer besten Freundinnen.

Als sie abends den verheulten Elvis vom Bus abholte, er hatte einen fremden Skianzug an, weil er sich auf der Rückfahrt einen ganzen Becher Orangensaft über den eigenen gekippt hatte, war David schon weg, vorerst nur mit einem Koffer. Später, als sie wieder klar denken konnte, hatte Sina darüber gestaunt, wie schnell und ohne sichtbare Gefühlsregung sie ihre Ehe von einer Minute auf die andere beendet hatte, ohne Tränen oder Geschrei und ohne den geringsten Zweifel, so als habe sie nur einen letzten kleinen Stupser gebraucht; sie hatte David gegenüber nicht einmal den Tod ihrer Mutter erwähnt. Am Bus brachte sie es fertig, sich freundlich bei Melanie zu bedanken; von den drei Ereignissen des Tages hatte sie kein Wort gesagt, auf keinen Fall wollte sie anfangen zu heulen, schon Elvis zuliebe nicht. Er würde an diesem Abend zwei Nachrichten zu verkraften haben, sie wollte sie ihm so schonend wie möglich beibringen, auf jeden Fall nicht vor einem stinkenden Reisebus. Natürlich weinte sie später, erst gemeinsam mit ihm und dann die ganze Nacht hindurch, während der sie schlaflos durch die Wohnung tappte, von der Küche ins Wohnzimmer und zurück zu ihrem Bett. Bevor Elvis wach wurde, räumte sie die Handtasche ihrer Mutter aus, und dabei fiel ihr ein, was die gesagt hatte, nachdem Sina ihr David vorgestellt hatte, vor knapp vier Jahren: »Bei dem kannst du dich auf was gefasst machen.« Was hätte sie jetzt gesagt, wenn sie von dem wattierten Umschlag samt Inhalt erfahren hätte? »Ich hab dich gewarnt?« Um sie dann, aller Rechthaberei zum Trotz, in den Arm zu nehmen und zu trösten? Wer würde das in Zukunft tun?

Auch der heutige Tag hält für sie drei Überraschungen parat, auf die sie nicht vorbereitet ist und auf die sie gerne verzichtet hätte. Ein Tod ist diesmal nicht dabei, höchstens im übertragenen Sinn. Aber wieder ist ein Briefträger beteiligt.

Als sie, ein bisschen zu spät, gegen neun die Wohnung verlässt und auf der Treppe in ihrer Handtasche nach dem Fahrradschlüssel kramt, begegnet ihr Herr Polansky, unterwegs zu ihr mit einem Einschreiben. »Glück gehabt«, sagt er freundlich, »da müssen Sie nicht extra zur Post.«

Das Glück entpuppt sich als Brief ihrer Hausverwaltung. Bei der Ausstellung ihres Mietvertrages sei seinerzeit bei der Berechnung der Wohnfläche ein Fehler unterlaufen, die Wohnung habe siebzehn Quadratmeter mehr als angegeben, was eine Erhöhung des Mietpreises zur Folge habe. In Zukunft seien monatlich 272 Euro mehr zu zahlen, auf eine rückwirkende Forderung verzichte man aus Kulanzgründen.

Während sie ihr Fahrrad aufschließt und sich in den Verkehr einfädelt, ermahnt Sina sich energisch, Ruhe zu bewahren. Sie wird gleich in der Agentur im Internet die Fakten recherchieren, ob die Hausverwaltung diese Summe einfach so verlangen kann, schließlich war die Angabe der falschen Quadratmeterzahl deren Fehler und nicht ihrer. Sie kann auch beim Mieterschutzbund nachfragen, zur Sicherheit, notfalls einen Anwalt für Mietrecht konsultieren. Im schlimmsten Fall, wenn sie tatsächlich zahlen müssen, wird ihre gesamte Finanzplanung über den Haufen geworfen, sie kommt am Ende jeden Monats immer gerade so hin mit ihrem Gehalt, schon für die Urlaubsreisen muss sie ihren Dispokredit in Anspruch nehmen. Andererseits zahlt Torsten ja inzwischen etwas dazu, und wenn er seine Schulden beglichen haben wird, in ein, zwei Monaten, wird er ganz sicher darauf bestehen, einen Teil der Miete zu übernehmen. Vielleicht kann sie bei H. C. sogar eine Gehaltserhöhung durchsetzen, die letzte ist ewig her. Mit ein bisschen Anstrengung wird sie die Mehrkosten schon auffangen können, kein Grund, in Panik zu geraten. Sie hat beispielsweise schon länger überlegt, ihr Auto abzuschaffen, es steht ohnehin meistens nur rum, das von Torsten genügt ihnen eigentlich, hundert Euro monatlich müsste sie dadurch sparen können, mindestens, wenn sie Versicherung und Steuer zusammenrechnet. Sie kann auch die Mahlzeiten besser planen und dadurch günstiger einkaufen, sie müssen nicht so oft essen gehen, und bei neuen Klamotten kann sie sich auch einschränken, sie hat genug im Schrank. Notfalls müssen sie Elvis' Nachhilfestunden bei Ellen streichen oder zumindest reduzieren, oder sie müsste David fragen, ob er sie übernimmt. Es wird schon gehen, irgendwie. Schwanger dürfte sie in diesem Fall allerdings nicht sein, aber sie ist gerade mal zwei Wochen drüber, alles ist noch möglich. Sie hat sich vorgenommen, noch drei Tage zu warten bis zum Test, und so wird sie es durchziehen.

Sie kommt gerade noch rechtzeitig für ein Meeting der ganzen Belegschaft, das H. C. spontan für neun Uhr dreißig angesetzt hat. Sina ist in Gedanken noch bei der drohenden Mieterhöhung, als sie mit den anderen in den großen Konferenzraum geht, der sonst Besprechungen mit Kunden vorbehalten ist, dann stehen kleine Getränkeflaschen auf dem Tisch, Tabletts mit Fingerfood und Keksen, stylische Kaffeekannen. Heute steht da nichts.

H. C. macht es kurz. Er hat die Agentur verkauft, an KKK, die ihn schon länger schlucken wollten. Und da er auf die sechzig zugeht und sich in letzter Zeit gesundheitliche Probleme eingestellt haben, hat er sich diesmal entschlossen, wenn auch schweren Herzens. Letzteres glaubt ihm Sina sogar, es fällt ihm sichtlich nicht leicht, die Hiobsbotschaft zu verkünden, er kann keinem in die Augen sehen, fährt sich fahrig immer wieder mit der Hand über den kahlen Schädel. Er hat den Vorstand von KKK gebeten, sämtliche Mitarbeiter zu übernehmen, allerdings ist das kein Bestandteil des Vertrages, es kommt also auf den Goodwill der großen Agentur an. Und es ist möglich, dass die, die ein Angebot bekommen, in die Zentrale nach Leipzig wechseln müssen.

Sina lässt ihren Blick über die Kollegen wandern, die ihr gegenübersitzen, Frank, John, Helena, Said, Fanny. Sie weiß genau, was in deren Köpfen vorgeht, wie sich die Gedanken überschlagen. Noch drei Monate. Gerade ein Haus gebaut. Baby bekommen. Kredit aufgenommen. Welche Agentur sucht gerade Leute? Sie müssen all ihre Kontakte aktivieren, am besten gleich nachher anfangen, in der Mittagspause. Wie lange werden sie arbeitslos sein, im schlimmsten Fall? Und wie lange halten sie das finanziell durch? Aber vielleicht ja auch Leipzig. Wenn sie Glück haben. Osten zwar, aber niedrigere Lebenshaltungskosten. Aber was wird dann aus dem Job des Partners? Und die Kinder sind gerade erst eingeschult.

Sina macht sich keine Illusionen. Unwahrscheinlich, dass sie ein Angebot von KKK bekommt, Assistentinnen gibt es wie Sand am Meer, die brauchen sie garantiert nicht. Sie wird sich also hier was suchen müssen. Jetzt rächt sich, dass sie so schlecht im Netzwerken ist, sie kennt kaum Leute in anderen Agenturen, die sie fragen könnte. Die Kollegen werden ihr kaum weiterhelfen, ab diesem Moment ist jeder sich selbst der Nächste. Und sie hat auch innerhalb der Agentur wenig Kontaktpflege betrieben, kaum engere Beziehungen aufgebaut, ist nie zum Skifahren am Faschingswochenende mitgefahren, hat nie eine größere Einladung geschmissen, ist weder mit zum Kegeln noch zu H. C.s traditioneller Silvesterparty gegangen. Sich jetzt an die vielversprechenden Kollegen ranzuschmeißen wäre ziemlich peinlich, jeder wüsste doch sofort, woher der Wind weht.

In der Mittagspause gehen die meisten zusammen zum Italiener, wo es das Menü für knapp zwölf Euro gibt. Offenbar haben sie das Bedürfnis, sich umeinander zu scharen in der Not, sich gegenseitig zu trösten und einander Mut zu machen. John fragt Sina, ob sie mitkommt, aber sie lehnt ab, sie muss etwas besorgen, sagt sie. In Wahrheit erträgt sie die Vorstellung nicht, über Tris di pasta oder Gnocchi zu sitzen und in Sorgenfalten zu blicken, ausufernde Klagen zu hören über Fixkosten, Kreditraten, das allgemeine Agentursterben.

Sie holt sich beim Bäcker einen Kaffee und ein Sandwich, geht in den kleinen Park an der Kirche und findet, immerhin *ein* Wunder an diesem Tag, eine freie Bank in der Sonne. Während sie die labberige Tomate und das schon welke Salatblatt aus der Semmel holt, überlegt sie, ob sie Torsten anrufen soll, er müsste jetzt auch Mittagspause haben, wahrscheinlich sitzt er in der Kantine. Aber was würde es bringen, außer dass auch sein Nachmittag versaut wäre. Es reicht, wenn sie es ihm heute Abend erzählt. Vielleicht, denkt sie, als sie in die Semmel beißt, gibt es ja sogar in seiner Firma einen Job für sie, auch bei Versicherungen haben sie Assistentinnen. Wie viel Arbeitslosengeld wird sie eigentlich bekommen, wenn sie nicht gleich eine neue Stelle findet? Sechzig Prozent des Nettogehalts, wenn sie sich recht erinnert. Oder mit einem Kind sogar mehr? Jedenfalls sicher nicht genug, schon gar nicht mit der erhöhten Miete. Sie muss so schnell wie möglich einen neuen Job finden. Und sie darf nicht schwanger sein.

Sie holt gerade das Handy aus der Jacke, um Google aufzurufen, als es klingelt. Torsten, denkt sie, Gedankenübertragung, aber es ist eine unbekannte Nummer. Ein Angebot für eine gutbezahlte Stelle, aus heiterem Himmel, das wär's jetzt, einmal könnte das Leben doch auch eine überwältigend großartige Überraschung bereithalten. Aber die Frau, die sie anruft, klingt nicht so, als wolle sie ein Füllhorn an Glück über Sina ausschütten.

Sie möchte einen Gesprächstermin, möglichst bald. Über Elvis reden. Von dessen Klassenlehrerin sie gewisse *Informationen* hat, denen sie nachgehen möchte. Beziehungsweise nachgehen muss. Und während sich der letzte Bissen der Semmel in ihrem Hals querlegt, steigt in Sina die Ahnung auf, dass dieser Tag in gewisser Weise dem 18. Februar vor über sieben Jahren ähneln könnte. Dass dies vielleicht das dritte Ereignis ist, auf das sie insgeheim schon gewartet hat. Und dass das Leben für sie heute noch mehr in der Hinterhand hat als eine Mieterhöhung und baldige Arbeitslosigkeit.

17

Dem Hund ist es in den letzten Tagen deutlich bessergegangen, er hat wieder gefressen, besonders von der Hähnchenbrust, die Ellen ihm gekauft und gekocht hatte. Heute aber wirkt er wieder matter. Und er trottet nur langsam in die Küche, um ein bisschen zu trinken. Ellen hat gleich für morgen früh einen Termin beim Tierarzt ausgemacht, heute geht es nicht mehr, der Mann ist bis in den späten Abend auf dem Land unterwegs. Hätte sie doch nicht so lange warten sollen?

Weil er fast nur noch auf dem Fußboden vor dem Sofa liegt, hat sie ihm eine dicke Wolldecke unter den Körper gelegt, damit er es warm und weich hat. Sie hat ihn zweimal akribisch nach Zecken abgesucht; falls sie eins der Viecher übersehen hat, würde das seinen Zustand erklären, aber sie hat nichts gefunden. Seine Symptome sprechen auch nicht für einen Hitzschlag oder einen Sonnenstich, außerdem hat sie aufgepasst, dass er nicht zu lange in der Sonne war. Und Fieber hat er auch nicht, sie hat gemessen, er hat es ohne die sonst übliche Gegenwehr über sich ergehen lassen.

Die Sorgen, die sie sich um ihn macht, lenken sie ab von den Gedanken über Elvis, die sie seit der Begegnung mit Frau Graml vor knapp einer Woche hartnäckig verfolgen. Noch in der Nacht der Buchvorstellung hat sie keinen Schlaf gefunden, sondern stundenlang gegrübelt, ob es richtig war, was sie getan hat. Ob sie sich nicht hätte entziehen sollen in dem bewussten Moment, um in Ruhe zu überlegen, wie sie vorgehen sollte. Sie hätte beispielsweise Frau Graml geschickt zureden können, als Erstes mit dieser Freundin beim Jugendamt zu sprechen, damit wäre sie selbst aus der Schusslinie gewesen. Warum hat sie sich nicht herausgehalten, wie es bisher immer ihr Prinzip war, mit dem sie gut gefahren ist?

Als sie Sina gestern gegen Abend zufällig auf der anderen Straßenseite sah, hat sie ihr nur flüchtig zugewinkt und dann auf die Uhr gesehen, um Eile vorzutäuschen; ein Gespräch wollte sie unbedingt vermeiden, sie hat sich danach für ihre Feigheit geschämt. Sie wird einer Konfrontation auf Dauer nicht ausweichen können, denn natürlich wird irgendwann herauskommen, was sie Frau Graml erzählt hat, vielleicht muss sie ihre Beobachtung vom Sommer sogar offiziell bezeugen. Sina wird sich beziehungsweise ihren Partner von ihr verraten fühlen, regelrecht denunziert, mit Recht.

Aber auf der anderen Seite – sie *hat* Sina ja hingewiesen auf die auffälligen blauen Flecke, sie hat ihren Verdacht, wenn auch sehr verklausuliert, angesprochen. Ein Mensch, der Ohren hat zu hören, hätte verstanden, was sie andeuten wollte.

Sie hat überlegt, mit einem Vertrauten über die ganze Geschichte zu reden, mit Miri etwa oder mit Vitus, in der Hoffnung, Absolution zu erhalten, aber sie hat es gelassen. Erstens widerstrebt es ihr, die Angelegenheit in all ihren diffizilen Details vor einem Menschen auszubreiten, der die Beteiligten nicht kennt, weder Elvis noch Sina, noch diesen Torsten. Und zweitens vermutet sie, dass keiner von beiden ganz eindeutig auf ihrer Seite stünde, zumindest würden sie kritisch nachfragen, vor allem Vitus; erst neulich hat er ihr von einer jungen Frau erzählt, die aus einer Firma, für die er freiberuflich arbeitet, regelrecht herausgemobbt wurde, weil sie im Verdacht stand, mit der Konkurrenz zu kooperieren, zu Unrecht, wie sich herausstellte. Vitus, der sich mit der Frau immer besonders gut verstanden und auch privaten Kontakt mit ihr hatte, war empört gewesen über das Verhalten ihrer Kollegen, die sie vorverurteilt hatten, auf eine bloße Vermutung hin. »Egal, was die Wahrheit ist«, hatte er gesagt,

»an ihr bleibt immer was hängen. Denk mal an Papa damals.«

Es war ungefähr ein Jahr vor Jocks Tod passiert, die Werkstatt lief damals nicht besonders, nicht zuletzt, weil Jock oft Termine überzog, sie hatten schon zweimal die Kreditraten nicht an die Bank zahlen können. Umso froher waren sie beide gewesen, als ein neuer Kunde auftauchte, ein Urologe aus Starnberg, der seine Maschine mit allerlei *überflüssigem Schmarrn*, wie Jock es nannte, aufrüsten lassen wollte; Geld spielte offenbar keine Rolle, der Mann zuckte jedenfalls bei der Summe, die Jock ihm nannte, nicht mit der Wimper. Ellen war zutiefst erleichtert, das Geld würde sie über den Monat bringen. Sie beschwor Jock, den vereinbarten Termin auf jeden Fall einzuhalten, der Arzt hatte eine Freundesclique erwähnt, alles Motorradfahrer, vielleicht konnten sie die für Jocks Werkstatt gewinnen, falls der Mann zufrieden war.

Das war er bei Abholung auch, Jock und Ellen atmeten tief durch. Doch zwei Stunden später rief der Kunde an und behauptete, aus dem Topcase seiner Maschine sei eine sündhaft teure Uhr verschwunden, der Gegenwert entsprach ungefähr Jocks Rechnung; er hatte die Uhr angeblich gerade erst in Zürich gekauft, den Beleg dafür könne er vorlegen.

Er hatte das Wort Diebstahl nicht ausgesprochen, aber das war auch nicht nötig, es war klar, was er unterstellte. Äußerlich war Jock ganz ruhig geblieben, er hatte erklärt, das Topcase gar nicht angefasst zu haben, und den Mann gebeten, noch einmal alle Stellen abzusuchen, an denen die Uhr möglicherweise sein könnte. Im Übrigen übernehme er, das stehe auch im Vertrag, in so einem Fall keine Haftung. Der *Pissarzt*, wie Jock ihn ab diesem Moment zur Begeisterung der Jungs nannte, hatte weiter insistiert, einen befreundeten Rechtsanwalt erwähnt, der den Fall gerne übernehmen werde, und gedroht, im Internet potentielle Kunden vor Jock und dessen *Geschäftsgebaren* zu warnen. Auch da hatte Jock noch die Fassung bewahrt, obwohl Ellen, die gerade mit Benedikt und Vitus in der Werkstatt vorbeischaute, bemerkt hatte, dass die Ader an seiner Schläfe anschwoll und seine Hände zu Fäusten geballt waren.

Einen Tag später hatte die Frau des Urologen angerufen und etwas kleinlaut erzählt, die Uhr sei wiederaufgetaucht, ihr Fehler, nichts für ungut. »So ein dämliches Arschloch«, hatte Jock danach wütend gesagt, »erst mich verdächtigen und dann zu feige sein, sich zu entschuldigen.« Er hatte die Urologen-Frau am Telefon gebeten, sie möge ihrem Mann ausrichten, er solle sich für die Zukunft eine andere Werkstatt suchen, er brauche solche Kunden nicht; im Übrigen erwarte er die baldige Begleichung der Rechnung.

Der Verdacht des Diebstahls hatte ihn damals tief getroffen. Es ging ihm dabei gar nicht so sehr um seinen Ruf oder den der Werkstatt, sondern um die Tatsache, dass jemand ihm persönlich zutraute, zu lügen und zu betrügen. Bei all seiner Nonchalance und seinen lockeren Sprüchen war es Jock wichtig, *anständig* zu sein, jemand, dem man vertrauen und auf dessen Wort man sich verlassen konnte. Ein ehrlicher Mensch, der andere nicht hinters Licht führte, sich nicht auf ihre Kosten bereicherte.

Was hätte er Ellen geraten wegen der Sache mit Elvis? Sie hat sich das vorgestern gefragt, als sie auf dem Friedhof an seinem Grab war, er wäre an diesem Tag einundsiebzig geworden. Sie grub mit bloßen Händen ein Loch für den mitgebrachten roten Dahlienstrauch, den sie rechts vor den grauen Stein setzte, so dass die Inschrift *Jakob Wildner, 1948–1993* noch zu lesen war. Ganz sicher hätte er sich dieser komplizierten Frage nicht entzogen, so war Jock nicht, auch wenn er sich ansonsten ungern eingemischt hatte in die Privatangelegenheiten anderer Menschen. Aber in diesem Fall, in dem es um mehr ging als um Nachbarschaftsklatsch oder eine Ehekrise im Freundeskreis, wäre er nicht ausgewichen.

Sie vermutet, dass er das Problem Sina gegenüber direkt angesprochen hätte, auch auf die Gefahr einer wütenden Reaktion hin. Oder er hätte mit Elvis geredet, ganz direkt: »Schlägt dich jemand? Erzähl's mir, ich helf dir.«

Hätte sie nach dem Gespräch mit der Lehrerin mit Sina reden müssen? Ihr erzählen von der Unterhaltung und dem im Raum stehenden Verdacht? Sie hat es nur kurz überlegt, sie will nicht zwischen die Fronten geraten, welche auch immer.

Inzwischen hat Frau Graml sicher schon längst mit ihrer Freundin gesprochen, sie wollte es noch am gleichen Abend tun. Dass diese Frau bereits etwas unternommen hat, kann sich Ellen nicht vorstellen, sicher hätte sie doch sonst Elvis etwas anmerken müssen. Aber er war gestern bei der Nachhilfe wie immer, höchstens ein bisschen unkonzentrierter, weil er vollkommen auf den kommenden Sonntag und die dann anstehende Ankunft von Fritzi fixiert ist. Wie lange kann es dauern, bis das Amt etwas unternimmt? Wochen, Monate? Wie lange soll sie warten, bevor sie nachhakt? Denn wenn nichts geschieht, muss sie etwas unternehmen, sie kann die Angelegenheit nicht auf sich beruhen lassen, falls es stimmt, was die Lehrer und sie selbst vermuten, falls sie die klaren Zeichen richtig gedeutet haben, und etwas anderes kann sie sich nicht vorstellen.

Was für ein Leben würde sie sonst führen? Was für ein Mensch wäre sie, wenn sie sich Gedanken um Avocados und ihren ökologischen Fußabdruck macht, aber die Augen verschließt vor Grausamkeit und Not? Den Weltfrieden kann sie nicht herbeiführen, aber sie kann ein Kind beschützen, das nicht imstande ist, sich selbst zur Wehr zu setzen. Elvis wird instinktiv gewusst haben und noch wissen, dass er die Wahrheit nicht sagen kann, ohne eine Katastrophe heraufzubeschwören. Wie oft hat sie von Kindern gehört und gelesen, die ein unvorstellbares Martyrium erdulden und ihre Peiniger dennoch decken, die Schuld sogar auf sich nehmen und sich selbst für die Ursache der Gewalt halten.

Nein, sie muss Sina gegenüber kein schlechtes Gewissen haben. Im Gegenteil, Sina sollte froh sein, dass Ellen, wenn auch nicht allein, den Stein ins Rollen gebracht hat, der das Leid ihres Sohnes beenden wird. Auch wenn sie sicher eine Weile brauchen wird, um über die entsetzliche Enttäuschung, den fürchterlichen Verrat des Mannes, den sie liebt, hinwegzukommen. Aber ganz tief in ihrem Inneren wird sie wissen, dass ihr gequältes Kind jedes Opfer wert ist.

18

Das Gespräch war in Sinas Mittagspause, sie hat danach noch zwei Stunden versucht zu arbeiten und sich dann krankgemeldet, Migräne, sie hat wirklich Kopfschmerzen, es war also nicht ganz geschwindelt. H.C. hat ihre Erklärung ohne die sonst übliche genervte Miene zur Kenntnis genommen; seit er ihnen allen den Verkauf der Agentur verkündet hat, ist er ungewohnt freundlich und nachgiebig, sie vermutet darin die Nachwehen eines schlechten Gewissens, das sogar einer wie er hat, wenn er siebzehn Leute quasi auf die Straße setzt.

Sie will unbedingt zu Hause sein, wenn Elvis aus dem Hort kommt. Der Zeitpunkt ist günstig, Torsten ist wieder beim Squash. Auf dem Heimweg kauft sie seine Lieblingspizza und einen Becher von dem teuren Eis, das er so mag. Sie tarnt ihre Absicht eines ernsthaften Gespräches mit einem gemütlichen Mutter-Sohn-Abend, was für ein beschissenes Manöver. Aber sie muss sich von ihm ihre feste

Überzeugung, dass alles ein absurder Irrtum ist, bestätigen lassen. Es kann gar nicht anders sein.

Sie hat niemandem etwas von dem Termin mit der Jugendamtstante erzählt, auch Torsten nicht. Sie wusste ja bis heute Mittag nicht mal, worum es ging. Sie hatte natürlich gefragt, aber die Frau erklärte, es sei keine Sache, die sich am Telefon besprechen ließe. Sie hatte dann überlegt, Elvis zu fragen; hatte es in der Schule Ärger gegeben? Eine Streiterei, Geschubse, hatte er jemanden angegriffen, vielleicht nur verbal? Kaum vorstellbar, so ein Kind ist er nicht. Außerdem hätte dann doch die Klassenlehrerin, diese Frau Graml, bei ihr angerufen, oder? Hinter einem Gespräch beim Jugendamt musste mehr stecken. Konnte es mit David zu tun haben? Hatte er sie in irgendeiner Form angeschwärzt? Oder gar das gemeinsame Sorgerecht beantragt? Nein, unmöglich, David hat viele Fehler, aber er ist nicht heimtückisch, kein Intrigant.

Wie auch immer, sie wollte erst den Termin abwarten, bevor sie Torsten davon erzählte. Oder Elvis.

Die Frau vom Jugendamt hatte sich nett gegeben, fast schon herzlich. Eine inoffizielle Unterhaltung, vorerst, sie wolle Sina erst einmal kennenlernen. Nach einigem Geplänkel über das Wetter, das jetzt doch umgeschlagen war, aber die Natur brauche ja dringend Regen, und Fragen nach Sinas Urlaub war die Tante endlich rausgerückt mit ihrem Anliegen: Zwei von Elvis' Lehrern und noch mindestens eine weitere Person glaubten, dass ihr Sohn misshandelt werde. Und hatten das Jugendamt verständigt. Das in so einem Fall natürlich aktiv werden müsse.

Sie hatte erst nur dagesessen und zugehört. Die Hitze war ihr von der Brust über den Hals in die Wangen gestiegen, bestimmt war ihr Gesicht ganz rot, als sei sie bei einer Lüge ertappt worden. Sie hatte sich geschämt vor dieser Frau. Dass sie hier überhaupt saß, einbestellt und in die Mangel genommen. Dass man auf sie *aufmerksam geworden* war. Dass sie zu den Menschen gehört, die man *beobachten* muss. Dann hatte sich Wut in ihr aufgebaut.

»Ich hab noch nie die Hand gegen meinen Sohn erhoben«, hatte sie gesagt, »und wer etwas anderes behauptet, lügt. Wer sind diese Leute, von denen Sie reden?«

»Das tut nichts zur Sache.« Die Frau hatte die zwei Aktendeckel, die vor ihr auf dem Schreibtisch lagen, exakt aufeinandergeschoben, sie hatte perfekt lackierte Fingernägel, bestimmt ging sie regelmäßig zur Maniküre, wann schafften andere Frauen das.

»Find ich schon.« Sina hatte sich bemüht, ruhig zu sprechen; wenn sie Erregung zeigte, war das für die Tante doch nur ein weiteres Indiz für ihre

Schuld. »Wenn den Lehrern etwas aufgefallen ist, hätten sie doch mit mir reden können.« Bei dem Wort *aufgefallen* hatte sie die Anführungszeichen mitgesprochen. »Ich war bestimmt drei-, viermal in der Sprechstunde im letzten Schuljahr, da wäre doch Gelegenheit gewesen.«

»Das ist für Sie sicher nicht leicht zu verstehen.« Die Frau hatte gelächelt, überhaupt lächelte sie sehr viel. Und bei allem, was Sina gesagt hatte, hatte sie genickt, vermutlich wollte sie Vertrauen aufbauen, so was lernten die bestimmt in ihrer Ausbildung, »aber für die Lehrer ist das auch nicht leicht. Sie wollen ja niemanden falsch verdächtigen, andererseits aber auch die Kinder schützen.«

»Mein Sohn muss nicht geschützt werden«, hatte Sina gesagt, es klang in ihren eigenen Ohren trotzig, nicht wirklich überzeugend. »Es geht ihm gut.«

»Im Übrigen« – die Frau beugte sich jetzt etwas vor, näher zu Sina hin – »sind das veränderte Verhalten Ihres Sohnes und seine Verletzungen erst in jüngster Zeit aufgefallen, seit Juni oder Juli.«

Sina hatte natürlich sofort verstanden, was das bedeutete, ihr war noch heißer geworden.

»Hat es in dieser Zeit Veränderungen im familiären Umfeld gegeben?«

»Eigentlich nicht.« War das klug? Sich dumm zu stellen? Oder eher ein erneutes Zeichen von Schuld?

»Nein?«

Sina hatte geschluckt, ihr Mund war plötzlich völlig trocken.

»Das Einzige … Mein Partner ist bei uns eingezogen. Im Mai. Aber Elvis kannte ihn natürlich schon vorher.«

Die Frau hatte sich noch ein kleines Stück weiter zu ihr geneigt. Erwartete die jetzt ein Geständnis, oder was?

»Sie glauben doch nicht ernsthaft …« Sie hatte es nicht aussprechen können.

»Ich glaube gar nichts, Frau Poschmann. Ich kenne Ihren Lebensgefährten ja nicht. Ich weiß nicht, wie das Verhältnis zwischen ihm und Ihrem Sohn ist.«

»Gut«, hatte sie gesagt, obwohl ihr ein Gedanke gekommen war, eine Erinnerung, die sie noch zurückdrängte. Nachher, sie würde sie nachher zulassen, jetzt musste sie einen kühlen Kopf bewahren. »Sie verstehen sich gut, wirklich. Torsten kümmert sich viel um Elvis. Und er ist sehr geduldig.«

»Braucht er das denn, Geduld?«

Verdammt, was auch immer sie sagte, es klang falsch, zu bemüht. Sie musste sich lockerer machen.

»Braucht das nicht jeder, mit Kindern? Ab und zu?«

Die Frau hatte sich wieder ein Stück zurückgelehnt. »Sie können sich also nicht vorstellen, dass es Konflikte gibt zwischen den beiden?«

»Nein. Beim besten Willen nicht. Für Torsten leg ich meine Hand ins Feuer. Er würde Elvis niemals etwas tun.«

»Gut.« Die Frau hatte sich eine kurze Notiz auf ihrem Block gemacht, so was wie *Mutter ahnungslos? Naiv? Dumm? Schützt den Lebensgefährten?* Vermutlich hatte sie schon hundertmal mit solchen Fällen zu tun gehabt, kannte alle Schwüre, alle Beteuerungen, alle Ausreden.

»Wären Sie denn einverstanden, wenn ein Arzt Ihren Sohn untersuchen würde?«

Sie glaubte ihr nicht, war ja klar eigentlich, wieso sollte sie auch. Jetzt ging es um Beweise.

»Ja«, hatte Sina gesagt, und ein Brennen war ihre Kehle hochgestiegen, »bin ich. War's das?«

Sie studiert die Backanleitung der Pizza und schaltet den Ofen ein. Elvis muss jeden Moment nach Hause kommen, er ist nach dem Hort noch in die Tierhandlung in der Nähe seiner Schule gegangen, sie hat es ihm heute Morgen erlaubt. Er wollte gerne alleine dorthin, weil sie beim Einkaufen immer ungeduldig ist, ihn zu Entscheidungen drängt. Und er wird sicher lange überlegen, welches Geschirr er für Fritzi kauft, welche Leine, welches Körbchen.

David hat ihm zweihundert Euro geschenkt für die Erstausstattung, nachdem ihm Elvis bestimmt eine Viertelstunde lang am Telefon von dem Hund vorgeschwärmt hatte. Sie hat sich für Elvis gefreut über diese Großzügigkeit, auch wenn sie weiß, dass David damit wieder nur sein schlechtes Gewissen beruhigt, aber ihr nutzt dieses Geschenk auch. Sie muss im Augenblick ihr Geld zusammenhalten. Eigentlich ist die Anschaffung des Hundes überhaupt Wahnsinn in ihrer momentanen Situation, aber sie kann nicht mehr zurück und will es auch gar nicht. So glücklich, so voller Hoffnung, so erwartungsvoll hat sie Elvis schon lange nicht mehr erlebt, all seine Gedanken kreisen um Fritzi und die Zukunft mit ihm. Endlich kann er sich auf etwas freuen.

Auf der Fahrt mit der U-Bahn zurück in die Agentur heute Mittag hat sie über das Gespräch mit Ellen damals nach Elvis' Zeltausflug nachgedacht, das ihr schon während des Termins mit der Jugendamtstante durch den Kopf geschossen war. Sie hat die Unterhaltung von damals nur verdrängt, nicht vergessen, ebenso wenig wie die Tatsache, dass sie seither reservierter Ellen gegenüber ist. Dabei hat Ellen die Frage, ob etwas passiert sei auf dem Campingausflug von Torsten und Elvis, weil Elvis blaue Flecken habe, vielleicht ja ganz arglos gemeint, und

Sinas Vermutung, sie habe Torsten etwas unterstellen wollen, ist völlig absurd.

Sie hat danach erst mit Elvis gesprochen und dann mit Torsten, daran erinnert sie sich noch gut. Natürlich ohne die blauen Flecken zu erwähnen. Und beide haben übereinstimmend gesagt, dass der Ausflug schön gewesen sei, laut Torsten sogar harmonisch. Sie war froh darüber, das weiß sie auch noch, die beiden wichtigsten Menschen in ihrem Leben schienen einander näherzukommen. Aber woran sie sich auch noch erinnert, ist der Hauch von Nervosität, den sie bei Torsten zu bemerken glaubte. Oder hat sie sich den nur eingebildet?

Die Pizza ist fast fertig, als Elvis kommt, wird aber doch kalt, weil Sina erst ausgiebig Elvis' Einkäufe bewundern muss, vorher ist an Essen nicht zu denken. Er hat ein kleines rotes Geschirr aus Nylon gekauft, »das kann man verstellen, guck! Und waschen auch!«, dazu eine Leine in der gleichen Farbe. Außerdem ein gepolstertes Bettchen aus hellem Plüsch, zwei Näpfe, einen für Futter, einen für Wasser, Trockenfutter, einen befüllbaren Ball zum Spielen, drei verschiedene Sorten Leckerli, zwei Rollen Tüten zum Aufsammeln der großen Geschäfte und einen kleinen Dinosaurier, »er braucht doch auch ein Kuscheltier«, sagt Elvis. Eine Verkäuferin im

Laden hat ihn wohl sehr nett beraten und ihm am Ende einen kleinen Kauknochen geschenkt, »das ist gut zum Stressabbauen, hat sie gesagt«. Er hat von Davids Geld sogar noch fünfundfünfzig Euro übrig, »davon kauf ich dann wieder Futter«, sagt er, »dann musst du nichts bezahlen erst mal«. Seine Wangen glühen vor Aufregung und Freude, das Bettchen stellt er gleich neben seins, »er darf doch bei mir im Zimmer schlafen, oder?«

»Natürlich«, sagt Sina, »du bist sein Herrchen. Er will bestimmt immer in deiner Nähe sein. Aber jetzt essen wir, ja?«

Wahrscheinlich hätte sie ihm auch einen gebratenen Pappkarton servieren können, er merkt gar nicht, was er isst, vor Aufregung. Als sie ihn mit dem Eis überrascht, wirft er sich plötzlich überschwenglich in ihre Arme. »Danke, danke! Vor allem, dass du mir Fritzi geschenkt hast!«

»Hab ich gern gemacht«, sagt sie. Und weil es sich gerade so gut ergibt: »Er ist aber von uns beiden, Torsten hat auch die Hälfte dazugegeben.«

»Ich weiß. Ich sag ihm auch noch mal danke später.« Er schaufelt das Eis in sich hinein und schaltet dabei sein Handy ein. Auf dem Display das neueste Foto von Fritzi, man sieht nur Schwarz und ein bisschen Weiß von einem Auge.

»Torsten weiß, dass du dich sehr gefreut hast.«

Er schaut auf, mit leuchtenden Augen. »Fritzi ist das aller-, aller-, allerbeste Geschenk der Welt! Nur noch drei Tage, dann holen wir ihn.«

»Genau«, Sina muss das Thema wieder von dem Hund weglenken. »Das machen wir alle drei zusammen, du, ich und Torsten. Du magst Torsten, oder?« Die Überleitung ist nicht sehr elegant, aber sie kann nicht mehr warten.

»Hm.« Er betrachtet verliebt das Fritzi-Bild, hat er die Frage überhaupt gehört?

»Habt ihr auch manchmal Streit? Wenn ich nicht da bin?« Sie schlägt einen leichten Ton an und greift nach den Pizzatellern.

»Nein. Nur …«

»Ja?«

»Na ja, neulich war er sauer.«

»Warum?«

»Weil ich immer so die Türen knalle, weißt du doch.«

Sie atmet aus, merkt erst jetzt, dass sie die Luft angehalten hat. »Stimmt. Aber er war nicht richtig böse, oder?«

»Nicht so schlimm. Ich pass jetzt auch immer auf. Also, meistens.«

»Und sonst?« Sie trägt die Teller zur Spülmaschine, bleibt davor stehen. Vielleicht fällt es ihm leichter, wenn sie ihm den Rücken zudreht.

»Was?«

»Ist er nie sauer? So richtig?«

»Eigentlich nicht.«

Sie könnte es jetzt auf sich beruhen lassen, sie weiß, dass nichts mehr kommt, so gut kennt sie ihren Sohn, aber eins muss sie noch wissen. »Und als ihr damals beim Campen wart, in den Ferien …«

»An der Isar? Mit dem Zelt?«

»Genau. Habt ihr da Knatsch gehabt?«

Es dauert ein paar quälende Sekunden, bis er antwortet. »Wieso?« Er klingt zögerlich, vorsichtig.

»Ich frag nur.« Jetzt dreht sie sich doch wieder zu ihm um. Sie sieht sofort, dass sie einen Nerv getroffen hat. Seine Lippen zittern leicht. Sie fühlt, wie sich ihr Magen hebt. Nein, denkt sie, nein, bitte nicht! Dass er dich anschnauzt wegen Türenknallen ist okay, aber mehr darf nicht passiert sein. Torsten würde doch nicht … Niemals …

Sie geht zu ihm und vor ihm in die Hocke. Sie nimmt seine Hände, die überraschend groß geworden sind in den letzten Monaten. Sie fühlen sich warm an, ein bisschen feucht.

»Elvis … du kannst mir alles sagen, das weißt du, oder? Egal, was ist.«

Er nickt, weicht ihrem Blick aber aus. Sie kann sehen, dass er den Tränen nahe ist.

»Ich bin nicht sauer oder enttäuscht oder traurig.

Ich versprech's dir, hoch und heilig. Aber du musst mit mir reden.«

Wieder das Nicken mit gesenktem Kopf. Sie lässt seine Hände los und legt ihre um sein Gesicht. Noch immer sieht er sie nicht an, seine Wimpern zittern.

»Was ist passiert damals beim Zelten?« Sie fragt es so sanft wie möglich, aber dass ihre Stimme bricht, kann sie nicht verhindern. Er murmelt etwas.

»Was hast du gesagt, mein Schatz? Ich hab dich nicht verstanden.«

»Ich kann nicht.«

»Du kannst es mir nicht sagen?«

Nicken. Sina spürt etwas Saures ihre Kehle hochsteigen, sie hat von der Pizza doch kaum etwas gegessen und mittags auch nichts.

»Und warum nicht?«

»Weil ich's versprochen hab.«

»Wem hast du es versprochen? Torsten?«

»Ja.«

»Aber *was*? Elvis, bitte! Sag's mir! Was ist passiert!« Jetzt klingt sie hysterisch, sie hört es selbst.

Er wirft den Kopf zurück, schüttelt ihre Hände ab, springt auf. »Nein! Ich hab's versprochen! Und du sagst selber immer, was man versprochen hat, muss man auch halten!«

Er rennt aus der Küche. Sina will aufstehen, sie versucht, sich am Tisch hochzuziehen, aber sie schafft es nicht. Stattdessen lässt sie sich auf den Fußboden sinken. Sie zieht die Knie an, legt den Kopf darauf, versucht, die Übelkeit zurückzudrängen. Atmen, ruhig werden, nachdenken. Es muss eine andere Erklärung geben als die eine, an die sie nicht glauben will, nicht glauben *kann*. Es *muss* einfach.

19

Im Taxi hält sie den Hund auf dem Schoß, sein Kopf liegt in ihrer Armbeuge. Er schnauft hörbar, sein Atmen ist eher ein Hecheln. Der Taxifahrer wirft ihr über die Schulter einen Blick zu.

»Ned, dass er sich übergibt!«

»Wird er nicht«, sagt Ellen. »Er hat so gut wie nichts im Magen.«

»Des sagt gar nix.« Er schaut wieder nach vorn, setzt den Blinker. »Was meinen S', was ich schon alles erlebt hab. Die Reinigung vom Wagen kostet Sie mindestens sechzig Euro, nur dass Sie Bescheid wissen. Könnt auch mehr werden.«

Sie antwortet nicht, was soll sie auch sagen. So was wie Mitgefühl kennt dieser Mann offenbar nicht. Sieht er nicht, wie schlecht es dem Tier geht?

Am späten Nachmittag, als Ellen mit der Nachhilfe für Amelie und ihre Freundin fertig war, wollte sie mit ihm nach unten gehen für sein Geschäft, nur die paar Meter bis zu dem kleinen Grünstreifen gegenüber, aber er konnte nicht aufstehen. Sie versuchte, ihn hochzuheben, aber er gab ein derart herzzerreißendes Winseln von sich, so schmerzerfüllt, dass sie ihn liegen ließ. Er öffnete einmal kurz die Augen, sie waren gelb. Sie rief noch einmal in der Praxis des Tierarztes an, bei dem sie morgen einen Termin hat, aber er war immer noch unterwegs, er würde, so sagte seine Frau, vermutlich nicht vor zehn Uhr abends zurück sein, eventuell auch später. Jetzt ist sie auf dem Weg zu dem Tiernotdienst, dessen Nummer an ihrer Pinnwand hängt, für alle Fälle, der Zettel ist schon Jahre alt und ganz vergilbt.

»Welche Hausnummer noch amal?« Sie sind fast da.

»Fünf«, sagt sie. »Und bitte fahren Sie so nah an den Eingang, wie Sie können, ich muss ihn tragen.« Beim letzten Tierarztbesuch hat er fast zehn Kilo gewogen, jetzt ist er sicher ein bisschen leichter, aber trotzdem. Und jede Bewegung seines Körpers tut ihm offenbar weh.

Sie rundet den Fahrpreis großzügig auf, weil sie daran denkt, was Jock immer gesagt hat, »anständig Trinkgeld geben bringt Glück«. Während sie aussteigt, langsam und vorsichtig, um dem Tier so wenig Schmerzen wie möglich zuzufügen, schickt sie ein Stoßgebet in die Dunkelheit, sie weiß gar nicht, an wen. Bitte lass den Spruch stimmen. Lass uns in ein paar Stunden wieder zu Hause sein, mit ein paar Spritzen oder Medikamenten, egal, was es kostet. Bitte lass uns wirklich Glück haben.

20

Er kommt um halb zehn. Elvis schläft seit einer guten halben Stunde, Sina hat gerade noch einmal nach ihm gesehen, als sie hört, wie die Tür aufgeschlossen wird.

Als sich ihre Übelkeit halbwegs gelegt hatte, ist sie zu ihm in sein Zimmer gegangen und hat gefragt, ob sie sich den Rest des Harry-Potter-Films anschauen wollen, den er am Sonntag angefangen hat; das Thema von vorhin hat sie nicht erwähnt. Er war gleich einverstanden, sie spürte, wie erleichtert er war, dass sie auf ihn zukam, er kann Konflikte und angespannte Stimmungen nicht gut ertragen.

Sie haben sich aufs Sofa gesetzt, sie hat den Arm um ihn gelegt, und er hat sich an sie gelehnt, eine stumme Friedensvereinbarung. Von der Handlung des Films hat sie nichts mitbekommen, obwohl sie sich größte Mühe gegeben hat, ruhig zu bleiben, rational zu denken, erst mit Torsten sprechen, dann weitersehen, einen Schritt nach dem anderen. In ihrem Kopf haben sich die Gedanken überschlagen, sind hin- und hergezuckt, von einem Extrem ins andere. Es kann nicht sein, er doch nicht, niemals, sie kann sich doch nicht so in ihm getäuscht haben, sie kennt ihn doch. Aber wie gut kann man einen anderen Menschen überhaupt kennen, sie hatte sie ja gesehen, die Spuren an Elvis' Körper, vor Wochen schon. Und sie ignoriert. Hat die Augen verschlossen, weil sie nicht wahrhaben wollte, dass ihr Sohn ein Opfer ist. Aber doch nicht von Torsten, diesem sanften, gutmütigen, fast schon zu weichen Mann. Der im Kino weint und Spinnen nicht totmacht, sondern fängt und in der Natur aussetzt, der bei Auseinandersetzungen lieber nachgibt, als für seine Interessen zu kämpfen. Andererseits, vielleicht ist genau das sein Problem, vielleicht hat sich etwas in ihm aufgestaut in den Jahren von Demütigung und Verletzung. Wie oft hat sie schon gehört und gelesen von der Ungläubigkeit von Menschen, die erkennen müssen, dass sie jahrelang Seite an Seite mit einem Monster gelebt haben. *Er war so freundlich. Hilfsbereit. Eine Seele von Mensch.* Aber nein, nie im Leben, so ist Torsten nicht, sie *weiß* das einfach. Aber was sonst könnte das Geheimnis sein, das er mit Elvis teilt und das zu hüten ihr Sohn versprochen hat? Und bei dessen Erwähnung ihm Tränen in die Augen treten?

Nach dem Film hat sich Elvis die Zähne geputzt,

und sie hat die Küche aufgeräumt. Nur mit Mühe hat sie dem Drang widerstanden, sich ein Glas einzuschenken, wovon auch immer. Vielleicht hätte Alkohol ihren flatternden Magen beruhigt, aber sie will absolut nüchtern sein.

Als Elvis im Bett war, hat sie sich noch zehn Minuten zu ihm gesetzt. Sie hat das bewusste Thema erneut nicht mehr angesprochen, ihn stattdessen gefragt, was sie in den Herbstferien unternehmen wollen, die in drei Tagen beginnen, sie hat noch eine Woche Resturlaub. Sie würde gerne mal wieder in ihr Heimatdorf fahren, mit dem Zug gerade mal eine Stunde entfernt, inklusive Umsteigen in der Kreisstadt, bestimmt könnten sie bei ihrer Schulfreundin Carmen wohnen, die hat sie schon oft eingeladen. Und von dort aus kann man schöne Ausflüge unternehmen, wandern zum Beispiel.

Elvis hatte die Augen schon halb geschlossen, klappte sie jetzt wieder auf. »Aber Fritzi darf doch noch nicht so viel laufen, weil er noch so klein ist. Am Anfang höchstens eine Viertelstunde am Stück, weißt du doch.«

Das hatte sie vergessen, dass sie in Zukunft Rücksicht auf die Bedürfnisse eines Tieres nehmen müssen. Aber vielleicht auch besser so, sie muss während ihres Urlaubs so viele Vorstellungstermine wahrnehmen wie irgend möglich, spätestens im Februar braucht sie einen Job. »Dann holen wir die Wanderung irgendwann nach und fahren einfach nur für einen Tag hin«, hat sie gesagt, »und den Rest der Zeit machen wir es uns hier gemütlich. Zusammen mit Fritzi.«

Als sie die Tür hört, geht sie in den Flur, wo Torsten seine Sporttasche an der Garderobe abstellt.

»Hallo«, sagt er. »Ich bin ganz schön fertig. Hat aber gutgetan. Alles okay bei euch?«

»Nein.« Sinas Knie sind weich, sie lehnt sich an die Wand, erneut steigt Übelkeit in ihr hoch. »Ich muss dir dringend was erzählen. Es geht um Elvis.«

Bildet sie sich sein kurzes Stutzen, die kaum merkliche Irritation ein?

»Hört sich ja ernst an«, sagt er, »gib mir fünf Minuten zum Duschen, ja? Und Hunger hab ich.«

Während er im Bad ist, macht sie ihm ein Sandwich, Schinken, Käse und feingeschnittene Gurke, wie er es mag; sie lässt sich Zeit, zwingt sich zu langsamen und bewussten Handgriffen.

Als sie mit dem Teller und einem Glas Saft ins Wohnzimmer kommt, rubbelt er sich gerade die Haare trocken. Er ist barfuß, trägt Jogginghose und Sweatshirt. Er liegt lang ausgestreckt auf der Couch, er liebt diese Haltung, und er liebt das ausladende Ecksofa, das sie noch zusammen mit David gekauft hat, sie hatten in dem Laden probegelegen, selbst wenn sie sich beide der Länge nach darauf ausstreckten, kamen sie einander nicht in die Quere. Als Torsten es zum ersten Mal sah, war er sofort begeistert; als sie ihn kennenlernte, wohnte er in einem schäbigen Ein-Zimmer-Apartment aus den Sechzigern, lieblos möbliert, er hatte Lene bei der Trennung alles gelassen. Die Fenster der Wohnung schlossen nicht richtig, von den Möbeln im Wohnzimmer platzte das Furnier ab, alles sah billig und heruntergekommen aus, er hatte sich vor ihr geschämt.

Sie reicht ihm den Teller und stellt das Glas auf den Couchtisch.

»Danke«, sagt er und lächelt liebevoll, »auch für deine Nachricht heute. Ich hab mich gefreut.«

Auf den Zettel, den sie heute Morgen in seiner Snackbox versteckt hatte, hat sie *Ich wünsch dir einen schönen Tag, ich liebe dich* geschrieben, das weiß sie noch.

Er nimmt das Sandwich von der Serviette, die sie daruntergelegt hat. »Sieht toll aus«, sagt er, bevor er hineinbeißt, »also, leg los, worum geht's?«

Er wirkt vollkommen entspannt und mit sich im Reinen, wie er da liegt und kaut, am liebsten würde sie warten, bis er aufgegessen hat.

Sie setzt sich ihm schräg gegenüber. Sie hat sich

vorgenommen, der Reihe nach zu erzählen, eigentlich müsste sie mit dem Hinweis von Ellen am Ende der Ferien beginnen, aber sie fängt mit dem Anruf der Jugendamtstante an und dem Gespräch heute Mittag. Von dem Versprechen, das Elvis ihm gegeben hat und über das er nicht reden will, sagt sie noch nichts. Während sie spricht, sieht sie ihm unverwandt ins Gesicht.

Er begreift nicht gleich, beißt noch zweimal ab und kaut, er hat wirklich Hunger. Erst als sie den Verdacht der Lehrer ausspricht, legt er das Sandwich auf den Teller, ein Stück Gurke rutscht seitlich heraus.

»Moment mal … Die denken, Elvis wird geschlagen? Misshandelt?«

»Ja.« Sie beobachtet, wie er schluckt, sich gleichzeitig die Finger an der Serviette abwischt.

»In der Schule oder wie?«

»Nein. Hier. Zu Hause.«

Er starrt sie an, dann setzt er sich auf. Er stellt den Teller mit dem halbgegessenen Sandwich auf den Couchtisch, neben das Saftglas.

»Von *uns*? Aber das ist doch … absurd!«

»Ich weiß.«

Er starrt sie weiter an, einige Sekunden lang, mit halboffenem Mund, auch in seinem Kopf überschlagen sich jetzt die Gedanken. »Was sagt denn

Elvis?«, fragt er dann. »Der ist doch bestimmt gefragt worden!«

»Er behauptet, er hätte sich gestoßen, wär hingefallen, so was in der Art.«

»Und könnte das sein, theoretisch?«

»Unwahrscheinlich. Ich glaub's auch nicht. Ich hab die blauen Flecken ja gesehen.«

»Was? Wann? Wo?«

Jetzt erzählt sie ihm von Ellen, von deren Hinweis am Montag nach dem Zelt-Wochenende. Und während sie spricht, kann sie sehen, wie er das ganze Ausmaß begreift, wie die Farbe aus seinem Gesicht weicht, wie sich seine Züge verhärten, sein linkes Augenlid zuckt.

»Das heißt im Klartext«, sagt er, als sie fertig ist, »*ich* steh unter Verdacht, richtig? Bei den Lehrern. Und beim Jugendamt.«

Sie nickt.

Er stößt einen Laut aus, es klingt wie ein Lachen, ungläubig, fassungslos.

»Die glauben im Ernst, ich würde Elvis verprügeln? Das ist doch … Wahnsinn!«

Sie weiß nicht, was sie sagen soll.

»Und … was denkst du? Kannst du dir das auch vorstellen?«

»Nein«, sagt sie schnell, »kann ich natürlich nicht.«

Sie zwingt sich, seinen Blick auszuhalten, dieses unverwandte Starren, wo kommt eigentlich dieses Wort her, *unverwandt*.

»Du lügst«, sagt er. »Du glaubst es auch. Ich seh's dir an.« Er spricht leiser jetzt, sein Tonfall ist ausdruckslos.

»Nein! Ich ... Scheiße, Torsten ... nie im Leben würdest du jemanden verletzen, das weiß ich doch, jedenfalls nicht absichtlich ...«

»Aber?«

Sie muss jetzt ihre Worte sorgfältig wählen. »Es kann ja passieren, dass man mal die Kontrolle verliert. Ich hab Elvis auch schon einen Klaps gegeben, dreimal sogar.«

Jetzt könnte er es zugeben, sie hat ihm eine Brücke gebaut. Aber er schweigt.

»Ich hab mich geschämt danach, aber ich hab's getan«, setzt sie nach. »Ein Kind *kann* einen manchmal verrückt machen.«

»Von einem Klaps kriegt man keine blauen Flecken. Da muss man schon richtig zuschlagen. Wahrscheinlich sogar mit der Faust.«

Er hebt die rechte Hand, die auf seinem Oberschenkel liegt, hält sie hoch und ballt sie. Sie versucht sich vorzustellen, dass diese Faust den Körper ihres Sohnes trifft, heftig, mit ungebremster Wut. Es kommt ihr vollkommen absurd, ganz unfassbar vor, dass er so zornig werden könnte, so außer sich geraten. Aber vielleicht hat sie überhaupt keine Ahnung, was in ihm vorgeht, persönliche Gefühle sind keins ihrer bevorzugten Gesprächsthemen.

»Ich denke mir«, sagt sie, »dass du manchmal eine schreckliche Wut haben musst. Dass du deine eigenen Jungs nicht sehen darfst. Ausgeschlossen bist aus ihrem Leben.«

»Und dann lass ich diese Wut an deinem Sohn aus? So siehst du mich also? Obwohl du mich angeblich *liebst*?« Er spuckt das Wort aus wie einen verdorbenen Bissen. »Zumindest stand das auf deinem Zettel heute.«

»Es stimmt ja auch! Natürlich liebe ich dich!«

Er schwingt die Beine vom Sofa, steht auf. »Dann wärst du ein Monster. Total gestört. Wie kann man einen Menschen lieben, dem man so was zutraut? Ich könnte das jedenfalls nicht. Und du auch nicht, so gut kenne ich dich.«

So entschieden und hart hat er noch nie mit ihr gesprochen. Und er hat recht. Wenn sie sicher wüsste, dass er es getan hat, könnte sie ihn nicht mehr in ihrer Nähe ertragen. Aber sie glaubt ihm, sie ist jetzt überzeugt, dass er die Wahrheit sagt, er hat Elvis nichts getan.

Er geht zur Tür, mit schnellen Schritten.

»Geh jetzt nicht weg«, sagt Sina. »Bitte.«

»Ich muss hier raus.« Aber dann bleibt er doch in der Tür stehen, dreht sich zu ihr um. »Weißt du, was ich mich frage? Was war das eigentlich zwischen uns, wenn du dich ernsthaft fragst, ob ich ein Schläger bin?«

Er hat *war* gesagt, nicht *ist*. Sie weiß nicht, was sie sagen soll, aber er erwartet auch keine Antwort. Sie hört, wie er im Flur seine Schlüssel von der Kommode nimmt, dann fällt die Wohnungstür ins Schloss. Er ist weg. Barfuß.

Er wird bald wiederkommen, versucht sie sich zu beruhigen, spätestens am frühen Morgen, er muss ja zur Arbeit, er kann nicht in Joggingklamotten und ohne Schuhe in die Firma gehen.

Während sie auf ihn wartet, läuft sie durch die Wohnung, von einem Zimmer ins andere, sie zieht im Schlafzimmer die Bettdecke glatt, packt in der Küche sein Sandwich in Folie und spült seinen Teller, räumt im Wohnzimmer Zeitschriften weg und hebt eine Wollmaus auf. Sie sieht auch nach Elvis, er schläft fest, Fritzis noch leeres Bettchen neben seinem.

Sie schminkt sich im Bad ab, als sie hört, wie die Tür leise aufgesperrt und wieder geschlossen wird. Sie folgt ihm ins Schlafzimmer, wo er eine Reisetasche aus dem Schrank holt. Sie sieht von der Tür aus zu, wie er sie aufs Bett stellt und zur Kommode geht.

»Bitte lass uns reden.«

»Okay«, sagt er. »Ich muss dich sowieso noch was fragen. Was passiert jetzt eigentlich mit mir?« Er nimmt einen Stapel T-Shirts aus der Schublade, trägt sie zum Bett. »Werd ich von der Polizei verhört, weil die glauben, ich misshandle ein Kind, oder wie läuft das ab? Irgendwas müssen die ja tun, nehm ich an.«

»Ich weiß es nicht.«

Er packt den Stapel in die Tasche, sorgsam, nichts soll knittern. »Wenn die in der Firma Wind davon kriegen, kann ich einpacken. Und für Lene wird das auch ein gefundenes Fressen, am Ende verlier ich noch das Umgangsrecht für Jasper und Sören.«

»Als Nächstes hat Elvis einen Termin bei einem Arzt und dann bei einer Psychologin«, sagt Sina. »Ich hab zugestimmt. Ich will wissen, was mit ihm passiert ist.«

Jetzt sind die Socken dran, er greift wahllos zwei Hände voll.

»Sobald er dich entlastet hat, bist du aus der Schusslinie. Und Elvis wird bestimmt nicht lügen, er hat dich gern.«

Er stopft die Socken an die Seiten der Tasche, platzsparend. »Du glaubst also nicht, dass er mich beschuldigt? Auf einmal? Woher der plötzliche Sinneswandel?«

Noch nie hat er derart sarkastisch mit ihr gesprochen, spöttisch ja, ironisch auch, aber nicht so. Sie kann nur ahnen, wie verletzt er sein muss. Vor vierundzwanzig Stunden haben sie einander noch in den Armen gehalten, er war in ihr, sie haben sich aneinander festhalten, sich Liebesworte zugeflüstert.

»Bleib hier«, sagt sie, »bitte geh jetzt nicht.«

»Ich kann nicht. Verstehst du das nicht?« Er geht jetzt zum Schrank, öffnet die Tür an seiner Seite.

»Doch«, sagt sie. »Das tu ich. Aber dann erklär mir wenigstens eins noch. Was ist es, was Elvis mir nicht sagen darf? Weil er es dir fest versprochen hat?«

Er hält in der Bewegung inne, bleibt reglos stehen. Er braucht lange für die Antwort, zu lange. »Ist doch egal jetzt.«

Sie geht zu ihm, stellt sich neben ihn. Immer noch rührt er sich nicht, steht stocksteif da.

»Mir nicht. Irgendwas *ist* doch passiert auf eurem Zeltausflug. Torsten!«

Sie sieht an seinen Halsmuskeln, dass er vergebens zu schlucken versucht. Und dann wendet er den Kopf und sieht sie an, und sie braucht nur diesen Blick voller Elend und Schuldbewusstsein, um es zu begreifen.

Mit einem alkoholfreien Bier hat es angefangen, schon beim ersten Squash-Termin. Inzwischen ist er bei drei kleinen Flaschen Wodka angekommen, bisher nur nach Feierabend, während der Arbeit wagt er es nicht. Er hat die Fläschchen im Auto gebunkert, jetzt wird ihr klar, warum er so oft etwas im Wagen vergessen oder den Müll runtergebracht hat oder noch zum Supermarkt gegangen ist, um etwas eigentlich Unnötiges einzukaufen.

Auf dem Campingausflug hat er sich zusammengenommen, obwohl es ihm schwerfiel, weil es immer später wurde, aber er hat gewartet, bis Elvis eingeschlafen war, so gegen zehn. Etwa eine Stunde später war er beim zweiten Fläschchen, als Elvis noch mal aus dem Zelt gekrabbelt kam, weil er pinkeln musste. Und natürlich hat er den Alkohol gesehen in Torstens Hand und nachgefragt, die Kinder finden ja oft genug leere Flaschen auf der Straße und auf Spielplätzen und werden von ihren Eltern aufgeklärt. Auch wenn Elvis nichts weiß von Torstens Vergangenheit, hatte Torsten doch panische Angst, er könnte sich später verquatschen, Sinas Ankündigung, dass es sofort aus sei mit ihnen, falls er je wieder trinke, war ihm nur allzu bewusst.

Er beginnt zu weinen, als er von jener Nacht erzählt. Sina nimmt ihn in den Arm, eher aus Reflex als aus Mitgefühl, obwohl sie ihm glaubt, dass er sich unendlich schämt vor ihr, für seine Schwäche, seine Charakterlosigkeit. Aber zugleich ist sie auch unglaublich wütend auf ihn, nicht wegen des Trinkens allein, sondern weil er ihren Sohn in ein Geheimnis verstrickt und damit belastet hat, nicht mal ihr konnte Elvis die Wahrheit sagen. Und dann der Betrug ihr gegenüber, die Lügen, das mangelnde Vertrauen. Er hätte mit ihr reden können, spätestens nach dem ersten Mal, ganz sicher hätte sie ihm zu helfen versucht, ihre Drohung nicht sofort wahrgemacht, wenn er ehrlich gewesen wäre. Und er musste doch wissen, dass es herauskommt, irgendwann.

Später liegen sie im Bett, einander umarmend. Die Reisetasche, halb gepackt, steht auf dem Fußboden vor dem Schrank, ein Mahnmal. Sie haben nicht darüber gesprochen, was jetzt wird, wie es weitergeht, sie waren beide zu erschöpft. Aber im Grunde wissen sie es beide.

Sina ist todmüde, aber sie kann ihre brennenden Augen nicht schließen, sie hat es versucht, sie klappen immer wieder auf. Ihr Kopf liegt an Torstens Hals, sie atmet seinen Geruch ein, Duschgel und einen Hauch von Schweiß, sonst riecht man wirklich nichts, dabei hat er vorhin, als er draußen war, im Auto gesessen, wie viele Fläschchen es waren, hat sie nicht gefragt. Es stimmt offenbar, was über Wodka gesagt wird, man riecht ihn nicht. Torsten hält sie fest umschlungen, trotzdem friert sie. Ihr graut vor dem kommenden Tag.

Vielleicht kann sie morgen einen Ausweg sehen, wenn es hell ist, wenn sie nicht mehr hier liegen wie zwei Schiffbrüchige, die sich an eine schwankende Planke klammern, während sie durch die kalte Dunkelheit treiben. Im Moment kann sie keinen klaren Gedanken mehr fassen, es war zu viel für einen Tag. Und sie fühlt jetzt weder Zorn mehr noch Mitgefühl, nur noch bodenlose Trauer, tiefe Trostlosigkeit. Es war doch alles gut. Er hatte eine Zukunft, einen Job, eine Familie. Und vor allem hatte er sie. Aber es hat nicht gereicht.

Er atmet jetzt ruhig und gleichmäßig, er muss eingeschlafen sein. Sie stellt sich sein momentanes Leben extrem anstrengend vor, die Beherrschung tagsüber während der Arbeit, wenn die Gedanken immer wieder verlangend abschweifen, das Zählen der letzten Minuten vor dem Moment, an dem er endlich allein ist in der Firmengarage und sich unbeobachtet wähnt, die Fahrt nach Hause, überkonzentriert, schon ein kleiner Auffahrunfall wäre fatal. Dann die Fassade, die er vor ihr aufrechterhalten muss, während er schon wieder grübelt über die Ausreden, die er ihr auftischen kann, damit er noch ein-, zweimal aus dem Haus kommt, Laufen gehen, Einkaufen, etwas im Auto vergessen …

Als sie ins Bett gegangen sind, hat er sie um Verzeihung gebeten, sie hat nichts darauf geantwortet. Und auch nicht gesagt, was sie, neben allem anderen, noch umtreibt: dass nämlich auch sie sich schämt, weil sie den Verdacht, er könne ein Schläger sein, nicht ohne jeden Zweifel ausgeschlossen hat. Das Vertrauen, das sie von ihm einfordert, verdient sie nicht. Und deshalb, so denkt sie jetzt in ihrer Hoffnungslosigkeit, ist es nur gerecht, dass ihre ganze Welt aus den Angeln gehoben ist, innerhalb weniger Tage.

Sie steht auf, sie muss noch mal aufs Klo. Als sie am Fenster vorbeigeht, schaut sie auf die Straße. Kein Mensch ist zu sehen, um kurz nach drei scheint die Stadt endlich zu schlafen, wenn auch nicht für lange. In drei Stunden muss sie aufstehen, Elvis wecken, ihm Frühstück machen. Duschen, sich herrichten für den Tag in der Agentur. Vielleicht hilft es, dass sie funktionieren muss, egal wie sie sich fühlt.

Als sie auf dem Klo die Pyjamahose herunterzieht, sieht sie zwei kleine Blutflecke, ihre Periode hat eingesetzt. An die mögliche Schwangerschaft hat sie gar nicht mehr gedacht während der letzten Stunden. Ein Problem weniger, sie hat allen Grund, erleichtert zu sein. Warum muss sie dann jetzt weinen?

21

Der Arzt wollte gegen zehn kommen, aber er hat angerufen, dass es etwas später wird, ein Notfall in der Praxis. Sie sind kein Notfall, nicht mehr.

Sie liegt neben ihm auf dem Boden vor dem Sofa, er rührt sich seit Tagen nicht mehr von diesem Platz weg. Sie hat eine Hand auf seinen Rücken gelegt, fühlt, wie er sich leicht hebt und senkt, er atmet flach. Kaum vorstellbar, dass er noch vor zwei Wochen neben ihr hergelaufen ist auf ihren morgendlichen Touren.

Sie haben fast eine Woche lang alles versucht. In der Notaufnahme haben sie ihm eine Aufbauspritze gegeben und ein Antibiotikum, danach schien es ihm besserzugehen. Ihr Tierarzt hat diese Behandlung am nächsten Tag fortgesetzt, eine Entzündung der Leber, hat er wegen der gelben Augen vermutet. Ellen hatte Hoffnung geschöpft, weil sein Zustand zumindest stabil zu sein schien, er fraß sogar ein bisschen. Sie setzte ihm alle seine Lieblingsgerichte vor, Hähnchenbrust, weichgekochte Eier, Wiener Würstchen, gegen all ihre Prinzipien kaufte sie sogar in der Feinkostabteilung des Kaufhauses eine Nektarine aus Chile, er nahm nur ein kleines Stück. Alle paar Stunden trug sie ihn hinunter zu dem kleinen Grünstreifen und ließ ihn sein Geschäft verrichten. Und sie ging jeden Tag mit ihm in die Praxis, bettete ihn, in eine Decke gewickelt, in den Anhänger und schob das Fahrrad behutsam die Straßen entlang.

Die Behandlungen bezahlte sie immer gleich in bar, ihre Ersparnisse schmolzen rapide dahin. Sie hatte sich am Sonntag gerade entschlossen, Miri wegen eines Darlehens zu fragen, als Vitus anrief. Sie bat ihn um zweitausend Euro, der Hund sei krank, die Behandlung teuer, mehr brachte sie nicht heraus. Vitus fragte nicht groß nach. »Klar«, sagte er, »gib mal deine Kontonummer.« Und am Ende des Telefonats, als Ellen die Unterhaltung längst auf andere Themen gelenkt hatte, Vitus' Job, das Wetter, die amerikanische Politik, hatte er gesagt: »Das Geld müsste schon auf deinem Konto sein, ich hab's per Sofortüberweisung geschickt. Wenn du mehr brauchst, sag Bescheid.«

Aber es wird reichen. Am Montag entdeckte der Arzt auf dem Ultraschall den Tumor, den er einen Tag später entfernte. »Jetzt müssen wir Glück haben«, hatte er danach zu Ellen gesagt. Aber sie hatten keins. Gestern ging es dem Hund so schlecht, dass er sich erbrach und einnässte, er wurde unter ihren Augen von Stunde zu Stunde schwächer, sie konnte förmlich sehen, wie das Leben aus seinem Körper wich. Und er hatte so offensichtlich Schmerzen, dass sie ihn nicht mehr transportieren wollte. Der Arzt kam nach seiner Sprechstunde zu ihr und schüttelte nach der Untersuchung nur noch den Kopf.

»Ist es okay, wenn wir noch bis morgen warten?«, fragte sie.

Er nickte. »Aber länger besser nicht. Die Schmerzmittel wirken nicht ewig …«

Jetzt fragt sie sich, ob es richtig war, ihm noch diese eine Nacht zuzumuten. Auf was hat sie gehofft? Auf eine Spontanheilung? Ein Wunder?

Sie ist froh, dass in dieser Woche Herbstferien sind, so muss sie keine Nachhilfestunden oder ihren Kurs mit den Afrikanerinnen absagen und vor allem nicht den Grund erklären. Nur ihre morgendlichen Zeitungstouren absolviert sie wie immer, sie beeilt sich dabei besonders, um schnell wieder zu Hause bei ihm zu sein.

Ihr ist flau im Magen, sie muss etwas essen, ihre letzte Mahlzeit war gestern gegen Abend, sie hat nur schnell im Stehen ein Brot gegessen.

Er reagiert nicht, als sie aufsteht und in die Küche geht. Sie schüttet Haferflocken in eine Schale, schneidet einen Apfel klein und holt aus dem Kühlschrank den Rest Quark. Der Becher rutscht ihr aus den Fingern und platzt auf dem Boden auf. Noch vor zehn Tagen wäre er sofort zur Stelle gewesen, um ihr bei der Sauerei behilflich zu sein, er hätte den Boden akribisch abgeschleckt. Sie sieht nach unten auf den weißen Matsch, sie müsste sich jetzt bücken, einen Lappen holen, aufwischen, aber sie kann nicht. Sie schließt die Kühlschranktür und lehnt den Kopf dagegen.

Es sei ihm bestimmt schon eine ganze Weile schlechtgegangen, hatte der Tierarzt gestern bei der letzten Untersuchung gesagt. Er sei ein sehr tapferer Kerl, wenn er sich bis vor wenigen Tagen kaum etwas habe anmerken lassen. Dieser Satz geht ihr seitdem andauernd durch den Kopf. *Wenige Tage* ist nicht richtig. Er *hat* sich etwas anmerken lassen, länger schon, aber sie hat nicht reagiert. Sie war nicht aufmerksam. Sie hat dieses Lebewesen, das ihr anvertraut, das auf sie und ihre Fürsorge angewiesen ist, vernachlässigt. Man könnte sogar sagen, misshandelt.

Der Arzt kommt kurz nach elf. Er entschuldigt sich für die Verspätung, sie wehrt ab. Sie ist dankbar, dass er ihr ermöglicht, es hier zu tun.

Sie kniet auf dem Fußboden vor ihm. Sie legt ihr

Gesicht an seinen Kopf, streichelt ihn an der Stelle hinter den Ohren, wo er es besonders mag. Früher gab er dann ein leises wohliges Brummen von sich, jetzt keinen Laut mehr. Er öffnet auch die Augen nicht. Nie wieder dieser feuchte schwarze Blick.

»Sind Sie so weit?«, fragt der Arzt. Es gibt kaum etwas vorzubereiten, wegen der Antibiotika hat er schon vor Tagen einen Zugang gelegt.

Kann man jemals *so weit* sein? »Ja«, sagt sie.

Sie atmet noch einmal seinen Geruch ein und flüstert ihm ins Ohr, dass alles gut ist, dass er keine Angst haben muss, dass sie bei ihm ist, dass die Schmerzen gleich vorbei sind. Vielleicht stört sie ihn damit mehr, als dass sie ihn beruhigt, aber wer weiß das schon. Aus dem Augenwinkel kann sie erkennen, dass die Injektion gesetzt wird.

Die Nacht hat sie neben ihm verbracht. Sie hat ihre Yogamatte neben ihm ausgerollt, Kopfkissen und Decke geholt und sich an seine Seite gelegt. Er hat ganz kurz den Kopf ein Stück gehoben und zu ihr gedreht, vermutlich hat er sich gewundert, was sie hier machte, in ihr Bett hatte er nie gedurft. Der Arzt hatte ihm noch mal eine hohe Dosis Schmerzmittel gespritzt, das bis zum Morgen wirken würde. Was es offenbar auch tat, denn er schlief reglos bis um halb acht.

Um Mitternacht hatte sie das letzte Mal auf die Uhr gesehen, danach musste sie eingeschlafen sein. Sie wachte um drei auf, ihre übliche Zeit, aber sie konnte liegen bleiben, der nächste Tag war ein Feiertag, sie musste keine Zeitungen austragen.

Sie lag auf der Matte, spürte, wie sich die Flanke des Hundes hob und senkte, und sah zum Fenster. Sie dachte an eine andere Nacht in derselben Jahreszeit, in der sie in der Dunkelheit auf das erste Licht gewartet hatte, damals im Krankenhaus, als Jock operiert wurde. Miri war bei den Kindern geblieben. Nach stundenlangem Warten konnte Ellen nicht mehr sitzen, sie war in dem Flur auf und ab gelaufen, an jedem Fenster blieb sie kurz stehen. Als es endlich hell wurde, eilten längst die Schwestern geschäftig an ihr vorbei, scheppernd wurden Frühstückswagen über den Gang geschoben, und sie sah immer wieder hinaus in den hellgrauen Himmel, vor dem sich die Bäume jetzt klar abzeichneten, teils schon unbelaubt, teils noch mit Blättern in allen Schattierungen zwischen Gelb und Braun. Eigentlich hatte sie es da schon gewusst.

Als es vorbei ist, will sie den Arzt bezahlen, aber er schüttelt den Kopf, er wird ihr eine Rechnung schicken.

Sie sieht zu, wie er den Hund vorsichtig hochhebt und ihn in die Kiste legt, die er mitgebracht hat. Er wird ihn mitnehmen, das hat sie mit ihm schon vorab besprochen. Sie wird ihn nicht selbst beerdigen, sie will nicht an einer Grabstelle stehen oder eine Urne haben.

Sie hat niemandem etwas gesagt, nicht einmal Miri oder ihren Söhnen. Sie weiß, dass sie ein paar Tage brauchen wird, bevor sie darüber sprechen kann.

Nie mehr werde ich ein Tier haben, hat sie in der Nacht gedacht, als sie neben ihm auf der Matte lag. Es gibt inzwischen so viele *nie mehr* in ihrem Leben, und es werden immer mehr. Sie wird nie mehr in die USA reisen, so wie Jock und sie es sich vorgenommen hatten auf ihrer Hochzeitsreise in New York, sie hatten mit dem Motorrad einmal quer durch das ganze Land reisen wollen, Jock wollte vor allem unbedingt die Westküste entlang, den berühmten Highway 101. Sie hatte fließend Italienisch sprechen, Klavier spielen lernen, einen Schrebergarten haben wollen, *später*, hatte sie immer gedacht. Jetzt ist es zu spät, all das nie mehr. Es gab immer Gründe, der Job, der Geldmangel, aber auch, wenn sie ehrlich ist, ihre eigene Trägheit. Vielleicht wäre es anders gekommen mit einem Menschen an ihrer Seite, der sie erinnert hätte an ihre Pläne, sie mitgezogen. Aber auch das nie mehr. Nie mehr wird sie sich nachts an einen anderen Menschen schmiegen, in seinen Armen einschlafen und aufwachen, keine leidenschaftlichen Küsse mehr, keine spontanen Umarmungen, keine tiefen Blicke, keine wilden Nächte, alles vorbei. Die Zeit ist an ihr vorbeigerauscht, immer schneller, jetzt bleibt nur noch so wenig übrig. Was jetzt noch kommt, sind, wenn sie Glück hat, noch ein paar gute und gesunde Jahre, wenn auch mit allmählich nachlassenden Kräften, dann wird der endgültige Abstieg einsetzen, vielleicht langsam, vielleicht rapide, das kann niemand wissen. Sie hofft, dass ihr und den Jungs eine längere Krankheit erspart bleibt, wie es sich jeder alte Mensch wünscht. Und dann war's das. Sie will nicht undankbar sein, ihr Leben ist nicht arm und klein gewesen, ganz und gar nicht, alles in allem ist sie ein Glückskind, sie hat Liebe und Freundschaft erlebt, sie hat ihre Kinder, sie hat viel von der Welt gesehen, nie Hunger, Kälte oder Todesangst leiden müssen … aber genug war es trotzdem nicht. Geht es anderen Menschen in ihrem Alter auch so? Dass der Gedanke an das in absehbarer Zeit zu erwartende Ende so schmerzt?

Als der Arzt gegangen ist, nimmt sie einen großen blauen Plastikmüllsack und packt alle Sachen hinein, die Leine, die Näpfe, das Spielzeug, die Decke, das übriggebliebene Futter. Sie klemmt sich seinen Korb unter den Arm, geht in den Hof hinunter und wirft alles in die Restmülltonne.

Sein Geruch wird noch eine Weile bleiben, das merkt sie, als sie sich später auf dem Sofa ausstreckt, den Kopf auf dem Kissen, auf dem auch er oft gelegen hat. Sie atmet ihn tief ein. Er hat nie gemüffelt, wie sie befürchtet hatte, bevor er zu ihr kam. Überhaupt hat er alle Vorbehalte, die sie einmal gegen Hunde hatte, entkräftet. Und sie hat das Versprechen, das sie ihm insgeheim gegeben hat, halten können. Sie ist nicht vor ihm gestorben. Sie hat ihn nicht allein zurückgelassen.

22

Sina hat das Gefühl, dass die Ereignisse sich überschlagen in der letzten Zeit, jeden Tag passiert etwas Unerwartetes, sie kommt kaum zum Luftholen, geschweige denn zum Nachdenken, aber es ist gut so. Sie trifft Entscheidungen, für die sie früher Wochen, eher Monate gebraucht hat, in einem Moment, sie krempelt um. Oder wird umgekrempelt.

Am Freitag, dem Tag nach der Schreckensnacht, ist Torsten gegangen. Als sie aufstand nach zwei, drei Stunden Schlaf, hatte er die Reisetasche schon fertiggepackt, den Rest seiner Sachen werde er, wenn Sina einverstanden sei, am Samstag holen, wenn sie mit Elvis ins Allgäu führe, um Fritzi abzuholen, es sei bestimmt besser, dem Jungen seinen Auszug zumindest optisch zu ersparen. Sie hatte genickt und »okay« gesagt.

Sie standen in der Küche, sie an der Kaffeemaschine, noch im Bademantel, er in der Tür, geduscht, angezogen, nach Aftershave duftend. Elvis schlief noch, er musste erst zur zweiten Stunde. Torsten sah sie einen Moment schweigend an, als erwarte er eine weitere Reaktion von ihr, er hoffte vielleicht, sie werde ihn aufhalten, *nicht so schnell, lass uns noch mal in Ruhe reden, wir finden eine Lösung*. Aber sie konnte es nicht.

»Was sagst du Elvis?«, hatte er gefragt.

»Ich weiß noch nicht.« Die Kaffeemaschine war endlich aufgeheizt, sie drückte auf den Knopf für Espresso. Einen langen Moment war nur das kurze Schnarren der Maschine zu hören, dann das sanfte Plätschern, mit dem der Kaffee in den Becher floss.

»Es tut mir so schrecklich leid«, er sprach so leise, als könnte Elvis ihn durch den Flur und seine geschlossene Zimmertür hören, »ich wollte nicht …«

Er brachte den Satz nicht zu Ende. *Was wolltest du nicht,* hätte sie fragen können, *wieder trinken? Mich verletzen? Alles kaputtmachen, was wir hatten?* Aber sie war zu müde für ein Gespräch dieser Art.

»Ich weiß«, hatte sie nur gesagt. »Mir tut's auch leid.« Mehr nicht. So endet also alles, hatte sie gedacht.

»Den Schlüssel leg ich dir hin, am Samstag«, hatte er gesagt. »Und meine neue Adresse schreib ich dir.«

»Gut.« Sie hatte nicht gefragt, wo er unterkommen würde die ersten Tage, sie musste alles ausblenden, was sie zweifeln lassen könnte. Der Espresso war fertig durchgelaufen, sie nahm den Becher, hob ihn an die Nase, sog den Geruch ein.

»Dann geh ich jetzt«, hatte er gesagt, und dann, bevor er sich umdrehte: »Kann ich dich anrufen?«

»Irgendwann mal.« Sie hatte die Hände fest um den Becher geschlossen, ihre Finger prickelten von der Wärme. »Aber nicht jetzt. Nicht gleich.«

»Versteh ich.« Er hatte sich umgedreht und war in den Flur gegangen, sie hatte gehört, wie er seine Jacke von der Garderobe nahm, dann den Schlüssel von der Kommode, er öffnete die Wohnungstür, behutsam, um so wenig Lärm wie möglich zu machen, und schloss sie ebenso leise hinter sich. Sie widerstand dem Impuls, zum Fenster zu gehen und ihm nachzusehen, zu beobachten, wie er aus dem Haus trat und zum Auto ging, die Tasche verstaute, einstieg, abfuhr. Ausblenden, so viel wie möglich, das war jetzt wichtig. Sich panzern.

Sie würde es Elvis am Abend sagen, hatte sie sich vorgenommen, vorher nur, falls er fragte. Was er nicht tat, er war es gewohnt, dass Torsten früh das Haus verließ. Als sie ihn weckte, war er sofort munter, er redete ohne Punkt und Komma, während er in der Küche sein Müsli aß. Noch ein Schultag war zu überstehen, die Ferienwoche war zum Greifen nahe, neun ganze Tage, davon acht mit Fritzi, rechnete er. Oder zumindest siebeneinhalb, sie hatten mit der Züchterin vereinbart, gegen Mittag im Allgäu zu sein. Wie lange würden sie brauchen, nicht mal zwei Stunden, oder? Dann würden sie spätestens um zehn losfahren?

Sie folgte seinem Redefluss nur halb, sie zwang sich, einen trockenen Toast zu essen, um dann zwei Schmerztabletten schlucken zu können, ihre Regelschmerzen waren diesmal stärker als üblich. Dann machte sie ihm sein Pausenbrot, füllte seine Wasserflasche, schminkte sich, föhnte die Haare. Die kleinen alltäglichen Handgriffe halfen ihr, so empfand sie es, in der Spur zu bleiben.

In der Mittagspause bekam sie einen Anruf von einer Frau Dürr, der Direktorin von Elvis' Schule. Passe es gerade? Habe Sina zehn Minuten Zeit? Sie müsse dringend etwas besprechen.

Sina ging mit dem Handy auf die Terrasse, wo sich einige Raucher um den Aschenbecher drängten, und steuerte die entgegengesetzte Ecke an.

Frau Dürr erklärte, es sei ihr sehr unangenehm, was sie Sina jetzt sagen müsse, aber es habe sich etwas ereignet. Der Sportlehrer von Elvis habe heute Vormittag beobachtet, wie Sinas Sohn in den Duschräumen von drei Jungs aus der Klasse *traktiert* worden sei, sie benutzte wirklich dieses Wort, wahrscheinlich, weil es harmloser klang als *geschlagen, vermöbelt, terrorisiert*. Unter den Jungs sei auch Lukas gewesen, von dem die Lehrer immer geglaubt hätten, er sei Elvis' Freund. Der Sportlehrer habe ihr den Vorfall sofort gemeldet, sie habe dann die drei Schüler in Anwesenheit der Klassenlehrerin Frau Graml ins Gebet genommen, sie waren nach einigem Leugnen auch geständig und hatten zugegeben, das *Mobbing* gehe schon seit Monaten. Wieder so ein abstraktes Wort, das für Sina nichts zu tun hat mit den Verletzungen, die sie an ihrem Sohn beobachtet hat.

Zum ersten Mal unterbrach sie den Wortschwall der Frau. »Warum?«

»Sie es getan haben?« Frau Dürr atmete tief auf. »Dafür haben sie leider keine plausible Erklärung gegeben. Einer hat nur gesagt, sie könnten Elvis nicht leiden.«

Sina schloss kurz die Augen, ließ für einen Moment die Bilder zu, die sich ihr aufdrängten, ihr Sohn zwischen drei anderen, in die Enge getrieben wie ein Tier. Sie öffnete die Augen wieder, sie durfte es sich nicht vorstellen, nicht jetzt.

»Sie haben ihn wohl auch unter Druck gesetzt«, sagte die Direktorin, »ihm gedroht, falls er sie verrät, Einzelheiten waren aus ihnen noch nicht herauszubekommen. Deswegen hat er Ihnen gegenüber wohl auch geschwiegen.«

»Haben Sie mit ihm geredet?«

»Ja, vor einer halben Stunde erst. Ich habe ihm gesagt, wie leid es mir tut, uns allen. Und dass er jetzt in Sicherheit ist.«

In Sicherheit. Diese Kuh, was weiß die schon.

»Das heißt, wir sind jetzt nicht mehr verdächtig, mein Partner und ich?«

»Natürlich nicht. Ich habe von Frau Graml gehört, welche Wellen die Sache geschlagen hat. Es tut mir sehr leid, Frau Poschmann. Alles. Wirklich. Dass ausgerechnet an meiner Schule …« Ihre Stimme zitterte.

Wenn die jetzt heult, schrei ich, dachte Sina. Sollte ich ohnehin tun.

»Ich muss wieder an die Arbeit.«

Sie hörte nur halb zu, was die Frau noch sagte, dass sie ein Gespräch mit den drei Elternpaaren führen müsse heute Nachmittag, dass sie noch nicht wisse, wie sie mit den drei *Delinquenten* verfahren solle, so einen Fall habe sie ja noch nie gehabt, sie könne sich um psychologische Betreuung für Elvis bemühen, falls gewünscht, die drei Jungs müssten sich natürlich bei Sinas Sohn entschuldigen, sicher würden auch die Eltern sich bei ihr melden wollen.

Die Vorstellung von Katjas und Louis' Krokodilstränen war unerträglich. Sie wollte von diesen Menschen nie mehr etwas hören und sehen.

Sie brach das Gespräch mitten in einem Satz der Direktorin ab, sehr unhöflich, es war ihr egal. Sie ging wieder zurück an ihren Schreibtisch.

Am Nachmittag rief Katja an, dreimal. Dreimal drückte Sina den Anruf weg.

Sie holte Elvis vom Hort ab, ihm war nichts anzumerken von den Vorfällen des Vormittags. Er erzählte von einem Mädchen im Hort, Theresia, die auch einen jungen Hund habe, einen Jack Russell Terrier, sie habe gefragt, ob sie nach den Ferien mal zusammen spazieren gehen wollten mit den Welpen, sie wohne nicht weit und sei sehr nett, ob Sina es erlaube? »Klar«, sagte sie.

Erst nach dem Abendessen, als sie zur Feier des Ferienbeginns zusammen zu der neuen Eisdiele gingen, hatte sie ihm von dem Anruf der Direktorin erzählt.

»Warum hast du mir nichts gesagt? Dass die Jungs dich terrorisieren?«

Achselzucken.

»Weil du Angst gehabt hast vor ihnen?«

»Bisschen.«

»Aber wenn du's mir erzählt hättest … ich hätte dir vielleicht helfen können. Zumindest hätte ich dich dann nicht mehr zu Lukas geschickt.«

»Aber dann wäre ich ein Verräter gewesen. Und die mag keiner.«

»Schläger auch nicht«, hatte sie gesagt. »Das sind ganz miese Typen. Denen darf man sich niemals ergeben.«

»Frau Graml hat gesagt, die müssen vielleicht von der Schule. Auf jeden Fall kriegen sie eine Strafe.«

»Bist du froh, dass es vorbei ist?« Was für eine idiotische Frage.

»Schon«, sagte er. Sie waren bei der Eisdiele angekommen, stellten sich hinten in die Schlange. »Aber nicht wegen der Strafe. Wie viele Kugeln darf ich?«

»Drei. Aber findest du nicht, dass sie eine verdient haben?«

»Eigentlich schon. Aber sie werden bestimmt davon noch böser.« Elvis reckte den Hals, um die Tafel mit den Sorten lesen zu können. »Das ist immer so. Einen Hund darf man auch nie schlagen. Mach ich mit Fritzi ganz bestimmt nie. – Ich nehm Vanille, Erdnuss und Banane.«

Auf der Rückfahrt aus dem Allgäu am Samstag sagte sie ihm, dass Torsten nicht nur kurz verreist war, wie sie am Abend zuvor behauptete, weil der Mut sie verlassen hatte, sondern dass er nicht mehr wiederkommen würde. Er saß neben ihr, das kleine schwarze Fritzi-Knäuel auf dem Schoß, er hatte ein altes Handtuch unter ihn gelegt, »falls er Pipi macht, weil er so aufgeregt ist«. Aufgeregt war vor allem er selbst, er war schon um fünf Uhr morgens aufgewacht und in ihr Bett gekommen, ab acht löcherte er sie alle zehn Minuten, ob sie nicht lieber schon losfahren sollten, es könnte ja einen Stau geben oder einen Unfall, dann würden sie es nicht rechtzeitig schaffen. Als ob Fritzi weggegeben würde, wenn sie nicht um Punkt zwölf Uhr bei der Züchterin klingelten.

Der Welpe hatte am Anfang jämmerlich gefiept, »weil er seine Mutter vermisst«, hatte Elvis mitleidig vermutet. Er hatte ihn unablässig gestreichelt und »hab keine Angst, hab keine Angst« gesagt, immer wieder. Nach zehn Minuten war der Hund still, »ich glaub, er ist eingeschlafen«.

Sie erklärte es ihm ganz sachlich, Torsten werde in München bleiben, aber nicht mehr bei ihnen wohnen. Elvis könne aber mit ihm telefonieren, wenn er wolle, und ihn irgendwann später auch mal treffen, nur im Moment noch nicht. Er sagte erst nichts, er streichelte weiter Fritzi und hielt den Blick fest auf den Welpen gerichtet. Erst bei der Abfahrt von der Autobahn sagte er: »Dann habt ich euch getrennt.«

»Ja.« Sie schaltete den Scheibenwischer an, es hatte zu nieseln begonnen. »Das kommt für dich jetzt sicher überraschend, und du willst bestimmt wissen, warum …«

»Weiß ich schon.« Er fuhr Fritzi ganz vorsichtig mit dem Finger über den Kopf. »Weil ihr euch nicht mehr liebt.«

Sie hatte nichts darauf geantwortet, sie hatte Angst, sonst weinen zu müssen. Und er fragte auch nicht weiter.

Zwei Tage später fuhren sie in ihr Heimatdorf, um Carmen zu besuchen. Es war wieder sonnig und warm geworden, Elvis spielte mit Carmens elfjähriger Tochter Anna und Fritzi im Garten, Sina saß mit ihrer Freundin bei Kaffee und Streuselkuchen auf der Terrasse des Hauses, das sie so gut kannte; früher hatte es Carmens Eltern gehört, die beide inzwischen in einer behindertengerechten Wohnung zwei Straßen weiter wohnten, die Mutter saß im Rollstuhl, MS. Carmen erzählte von dem Reisebüro, das sie in der Kreisstadt eröffnet hatte und das hervorragend lief, sie wollte eigentlich vergrößern, aber es fehlte an Personal, sie hatte schon zwei Angestellte ausprobiert, beide Male ein Desaster. Sina hatte zugehört, in den Garten geschaut, den Apfelbaum betrachtet, auf den sie früher oft geklettert waren, sie hatte den Kindern zugesehen und dem Knattern eines vorbeifahrenden Traktors gelauscht, und dann hatte sie gefragt:

»Was muss man denn da können, in einem Reisebüro?«

23

Es ist jetzt zehn Tage her. Ganz hat sie sich an seine Abwesenheit noch nicht gewöhnen können, am dritten Tag hat sie sich dabei ertappt, wie sie »Avanti!« sagte, als sie frühmorgens aus einem der Häuser kam. Sie rechnet auch jedes Mal, wenn sie die Kühlschranktür öffnet, damit, das schnelle Tappen seiner Pfoten auf dem Flur zu hören, immer hat er gehofft, sie hole eine Leckerei für ihn heraus.

Sie hält ihren Tagesplan strikt ein, trägt ihre Zeitungen aus, macht lange Spaziergänge in den Parks, gibt ihren Kurs und ihre Nachhilfestunden. Sie darf sich jetzt nicht gehenlassen. Inzwischen wissen alle Bescheid, sie hat viel Mitgefühl erfahren, vor allem von Miri und Vitus, die am besten wissen, wie eng ihre Bindung an den Hund war; dennoch hat sie den Eindruck gehabt, dass auch sie das ganze Ausmaß ihrer Trauer nicht nachvollziehen können, vielleicht sogar insgeheim für unangemessen halten würden, wüssten sie davon. Dass der Verlust eines Tieres ebenso viel Kummer bereiten kann wie der eines Menschen, ist schwer zu verstehen, sie hätte vor ein paar Jahren nicht anders reagiert.

Elvis war sehr betroffen, als er es erfuhr. Er erkundigte sich fassungslos nach den Details des Krankheitsverlaufs, warum und wieso so schnell, weshalb kein wirksames Mittel dagegen. Er hatte natürlich sofort seinen Fritzi im Kopf, sie konnte sehen, wie Furcht in ihm aufstieg, die sie ihm nicht nehmen konnte. Spätestens jetzt weiß er, wie untrennbar Liebe und Angst miteinander verbunden sind.

Seit den Ferien bringt er Fritzi zu jeder Nachhilfestunde mit. Er gibt sich Mühe, sich nicht ablenken zu lassen, aber natürlich leidet seine Konzentration unter der Anwesenheit des Welpen, immer schweift sein Blick ab zu dem Tier, das meistens friedlich unter dem Tisch schläft.

Ellen hat befürchtet, dass der Pudel ihren Schmerz um den Verlust des Hundes verstärken könnte, aber die Zuneigung, die er ihr entgegenbringt, löst in ihr höchstens leise Wehmut aus. Wenn sie die Wohnungstür für Elvis öffnet, läuft der Welpe sofort auf sie zu, springt an ihr hoch, leckt ihre Hand und braucht ein paar Minuten, bis sich seine Wiedersehensfreude wieder gelegt hat. »Er mag dich«, sagt Elvis dann jedes Mal, »weil er merkt, dass du Tiere gernhast.«

Am Ende jeder Stunde machen sie gemeinsam ein kleines Training mit Fritzi. »Sitz!« kann er schon gut, auch »Platz!« klappt halbwegs, er liegt dann da und guckt aus seinen schwarzen Augen so lobheischend und erwartungsvoll zu ihnen hoch, dass sie lachen müssen. Elvis erlaubt Ellen großmütig, ihm das Belohnungsleckerli zu geben. Das Gefühl der feuchten Hundeschnauze an ihren Fingern ist noch sehr vertraut.

Am Samstagvormittag geht sie in den Supermarkt, um ein paar Kleinigkeiten für das Wochenende zu kaufen. Vor dem Kühlregal trifft sie auf Sina, die die Joghurt-Paletten durchkramt.

Bei der Begrüßung bemerkt Ellen, dass Sina blasser ist als sonst, sie ist ungeschminkt und scheint auch abgenommen zu haben.

»Wie geht es Ihnen?«

»Danke«, sagt Sina nur, was *gut* oder *schlecht* bedeuten kann, wieso drücken sich manche Leute so vage aus. »Gut, dass ich Sie treffe, ich wollte Sie nämlich die Tage schon anrufen.«

»Ach ja? Worum geht es?« Ellen weicht einem bärtigen jungen Mann aus, der sich mit einem vollbeladenen Einkaufswagen an ihr vorbeidrängt.

»Also ... es kann sein, dass Elvis nur noch ein paar Wochen zur Nachhilfe kommt. Es ist noch nicht sicher, aber ich wollte Sie schon mal vorwarnen. Damit Sie planen können, finanziell. Keinen Nachteil haben.«

Ellen ist ehrlich überrumpelt. »Darf ich fragen, wieso? Glauben Sie, es ist nicht mehr nötig? Oder soll er nicht mehr aufs Gymnasium?«

Sina schüttelt nur den Kopf, ihr Blick schweift ab.

Ellen kann es sich nicht vorstellen, doch sie fragt trotzdem. »Ist er vielleicht nicht mehr gern bei mir?«

»Nein nein. Es hat nichts mit Ihnen zu tun.«

Ellen wartet auf eine Erklärung, die aber nicht kommt. »Ich möchte nicht neugierig sein« sagt sie vorsichtig, »aber Elvis hat neulich mal erzählt, dass Sie einen neuen Job suchen.«

»Das stimmt.«

»Falls es also im Moment bei Ihnen ein bisschen eng ist … wegen des Honorars … ich kann gerne …«

»Nein«, sagt Sina schnell. »Das ist sehr nett von Ihnen, aber darum geht es nicht. Es ist nur … es kann sein, dass wir wegziehen. Bald schon.«

»Das kommt überraschend.«

»Ja. Aber eine alte Schulfreundin von mir hat ein Reisebüro, in der Nähe des Dorfes, wo ich aufgewachsen bin, ungefähr eine Stunde von hier. Sie würde mich gern einstellen.«

Ellen schiebt ihren Wagen erneut ein Stück zur Seite, wieder der bärtige Mann, der inzwischen das Handy am Ohr hat, »*gibt* hier keine glutenfreien Nudeln, was soll ich machen«, hört sie. In ihrem Magen klumpt sich etwas zusammen bei dem Gedanken, Elvis könne aus ihrem Leben verschwinden. Noch ein Verlust. »Ich verstehe.«

»Ich kann da wahrscheinlich auch eine schöne Wohnung kriegen ab dem neuen Jahr«, sagt Sina, sie sieht knapp an Ellen vorbei. »Die Mieten sind viel günstiger, der Ort liegt außerhalb des Speckgürtels. Wer kann sich diese Stadt denn noch leisten.«

»Aber hat Ihr Partner nicht einen guten Job hier?«

Jetzt muss Sina beiseitetreten, eine verschwitzte junge Frau in Joggingklamotten, die durchdringend nach Schweiß riecht, drängt sich zwischen Ellen und sie und angelt nach einer Milchtüte. Sie wartet, bis die Frau weitergegangen ist. »Das stimmt«, sagt sie dann, »aber wir sind nicht mehr zusammen.« Sie spricht mit fester Stimme, aber Ellen kann das Glitzern von Tränen in ihren Augen sehen.

»Wirklich? Davon hat Elvis gar nichts erzählt.«

Sina zuckt nur die Achseln.

Ellen umklammert den Griff ihres Einkaufswagens. Über dem Kummer der letzten Tage hat sie Elvis' Verletzungen, das Gespräch mit Frau Graml, den Verdacht gegen Sinas Partner ganz vergessen. Es muss also wahr sein. Was für einen Grund könnte es sonst geben. Der Mann hat Elvis misshandelt. Und Sina hat sich daraufhin von ihm getrennt.

»Das tut mir leid für Sie«, sagt sie.

Sina nickt. Über Lautsprecher wird ein Herr Matschke in die Fleischabteilung gebeten, dringend.

Ellen ist klar, dass Sina sie gern so schnell wie möglich loswerden möchte, aber sie muss es wissen. Ob es richtig war, was sie getan hat.

»Wollen wir vielleicht woanders weiterreden? Ein paar Minuten noch?«

Sie rechnet nicht damit, dass Sina zustimmt, aber sie nickt. »Wir können uns draußen an der Bank treffen«, sagt sie. »Mögen Sie auch einen Cappuccino?«

An der Kasse geht es unerwartet schnell, Sina ist vor Ellen dran und holt an der Brottheke neben dem Eingang den Kaffee, den Ellen nie kauft, schade um das Geld, und wozu dieser Plastikmüll, sie kann sich zu Hause einen besseren machen.

Sie setzen sich auf die Bank, unter der immer Hunderte von Zigarettenkippen liegen und sonstiger Müll, obwohl zehn Meter weiter ein großer Abfalleimer samt Aschenbecher steht, die übliche Faulheit und Ignoranz der Leute. Sina ruft Elvis an, um ihm zu sagen, dass sie ein bisschen später kommt, er soll sich keine Sorgen machen. Elvis lässt Ellen grüßen und ausrichten, dass Fritzi fünfmal hintereinander »Platz!« gemacht hat.

»Ich glaub, für ihn wäre es auch gut, in eine neue Umgebung zu kommen«, sagt Sina, als sie aufgelegt hat. »Es hat da nämlich was gegeben …«

Ellen wartet geduldig ab. Vorsichtig nippt sie an ihrem Kaffee, er ist noch sehr heiß, schmeckt aber wider Erwarten gut.

»Sie haben mich doch mal gefragt, wegen der blauen Flecken bei Elvis …«

Jetzt kommt es. »Ja.«

»Sie waren die Erste, der etwas aufgefallen ist. Als Sie mich damals darauf angesprochen haben … Ich war danach irgendwie sauer auf Sie. Ich hätte wütend auf mich selbst sein sollen. Aber Sie, Sie sind so ein aufmerksamer Mensch, Ellen.«

Ellen ist das Lob unangenehm, es geht hier nicht um sie. Sie muss ihre Ungeduld zügeln und warten, bis Sina zur Sache kommt, offenbar braucht sie einen verbalen Anlauf. Sie nimmt einen großen Schluck Kaffee, bevor sie wieder ansetzt, erstaunlich, dass sie ihn schon trinken kann.

»Sie hatten recht. Er hat sich nicht gestoßen. Er ist geschlagen worden.« Ihre Stimme senkt sich am Ende des Satzes, wird leiser.

»Ich weiß«, sagt Ellen. »Oder vielmehr, ich habe es vermutet, dass Ihr Partner …«

»Was?« Sina fällt ihr ins Wort, unerwartet laut.

Was soll diese Reaktion, denkt Ellen, ist es ihr unangenehm, dass ich es vor ihr geahnt habe? »Dass Ihr Partner ihn misshandelt hat, meine ich«, vollendet sie den Satz.

Mit einem Ruck richtet Sina sich auf, sie sitzt jetzt sehr gerade. »Wie kommen Sie darauf?« Sie fixiert Ellen jetzt sehr intensiv, Ellen kann die bläulichen Schatten unter ihren Augen sehen.

»Ich habe nur eins und eins zusammengezählt. Und als mir Elvis' Klassenlehrerin von der Beobachtung des Sportlehrers erzählt hat …«

Wieder unterbricht Sina sie. »Dann haben *Sie* Torsten bei ihr angeschwärzt? Und uns das Jugendamt auf den Hals gehetzt!«

Ellens Finger sind taub von der Hitze des Bechers, sie stellt den Kaffee neben sich auf die Bank. »Ich versteh nicht …«

»Er war es nicht! Nie und nimmer hätte Torsten Elvis … Warum haben Sie nicht mit mir geredet, verdammt!« Sina steht abrupt auf. Wie betäubt beobachtet Ellen, wie sie die paar Meter zum Abfalleimer stiefelt, im Laufen den letzten Schluck Kaffee nimmt und den Becher dann in die Öffnung fallen lässt. Sie dreht sich wieder zu Ellen um, sie ist den

Tränen nahe, schon wieder, aber anders als vorhin, jetzt ist es Zorn, der ihr das Wasser in die Augen treibt.

»Wissen Sie überhaupt, was Sie angerichtet haben?«

Ellen zwingt sich, den Blick fest zu erwidern. »Nein«, sie spricht so ruhig, wie es ihr möglich ist. »Das kann ich nicht wissen. Aber Sie könnten es mir erklären.«

Sina zieht die Schultern hoch, als fröstele sie. Dann kommt sie wieder zur Bank, Ellen erwartet, dass sie sich setzt, aber sie bückt sich nur und nimmt ihren Einkaufskorb. »Wozu«, sagt sie. »Ändert ja nichts mehr.« Sie macht zwei Schritte Richtung Straße, bleibt dann noch einmal stehen. »Ich werde Elvis nicht mehr zu Ihnen lassen«, sagt sie, sehr klar und kalt. »Ich will nicht, dass er mit Ihnen noch was zu tun hat. Lassen Sie uns in Ruhe.« Und dann geht sie, endgültig, mit erhobenem Kopf und schnellen Schritten. Ein Mann, der mit einem Kasten Bier gerade den Supermarkt verlässt, wirft ihr einen Blick nach, schaut dann neugierig zu Ellen, er hat offenbar eher gespürt als gehört, dass harte Worte gefallen sind.

Ellen weicht seinem Blick aus. Sie spürt die Scham körperlich, ein Stechen in der Herzgegend, ihr Puls galoppiert; als sie nach einer Weile aufsteht, fühlen sich ihre Knie an wie Pudding, sie muss sich noch einmal kurz hinsetzen. Er war es nicht. Das ist doch gut für Sina, wieso dann getrennt? Was genau hat sie gemeint mit *angerichtet*? Sie kann doch unter den Umständen mit der Trennung nichts zu tun haben. Oder doch? Aber wie und weshalb? Und überhaupt, sie hat doch fest geglaubt, das Richtige zu tun, es war keine böse Absicht, sie wollte Elvis schützen, sie hat es doch gut gemeint.

Sie stemmt sich schwerfällig von der Bank hoch und nimmt ihre Einkaufstasche auf. Immer noch ist ihr leicht schwindelig, aber sie will nach Hause. Und während sie langsam die ersten Schritte macht, fällt ihr ein, was Vitus oft sagt, »gut gemeint ist das Gegenteil von gut«. Zum ersten Mal glaubt sie zu verstehen, was er damit meint.

24

Schon als sie zu Hause die Einkäufe ausräumt, schämt Sina sich. Sie versucht, die Zeitung zu lesen, die sie mitgebracht hat, aber das Bild von Ellen, die auf der Bank sitzt und sie fassungslos anstarrt, schlagartig blass geworden, legt sich über die Buchstaben und Bilder.

Um sich abzulenken, entkalkt sie die Kaffeemaschine, bügelt einen Korb Wäsche weg, zieht ein neues Gummi in Elvis' Sporthose. Nach dem Mittagessen, während Elvis mit einem Comic auf dem Sofa liegt, Fritzi auf seinem Bauch, überwindet sie sich und räumt den Kleiderschrank um, sie will nicht mehr jedes Mal die leeren Fächer sehen, wenn sie ihn öffnet. Torsten hat sein Versprechen gehalten, an dem Tag, an dem sie im Allgäu Fritzi in Empfang nahmen, hat er all seine Sachen abgeholt. Viel war es ohnehin nicht, Klamotten, Schuhe, ein bisschen Badezimmer-Kram, ein paar Bücher, einige Unterlagen aus zwei Fächern im Wohnzimmerregal. Bei der Rückkehr ist sie durch alle Räume gegangen, sie war sicher, dass er etwas vergessen hatte, wenigstens eine Kleinigkeit wie sein Deo, aber keine Spur. Nicht mal das Ladekabel seines Handys war noch in der Steckdose im Wohnzimmer, sie vergisst das jedes Mal, wenn sie unterwegs ist. Die Schlüssel hatte er wie versprochen auf die Flurkommode gelegt.

Zwei Tage später hatte er ihr eine SMS geschrieben, *Meine neue Adresse*, der Straßenname sagte ihr nichts, von der Postleitzahl schloss sie auf Giesing, die Ecke um den Ostfriedhof, wo ihre Mutter begraben ist. Danach kam nur noch der Satz *Danke fürs Post nachschicken, T.* Bisher hat sie zweimal seine gesammelten Briefe in einen Umschlag gesteckt, Kontoauszüge, ein Schreiben seines Anwalts, seine Mobilfunkrechnung, sogar die Werbung hat sie dazugelegt, aber keinen Zettel, keine Nachricht, keine Grüße, kein *Wie geht es dir?* Dabei will sie es wissen, natürlich. Sie hat ihn sich aus dem Herzen gerissen, aber die Wunde ist noch offen, sie pulsiert, eitert, schmerzt. Die Gedanken an ihn haben sich an sie geheftet wie Kletten, nicht abzuschütteln den ganzen Tag vom Aufwachen bis zum Einschlafen. Er hat sich in ihr festgekrallt, lässt nicht locker.

Als sie mit dem Schrank fertig ist, geht sie ins Wohnzimmer, wo Elvis gerade ein Video von Fritzi dreht, der mit seinem Ball spielt, er will es David schicken, als Dankeschön für das Geldgeschenk.

»Ich muss noch mal weg«, sagt sie. »Ich hab das Telefon dabei, falls was ist.«

Er schaltet das Handy ab, seufzt genervt auf. »Mann, jetzt hast du mir reingequatscht. Muss ich noch mal von vorne anfangen.«

Sie will schon klingeln, als ein Junge etwa in Elvis' Alter das Haus verlässt und ihr höflich die Tür aufhält. Sie geht die zwei Treppen hinauf, läutet und wartet. Aus der Wohnung ist kein Laut zu hören. Damit, dass Ellen nicht zu Hause sein könnte, hat sie nicht gerechnet. Sie ist nicht sicher, ob sie so schnell noch einmal den Mut aufbringt zu kommen. Soll sie ein zweites Mal klingeln?

Aber dann öffnet Ellen doch, ihre Haare sind zerzaust, sie hat ihre Lesebrille in der Hand.

»Verzeihen Sie die Störung, Ellen«, sagt Sina förmlich, ehe Ellen überhaupt reagieren kann. »Ich bin gekommen, um mich bei Ihnen zu entschuldigen.«

Ellen könnte ihr jetzt die Tür vor der Nase zuschlagen, es wäre nur gerecht, aber sie schaut sie nur an. Sina bemerkt, wie müde Ellen aussieht, zum ersten Mal wirkt sie so alt, wie sie ist. Die Frau muss jeden Tag im Morgengrauen aufstehen, vielleicht hat sie geschlafen, sie selbst sieht auch immer schrecklich aus, wenn sie geweckt wird.

»Es tut mir wirklich leid«, sagt sie. »Das klingt

jetzt idiotisch, aber … ich hab's nicht so gemeint. Es ist nur … eigentlich hab ich mit mir selbst geredet …«

Und dann beginnt sie zu weinen, mitten im Treppenhaus, zum ersten Mal seit zwei Wochen.

Noch immer sagt Ellen nichts. Aber sie nimmt Sina am Arm und zieht sie in die Wohnung, schließt die Tür und führt sie in die Küche, wo etwas auf dem Herd vor sich hin köchelt, es riecht gut, irgendwie exotisch.

»Setzen Sie sich«, sagt Ellen. Sie nimmt eine Küchenrolle, stellt sie auf den Tisch, »ich mach uns einen Tee.«

Sina wischt sich mit dem Papier das Gesicht ab, sie will aufhören zu heulen, aber es geht nicht. Sie beobachtet, wie Ellen schweigend Wasser in den Kocher füllt und ihn einschaltet, die Kanne vorwärmt, Tassen, Milch und Zuckerdose holt und auf den Tisch stellt. Ihre ruhigen Handgriffe lassen Sinas Tränen versiegen. Aber dann fällt ihr einer der großen Kräche mit David ein, nicht mal eine Woche nach der Hochzeit, sie war danach zu ihrer Mutter gegangen, die hatte auch als Erstes Tee gemacht. Inzwischen muss sie sich bei einer fremden Frau ausheulen. Wieder fließen die Tränen.

Als Ellen den Tee einschenkt, putzt sich Sina ein letztes Mal die Nase. »Danke«, sagt sie.

Ellen setzt sich ihr gegenüber, gibt einen Tropfen Milch in ihren Tee. »Bitte«, sagt sie nur.

Sina wartet auf Ellens Fragen, aber sie kommen nicht. Sie trinkt einen Schluck Tee und beginnt dann zu erzählen, erst stockend, dann schneller. Zwischendurch hat sie das Gefühl, den Faden verloren zu haben, aber Ellen wirkt nicht verwirrt oder irritiert; sie sitzt da und hört zu, ruhig, ohne Sina zu unterbrechen; zwischendurch geht sie an den Herd und rührt den Inhalt des Topfes um, der Geruch wird mit der Zeit immer intensiver.

Als Sina am Ende angekommen ist, fühlt sie sich erschöpft, aber es ist eine gute Müdigkeit. Sie wird hoffentlich schlafen können heute Nacht, endlich wieder.

»Und jetzt wollen Sie wegziehen?«, fragt Ellen und schenkt den letzten Rest Tee ins Sinas Tasse.

»Ja. Für Elvis ist es bestimmt das Beste. Und für seinen Fritzi ist es auf dem Dorf auch schöner.«

»Aber was ist mit Ihnen?«

»Ich fang eben noch mal neu an. Ist nicht das erste Mal. Und kann ja auch eine Chance sein.«

»Vielleicht kommen Sie ja auch wieder zusammen, Ihr Partner und Sie? Wenn Sie ihn noch lieben?«

Sina gibt einen Viertellöffel Zucker in ihre Tasse, rührt um. »Das reicht nicht, wenn das Wichtigste fehlt.«

»Und was wäre das?«

»Vertrauen. Hat er offenbar nicht mir gegenüber. Sonst hätte er mich wohl kaum wochenlang getäuscht und belogen. Wie soll das funktionieren, in Zukunft, wenn ich ihm nicht glauben kann?«

»Gute Frage«, sagt Ellen. »Aber was ist mit Ihnen? Haben Sie ihm denn vertraut?«

Sina kann nicht antworten. Sie rührt noch einmal um, nimmt dann den Löffel aus ihrer Tasse, beobachtet die herumwirbelnden Zuckerkörner, die langsam zu Boden sinken.

»Immerhin haben Sie ihm zugetraut, Elvis geschlagen zu haben«, sagt Ellen sanft. »Zumindest haben Sie gezweifelt, oder? Es sich vorstellen können, wenn auch vielleicht nur einen Moment lang.«

»Ja«, sagt Sina. »Und dafür schäme ich mich, glauben Sie mir.«

Ellen nickt. »Das tu ich. Ich schäme mich auch. Sehr sogar.«

»Wofür?«

»Für meine Gedankenlosigkeit, meine Ignoranz, meine Vorurteile, meine Feigheit. Ich hab Sie beide auseinandergebracht.«

»Stimmt nicht, Sie waren nur beteiligt.« Sina nimmt ihre Tasse, trinkt, der Zucker hat sich aufgelöst. »Und außerdem haben Sie es ja gut gemeint.«

Ellen gibt einen leisen Ton von sich, wie ein

Schnauben, ähnlich einem Lachen. Einen Moment lang sitzen sie schweigend, Sina trinkt aus. Als sie die Tasse abstellen will, fällt ihr auf, dass auf deren Boden in hellem Grau etwas gemalt ist, etwas winzig Kleines. Sie kneift die Augen zusammen, es sieht aus wie ein Stern.

»Könnten Sie das?«, fragt sie. »Ihm verzeihen? Und sich selbst?«

Ellen antwortet nicht, sie betrachtet konzentriert ihre Hände, die sie vor sich auf den Tisch gelegt hat.

»Sagen Sie was«, Sina stellt die Tasse ab. »Was würden Sie tun, wenn Sie an meiner Stelle wären.«

Ellen hebt den Kopf und sieht Sina an, ihr Blick ist warm, fast liebevoll. »Ich kann Ihnen nicht helfen, Sina«, sagt sie. »Es tut mir leid.«

Sina spürt, wie erneut Tränen in ihre Augen steigen. »Was soll ich tun?«, sagt sie. »Ich fühl mich so allein. Und ich weiß nicht mehr, was richtig ist.« Sie muss schlucken, ihre Stimme zittert.

Ellen lächelt sie an, plötzlich sieht sie sehr jung aus, Sina kann die Frau von früher in ihr sehen, so alt wie sie selbst jetzt. »Doch«, sagt Ellen, »ich glaube, das wissen Sie genau.«

Gegen halb elf, nach einem belanglosen Film, holt Sina aus dem Schreibtisch den Briefblock, den sie bestimmt schon Jahrzehnte besitzt und fast nie benutzt. Sie setzt sich an den Küchentisch und fängt an, aber sie kommt nicht weiter als *Lieber Torsten.* Sie steht auf, wandert durch die Wohnung, grübelt über die ersten Sätze nach. *Ich vermisse Dich. Ich denke ständig an Dich. Wie geht es Dir? Es tut mir leid, dass ...*

Sie nimmt ihr Handy, geht damit ins dunkle Schlafzimmer, setzt sich aufs Bett. Sie starrt auf das blau leuchtende Display, das vor dem Bild einer Weltkugel die Uhrzeit anzeigt, 22:49 Uhr. Sie drückt auf die Sperre. Es ist zu spät. Andererseits ist Samstag, fast jeder kann ausschlafen am nächsten Tag. Die meisten Menschen sind ohnehin unterwegs in so einer Nacht, Essen, Kino, Kneipe, Freunde. Sie schaltet wieder ein, ruft ihre Favoriten auf, neben seinem Namen nur der von Elvis und die Zentrale der Agentur. Das Schlimmste wäre, im Hintergrund Stimmengewirr, Lachen, laute Musik zu hören, während sie allein hier sitzt, sie würde wahrscheinlich gleich wieder auflegen. Nicht viel besser wäre die Mailbox. Oder gar keine Antwort, sie würde sich sofort Sorgen machen, sie kennt sich, an Schlaf wäre nicht zu denken. Oder noch schlimmer, wenn sie der Stimme gleich anhört, dass ... Nein, sie muss aufhören, sich alle möglichen Szenarien auszumalen, sie muss sich entscheiden, ja oder nein, solange sie überhaupt noch den Mut dafür aufbringt.

Sie starrt auf das Display, ihr Zeigefinger schwebt über der Nummer, minutenlang, während sie mit sich kämpft. Soll sie wirklich? Obwohl sie sich geschworen hat … Vielleicht ist es ohnehin zu spät. Aber das kann sie erst wissen, wenn sie es probiert hat. Sie ist so ein elender Feigling. Wenn sie es jetzt nicht tut, dann lange nicht, sie kennt sich. Sie lässt den Finger noch einen Millimeter sinken, zögert erneut, dann drückt sie.

Er nimmt nach dem zweiten Läuten ab. »Sina?« Er klingt sehr nah, sehr klar.

»Ja«, sagt sie, »ich bin's.«

25

Im neuen Jahr kommt er jeden zweiten Samstag, ganz zuverlässig, er hat noch keinen der Tage ausgelassen. Sina und er nehmen den Zug, am Hauptbahnhof setzt sie ihn in den Bus. Von der Haltestelle in ihrer Nähe aus geht er allein, »du musst mich nicht abholen«, hat er beim ersten Mal zu Ellen gesagt, »ich hab ja Fritzi dabei, und ich kenn mich doch aus«. Sie freut sich, wie viel selbständiger er geworden ist in den drei Monaten. Sina nutzt die freie Zeit für sich, sie geht einkaufen oder besucht eine Freundin, manchmal geht sie auch in einen Film, bei ihr auf dem Land gibt es kein Kino. Meistens trifft sie Elvis abends am Bahnhof wieder, bei Ellen abgeholt hat sie ihn erst zweimal. Sie haben einen Kaffee zusammen getrunken, Sina hat von ihrem neuen Leben erzählt, aber nicht viel mehr als die Eckdaten. Die Wohnung ist schön, sie ist nur halbtags im Büro, den Rest der Arbeit kann sie zu Hause machen und mit Elvis zusammen sein, er muss nach der Schule nicht mehr in den Hort. Sie hat inzwischen einen ganz netten Freundeskreis, die meisten ehemalige Schulkameraden und Bekannte aus ihrer Jugendzeit, fast alle verheiratet und mit Kindern. Sie kommt gut zurecht. Das Leben auf dem Land ist in vieler Hinsicht einfacher. Torsten hat sie nicht erwähnt. Und Ellen hat nicht gefragt.

Sie sind am 27. Dezember weggezogen. Sinas Vertrag lief eigentlich noch bis Ende Januar, aber es gab kaum noch Arbeit für sie in ihrer Agentur. Ihre Freundin Carmen wiederum brauchte dringend Hilfe im Reisebüro, die neue Wohnung war auch schon bezugsfertig, und aus dem Vertrag für die alte kam sie schnell raus, innerhalb einer Woche war sie neu vermietet, trotz der kurzen Frist und der natürlich erhöhten Miete.

Am Umzugstag war Ellen morgens bei ihnen vorbeigegangen, um Elvis ein Abschiedsgeschenk zu bringen, ein eigenes Exemplar von *Wind in den Weiden* mit wunderschönen Zeichnungen, für Fritzi hatte sie ein kleines Kissen für sein Körbchen genäht. Sina stand auf der Straße neben dem Möbelwagen und lud ein paar Taschen mit Kleinkram in ihr eigenes Auto, das Wichtigste für die erste Nacht, wie sie erklärte. Ellen hatte angeboten, mit Elvis und Fritzi noch ein bisschen spazieren zu gehen, damit sie nicht im Weg waren.

Schon auf den ersten Metern fragte er sie. »Kann ich dich öfter mal besuchen?«

»Natürlich. Wenn deine Mutter einverstanden ist?«

»Ich hab sie schon gefragt. Sie sagt, ich darf.«

»Dann freue ich mich.« Und das tat sie, sehr sogar.

Es ist anders ohne ihn. Sie hat ihn gerade mal vor einem Jahr kennengelernt, aber in dieser kurzen Zeit hat er einen Platz in ihrem Leben eingenommen, den es vorher gar nicht gab, den er sich sozusagen selbst geschaffen hat. Sie hat seit Januar einen Ersatznachhilfeschüler, wieder ein Junge, Jonathan. Der nur gelangweilt ist, der nie lacht, der sie nie etwas fragt. Den sie nicht besonders mag. Vielleicht nur, weil er nicht Elvis ist.

Ihr Leben geht ohne ihn weiter wie zuvor, Zeitungen austragen, Sprachkurs, Nachhilfeschüler. Sie geht weiterhin viel spazieren, sie geht schwimmen, in Ausstellungen, ins Kino, manchmal mit Henry oder Kolleginnen aus der Buchhandlung, oft auch allein. In Skagen war sie noch nicht, erst will sie ihre Schulden bei Vitus abbezahlen, die Hälfte hat sie schon geschafft. Sie hofft, dass sie die Reise bald nachholen kann, im Moment visiert sie den Juli an, wenn ihr zweites Enkelkind, wieder ein Mädchen mit Namen

Liva, schon ein halbes Jahr alt sein und getauft werden wird. Aber immerhin hat sie Vitus an seinem Geburtstag in Köln besucht, sie haben bis in den frühen Morgen mit etwa dreißig Leuten gefeiert, er hat viele Freunde, männliche und weibliche, die meisten sind etwas schrill und laut, aber alle sehr nett, sie hat sich wohl und willkommen gefühlt. An Silvester ist Miri zu Besuch gekommen, ohne ihren Hanno, der seine erwachsene Tochter in Paris besucht hat, worauf Miri angeblich keine Lust hatte. Ellen vermutet eher, dass sie das Gefühl hatte, sich um ihre Freundin ein bisschen kümmern zu müssen, was eigentlich nicht nötig war; Bernhard und seine Frau hatten sie auf eine Party in ihrem Haus eingeladen, vorher hatte sie in ein Orgelkonzert gehen wollen, aber natürlich freute sie sich sehr über den Besuch, sie hatten drei wirklich schöne Tage miteinander.

Gut, sagt sie, wenn sie gefragt wird, wie es ihr geht, von Miri oder Vitus oder Benedikt oder Henry. Und es stimmt ja auch. Worüber sollte sie sich beklagen? Sie hat ein gutes Leben. Das nur wieder ein bisschen farbloser geworden ist, ein bisschen enger und kleiner. Aber, so sagt sie es sich immer wieder, es ist normal in ihrem Alter, dass alles nachlässt, weniger wird. Und es nicht mehr so viel gibt, auf das man sich freuen kann. Nicht mehr so viel, aber doch noch genug.

Obwohl seine Besuche fest vereinbart sind, bestätigt Elvis sie einen Tag vorher immer noch einmal, per WhatsApp. *Wir kommen morgen ganz bestimmt.* Meistens schickt er noch ein Foto von Fritzi mit, oder er schreibt, wie viel der Pudel jetzt wiegt und was er schon alles kann, momentan übt er mit ihm Pfötchengeben.

Am Anfang hat Ellen sich vor seinen Besuchen immer etwas Besonderes überlegt, sie hat DVDs in der Bücherei besorgt, ihre Spiele durchgesehen, das Kinoprogramm. Aber Elvis will gar nichts Besonderes, am liebsten nur nach einem längeren Spaziergang, den sie mit Fritzi unternehmen, mit ihr auf dem Sofa sitzen und sich unterhalten, es wird ihm nie langweilig. Also backt sie inzwischen für ihn einen Kuchen, Schokolade oder Karotte, die mag er am liebsten. Sie macht ihm einen Kakao oder presst ihm einen Saft, und dann setzen sie sich zusammen hin und reden, der Hund, schläfrig nach dem Spaziergang, liegt zwischen ihnen und lässt sich von beiden Seiten streicheln.

Er kommt um kurz nach eins, sie hört an der Wohnungstür, wie er eilig zu ihr heraufläuft, Fritzi auf dem Arm, der noch keine Treppen steigen soll. Der Pudel ist wieder gewachsen, auch Elvis kommt Ellen größer vor, auch kräftiger, »momentan frisst er mir die Haare vom Kopf«, hat Sina neulich gesagt. Es scheint ihm wirklich gutzugehen. Er hat sich in der Schule offenbar schnell eingelebt und sich mit seinem Banknachbarn namens Tobias angefreundet, der von einem Bauernhof ein paar Kilometer weiter kommt und bei dem Elvis viel Zeit verbringt. Seine Noten sind sogar ein bisschen besser geworden auf der neuen Schule, trotzdem zögert Sina, ob sie ihn aufs Gymnasium schicken soll, falls er die Empfehlung dafür bekommt. Im Moment denkt sie eher an die Realschule, auch weil Elvis es unbedingt will, zusammen mit Tobias.

»Ich bin jetzt auch im Turnverein«, erzählt er ihr, während sie neben dem Grünstreifen warten, dass Fritzi sein großes Geschäft erledigt.

»Mit deinem Freund?«

»Ja. Gestern sind wir Trampolin gesprungen, das war toll.«

Fritzi ist fertig, Elvis zieht eine grüne Tüte aus seiner Jeans und sammelt geschickt die Hinterlassenschaft auf, die er im Mülleimer an der Ecke entsorgt. Inzwischen ist er ein recht routinierter Hundebesitzer. Er holt ein Leckerli aus einem kleinen roten Beutel, den er an seinem Gürtel trägt.

»Du bist ja bestens ausgerüstet!«

»Hab ich von Torsten. Zu Fritzis halbem Geburtstag.«

Er ist also wieder Teil ihres Lebens? »Ach ja? Hat er euch schon in der neuen Wohnung besucht?«

»Noch nicht. Vielleicht später, sagt die Mama. Aber sie telefonieren manchmal.«

»Wie schön.« Sie hofft, dass es wirklich schön ist, für Sina vor allem. Und sie fühlt auch ein Gefühl der Erleichterung. Vielleicht ist noch nicht alles verloren.

Im Weitergehen hält Elvis Ellen die Leine hin. »Magst du ihn führen? Weil du doch jetzt keinen mehr hast.«

Der kurze vertraute Schmerz, den Ellen verspürt, wird verdrängt von Rührung über Elvis' Fürsorge. Dieses durch und durch freundliche und arglose Kind. Sie hat seine Zuneigung und Rücksichtnahme gar nicht verdient.

»Gerne«, sagt sie. »Danke.«

»Bist du noch traurig?«

»Ja«, sagt sie, »schon.«

»Wenn Fritzi was passieren würde«, sagt er inbrünstig, »dann würde ich auch nicht mehr leben wollen. Aber Pudel werden ganz schön alt.«

»Bis zu siebzehn Jahren, hab ich gelesen.« Falls Fritzi tatsächlich so lange leben sollte, wäre Elvis dann sechsundzwanzig, ein erwachsener Mann. Dennoch wird ihn der Schmerz mit voller Wucht treffen, das ahnt sie, so wie sie ihn kennt. Aber darüber soll er sich heute noch keine Gedanken machen, jeder Kummer kommt früh genug.

Obwohl es noch frisch ist, setzen sie sich im Park eine Weile auf eine Bank und sehen Fritzi zu, der mit einem noch kleineren Terrier auf der Wiese um die Wette rennt, er ist schon ziemlich schnell.

»Ellen?«

»Ja?«

»Ich wollte dich was fragen.«

»Dann frag.«

»Die Mama hat gesagt, ich soll es selber tun.«

»Du machst es ja spannend.«

»Also, es sind doch bald Osterferien …«

»In knapp vier Wochen, ja.«

»Die Mama will wandern gehen, in Italien. Mit Molly, das ist ihre Freundin. Eine ganze Woche.«

»Und du wanderst mit?«

»Könnt ich schon«, sagt er. »Aber ich hab nicht so Lust. Weil da sind nur Erwachsene.«

»Verstehe.« Sie glaubt zu wissen, worauf seine Frage hinausläuft.

»Und der Tobias fährt mit seinen Eltern zu seiner Oma, die wird nämlich sechzig. Und da hab ich gedacht …«, er zieht kräftig die Nase hoch, »also ich wollte dich fragen, ob ich dann vielleicht zu dir kommen kann.«

»Ach ja?« Sie kramt in ihrer Jackentasche nach einem Taschentuch.

»Mit Fritzi natürlich. Wenn du es erlaubst.«

Sie reicht ihm das Taschentuch, er nimmt es, sieht sie erwartungsvoll an.

»Ich kann eine Luftmatratze mitbringen. Weil du doch nur ein Bett hast.«

»Eine ganze Woche?« Gemein, dass sie ihn zappeln lässt, aber sie will es noch ein bisschen hinauszögern, dieses Gefühl genießen. Wie lange wird er sie so etwas noch fragen?

»Ja. Ich würde dich auch nicht stören. Und dir auch helfen, im Haushalt und so.«

Ein, zwei Jahre vielleicht, höchstens drei. Das ist einerseits nicht viel, andererseits aber eine ganze Menge.

»Ich würde mich sehr freuen, wenn ihr kommt, Fritzi und du«, sagt sie. »Ihr seid herzlich willkommen, jederzeit, das kannst du deiner Mutter ausrichten.«

Er strahlt. »Hab ich's doch gewusst«, sagt er triumphierend. »Ich kenn dich eben ganz schön gut.«

Ellen muss lachen. »Ja, das tust du wirklich«, sagt sie. Obwohl er ganz sicher nicht ahnt, was für eine Freude er ihr macht.

Er faltet das Taschentuch auseinander und schneuzt sich heftig hinein. »Also dann kommen wir bald. Aber jetzt ist mir ganz schön kalt. Und Hunger hab ich auch. Wollen wir nach Hause gehen?«

Er zielt mit dem zusammengeknüllten Taschentuch auf den Mülleimer ein paar Meter weiter. Und trifft.

Bitte beachten Sie
auch die folgenden Seiten

Martina Borger
Lieber Luca

Roman

Diese Briefe sind für eine rote Keksdose bestimmt und nicht für ihren Adressaten. Denn sonst würde Simone niemals zu Papier bringen, was sie ihnen anvertraut. Die Geschichte einer großen Liebe, einer ebensolchen Kränkung und der Versuch, dem Leben eine neue Wendung zu geben.

Plötzlich drängen die Erinnerungen aufs Papier, sie versetzen ihre Schreiberin und den Leser gleichermaßen unter eine Hochspannung, die erst nachlässt, wenn das Seelendrama enthüllt und der so lange unter Verschluss gehaltene Schmerz eingestanden ist. Eine kunstvoll aufgebaute allmähliche Eskalation zu einem familiären *worst case* – mit so viel komischen und anrührenden Momenten, dass der Leser nicht weiß, ob er lachen oder weinen soll.

»Brief für Brief taucht man tiefer ein, wird bewusst verwirrt, auf falsche Fährten gelockt. Eine deutsch-italienische Familienaufstellung wird betrieben. Und die Spannung auf geradezu fabelhafte Weise hoch gehalten.« *Die Welt, Berlin*

Martina Borger & Maria Elisabeth Straub im Diogenes Verlag

Katzenzungen

Roman

Was als heiterer Ausflug beginnt, entpuppt sich für die langjährigen Freundinnen Dodo, Nora und Claire als Reise in eine Vergangenheit, die alles andere als unbelastet war. *Katzenzungen* erzählt die Geschichte dreier eng miteinander verbundener Frauen, aus jeweils wechselnder Perspektive. Aus den verschiedenen Sichtweisen setzt sich allmählich ein Bild zusammen, das so vielschichtig ist wie das Leben und die drei Protagonistinnen selbst – mal witzig, mal traurig, mal verletzend kaltschnäuzig, mal überraschend liebevoll.

»Was zwei italienische Herren konnten, gelingt auch zwei deutschen Damen. Und wie! Borger & Straub wohnen an die tausend Kilometer voneinander entfernt und schreiben dennoch aus einem Guss.«
Ditta Rudle / Buchkultur, Wien

»Herrlich verworren, voller Emotionen und Geheimnisse. *Katzenzungen* fasziniert und schockiert, weil die Autorinnen einen schneidend genauen Blick wagen auf die vielleicht schwierigste Form der Zwischenmenschlichkeit: die Freundschaft.« *Brigitte, Hamburg*

»Ein böses Stück Literatur über Frauenfreundschaft und düstere Geheimnisse.« *Die Welt, Berlin*

Kleine Schwester

Erzählung

Wir sind nur irgendwie ins Unglück geraten, alle zusammen. Wir haben nie etwas Böses gewollt, wir wollten nur eine glückliche Familie sein, sonst nichts.

Die zwölfjährige Lilly sitzt vor einer Polizeibeamtin und schweigt. Sämtliche Versuche, sie zum Reden zu bringen, scheitern. Lilly kann die unerbittliche Chronologie der Ereignisse, die ihre Familie ins Unglück gestürzt haben, nicht erklären, sie kann sich nur erinnern: An ihre Kindheit, die überschattet ist von verstörenden Ereignissen, aber auch schönste Glücksmomente bereithält, an ihre Eltern, »die besten auf der Welt« – und an ihre Pflegeschwester Lotta, die aus dem Heim geholt wird, um aus ihnen allen endlich eine ›richtige‹ Familie zu machen – und die eine Katastrophe ins Rollen bringt, die nicht mehr aufzuhalten scheint, bis Lilly den schwersten Entschluss ihres Lebens fasst…

»Eindringlich schildern die Autorinnen in *Kleine Schwester* den Zerfall einer Familienidylle. Die scheinbar heile Welt gerät bei Borger & Straub unerbittlich aus den Fugen.«
Günter Keil / Frankfurter Allgemeine Zeitung

»Das Buch geht unter die Haut und beschäftigt einen lange.« *Young Miss, Hamburg*

Im Gehege

Roman

Mit Anfang fünfzig entdeckt Jon Ewermann die wahre Liebe. Für die schöne und geheimnisvolle Julie will er sein bisheriges bequemes Leben aufgeben und noch einmal ganz neu anfangen – notfalls mit Gewalt.

»Was wie eine Schulgeschichte beginnt und sich als schnulziger Liebesroman fortsetzt, wird allmählich zum spannenden, unaufdringlich argumentierenden Kriminalbericht. Fein konstruierte Geschichte einer Amor fou, mit Witz und Raffinesse erzählt.«
Buchkultur, Wien

Maria Elisabeth Straub

Das Geschenk

Roman

Eine Nacht vor zweitausend Jahren in einem Bergdorf namens Nazareth. Die Frau eines Zimmermanns sitzt am Sterbebett ihres betagten Gatten und läßt ihr Leben vor ihrem geistigen Auge vorüberziehen, ihr bewegtes und bewegendes Schicksal, das aufs engste verwoben ist mit dem mysteriösen Schicksal ihres Erstgeborenen. Am kommenden Morgen wird sie ihren geliebten Sohn aus ihrer Obhut entlassen müssen.
Der neue Blick auf diesen besonderen Moment in der Menschheitsgeschichte ist von großem Ernst, voller Komik, Liebe und Weisheit zugleich und macht die Mitglieder der heiligen Familie wieder zu dem, was sie ursprünglich einmal waren: zu Menschen.
Eine alte Geschichte, neu und verblüffend stimmig erzählt.

»Maria Elisabeth Straub deutet in *Das Geschenk* das Leben der biblischen Maria radikal neu – schockierend und doch plausibel. Selten geht ein Buch so unter die Haut.« *Andrea Braunsteiner / Woman, Wien*

»Ein provokativer, manchmal komischer und immer berührender Roman.«
Kerstin Hellberg / Hamburger Abendblatt

»Maria Elisabeth Straub gelingt mit *Das Geschenk* ein grandioses, fast frommes Buch über die Kraft und die Liebe einer Frau, die – Wahrheit oder Legende – die Welt für immer verändern sollte.«
Fiona Ehlers / Der Spiegel, Hamburg

Ingrid Noll
im Diogenes Verlag

»Sie ist voller Lebensklugheit, Menschenkenntnis und verarbeiteter Erfahrung.« *Georg Hensel*

Der Hahn ist tot
Roman

Die Häupter meiner Lieben
Roman

Die Apothekerin
Roman

Der Schweinepascha
in 15 Bildern. Illustriert von der Autorin

Kalt ist der Abendhauch
Roman

Röslein rot
Roman

Selige Witwen
Roman

Rabenbrüder
Roman

Falsche Zungen
Gesammelte Geschichten
Ausgewählte Geschichten auch als Diogenes Hörbücher erschienen: *Falsche Zungen*, gelesen von Cordula Trantow, sowie *Fisherman's Friend*, gelesen von Uta Hallant, Ursula Illert, Jochen Nix und Cordula Trantow

Ladylike
Roman
Auch als Diogenes Hörbuch erschienen, gelesen von Maria Becker

Kuckuckskind
Roman
Auch als Diogenes Hörbuch erschienen, gelesen von Franziska Pigulla

Ehrenwort
Roman
Auch als Diogenes Hörbuch erschienen, gelesen von Peter Fricke

Über Bord
Roman
Auch als Diogenes Hörbuch erschienen, gelesen von Uta Hallant

Hab und Gier
Roman
Auch als Diogenes Hörbuch erschienen, gelesen von Uta Hallant

Der Mittagstisch
Roman
Auch als Diogenes Hörbuch erschienen, gelesen von Anna Schudt

Halali
Roman
Auch als Diogenes Hörbuch erschienen, gelesen von Nina Petri

Goldschatz
Roman
Auch als Diogenes Hörbuch erschienen, gelesen von Luise Helm

Außerdem erschienen:

Die Rosemarie-Hirte-Romane
Der Hahn ist tot / Die Apothekerin
Ungekürzt gelesen von Silvia Jost
2 MP3-CD, Gesamtspieldauer 15 Stunden

Weihnachten mit Ingrid Noll
Sechs Geschichten
Diogenes Hörbuch, 1 CD, gelesen von Uta Hallant